# 连心树

LIANXINSHU

悲剧的爱情，
也许才是没有遗憾的爱情。

疼痛过的青春，
也许才能承载重茧的人生。

刘健娜 著

敦煌文艺出版社

图书在版编目(CIP)数据

连心树 / 刘健娜著. -- 兰州：敦煌文艺出版社，2021.12
ISBN 978-7-5468-2141-2

Ⅰ. ①连… Ⅱ. ①刘… Ⅲ. ①长篇小说—中国—当代 Ⅳ. ①I247.5

中国版本图书馆CIP数据核字(2021)第274845号

## 连心树

刘健娜 著

责任编辑：王 倩
装帧设计：马吉庆

敦煌文艺出版社出版、发行

地址：(730050) 兰州市城关区曹家巷1号甘肃新闻出版大厦23楼

邮箱：dunhuangwenyi1958@163.com

0931-2131397（编辑部）

0931-8773112 0931-2131387（发行部）

三河市金兆印刷装订有限公司印刷

开本787毫米×1092毫米 1/16 印张17.5 插页1 字数240千

2023年1月第1版 2023年1月第1次印刷

ISBN 978-7-5468-2141-2

定价：69.80元

如发现印装质量问题，影响阅读，请与出版社联系调换。
本书所有内容经作者同意授权，允许使用。
未经同意，不得以任何形式复制转载。

# 目录
## Contents

| 第一章 | 美好的偶遇 | 001 |
| 第二章 | 夜空下的倾谈 | 017 |
| 第三章 | 一幅美丽的图画 | 024 |
| 第四章 | 初诉衷情 | 029 |
| 第五章 | 吃　醋 | 035 |
| 第六章 | 一碗毒汤 | 041 |
| 第七章 | 消除误会 | 046 |
| 第八章 | 连心树 | 051 |
| 第九章 | 转身错过 | 060 |
| 第十章 | 一匹黑马跑出来了 | 073 |
| 第十一章 | 声名鹊起 | 092 |
| 第十二章 | 不喝工夫茶 | 098 |

| 第十三章 | 宁愿要财富也不要美人 | 113 |
| --- | --- | --- |
| 第十四章 | 这里不是一片世外桃源 | 120 |
| 第十五章 | 芝麻官就管芝麻大的事 | 133 |
| 第十六章 | 五味杂陈 | 139 |
| 第十七章 | 敢摸老虎的屁股 | 147 |
| 第十八章 | 备战全运会 | 154 |
| 第十九章 | 安全重于泰山 | 159 |
| 第二十章 | 终于离婚了 | 166 |
| 第二十一章 | 有的橘子比醋还要酸 | 174 |
| 第二十二章 | 我们的这种情感一生只有一次 | 182 |
| 第二十三章 | 有理有据滴水不漏 | 189 |
| 第二十四章 | 洁白的茉莉花如圣洁的天使 | 196 |
| 第二十五章 | 这不是三个女人的战争 | 202 |
| 第二十六章 | 信仰的力量 | 207 |
| 第二十七章 | 舍身救火 | 214 |
| 第二十八章 | 唯美的婚礼 | 218 |
| 第二十九章 | 终于醒过来了 | 223 |
| 第三十章 | 美好的生活 | 232 |
| 第三十一章 | 父子俩剑拔弩张 | 242 |
| 第三十二章 | 你永远是最美丽的女人 | 263 |

# 第一章　美好的偶遇

那是一九七〇年的一个夏天，在中国北方连海省北海市——一座依山傍水的海滨城市，时值傍晚，暮色像一层层灰蓝色的薄纱从天上落下，把被晚霞浸染的群山连同整个北海市慢慢罩起来。微风将曝晒后的大地最后的余热一点点驱散，空气中弥漫着各种各样的气息。那是山的气息、水的气息、人流的气息、单车的气息，还有马路边上一排排整齐树木的气息。

当夕阳的最后一抹余晖消失在天际，天色便完全暗了下来，白天的喧嚣也慢慢归于沉寂。此时，在连海省北海大学的大清湖畔，一个十七岁的姑娘正在那里徘徊。湖畔到处都是五十年代种下的柳树，一条条柳枝轻轻摆动着，在昏黄的路灯下透出一丝丝温柔，看上去是那么的静谧和惬意。

小姑娘是北海大学哲学系教授林书鸿的女儿，名叫林岚，就住在校园的湖边。林岚，瓜子脸上有一双盈盈如水的大眼睛，看上去像星星般清澈明亮，眼神既纯洁又恬静；她的皮肤如羊脂玉一般白净，富有青春光泽；苗条的身材被青春勾勒出柔和动人的曲线；一条马尾辫又粗又长，总能吸引人的目光。她走走停停，时而仰望星空，时而抚树而思，一副心事重重的样子。

"岚岚，已经八点了，快回家吃饭吧。"林岚的母亲李文薇，不知什么时候站在林岚的身边轻轻叫了一声。

"我不想吃，你们先吃吧。我在这里走走，一会儿就回去。"林岚不太高兴地回应母亲。

李文薇觉得有点奇怪，女儿平时很乖巧懂事，今天这是怎么了？女儿大了，有自己的事，还是让她独自待一会儿吧。李文薇想了一想，也就不打扰女儿了。

李文薇是北海大学的中文系副教授，教古典文学，与丈夫林书鸿是大学同班同学。李文薇知书达理，端庄秀丽，当年在大学还是校花呢！

林岚之所以在湖畔徘徊，是因为下午收到了去红旗农场务农的通知书，要求她一周内报到。她不想去农场，想在家里复习一年基础课，明年报考某大学中文系。她从小就喜欢读书，喜欢文学。

因为家庭熏陶的缘故，林岚初中就读完了《红楼梦》、巴金的《家》《春》《秋》、艾利富尼契的《牛虻》等。她喜欢英国女作家夏洛蒂·勃朗特的《简·爱》，简爱独立、自重、自爱的人格，让她钦佩！

林岚心中的理想是当一名作家，用文章去书写人间的真善美，去探讨人类进步的哲理。想到美好的理想不能实现，林岚心里久久不能平静。她很矛盾，在学校她是班干部，又是共青团员，不能不服从分配啊！

第二天是星期天，吃早饭了，尽管一夜没有合眼，林岚一双星星般的眼睛仍是那样明亮有神，但是敏感的父亲还是觉察到女儿有心事。

## 第一章　美好的偶遇

"岚岚，有什么事吗？"林书鸿关切地问。

林书鸿身材修长，举止儒雅，一派学者风度。他曾经在德国留学五年，但因为父亲曾加入国民党的关系，他一直提拔不了系主任，也无法入党。

林岚把收到通知书后自己矛盾的心情一一告诉了父亲。林书鸿懂得女儿，他很喜欢女儿善解人意、乖巧、开朗的性格，也很欣赏女儿对人生有那种执着的热情。

林教授说："搞文学创作不一定要读大学或者从事专业学习，业余的时间也可以搞。况且文学创作源于生活而高于生活，古今中外有许多好的文学作品，并非出自读过大学的作家，而是作者经历了许多艰难曲折的生活，才提炼出人生的真谛与感悟。"

林教授爱惜地看着女儿接着说："到农场并非是坏事，经历了劳动，你会更懂得读书的意义。到农场一样可以自学，从实践中学知识。你应该服从组织分配嘛，以后有机会再上大学吧。"

听了父亲一番肺腑之言，林岚觉得很有道理。

就这样，十七岁的林岚决定去距离北海市六百公里的红旗农场。

临走前，妈妈给林岚准备了行李，还新买了一个米色的搪瓷带盖子茶杯，茶杯的图案是荷花，花如白玉般纯洁无瑕，花瓣上有几颗透亮欲滴的露珠，花下是一片片绿色的莲蓬叶，叶似翡翠般晶莹剔透，看上去十分的水灵清雅。

林岚知道母亲喜欢荷花，母亲的意思再明确不过了，女孩子家出门在外要出淤泥而不染！

红旗农场是一个国营的老农场，始建于一九五三年五月，主要种植麦子、蔬菜，还养猪牛羊。它坐落在连海省著名的王子山旁。王子山下还有一个美丽的湖泊，因面积较大，被当地老百姓誉为万亩蝴蝶湖。这是连海省最著名的风景区，相传古代许多诗人都曾游览过。

在这里，近观树木葱茏，远看群峰交叠，层峦起伏，与山底下的湖泊相映生辉。

红旗农场的场长叫田汉春，中等个头，浓眉大眼，精神饱满，年纪约四十八岁。他参加过抗日战争和解放战争，因腹部和腰部多处受伤，一九五〇年转业，被部队保送到了农业学校，成为新中国第一代的农业专科毕业生。由于身体原因，加上本人喜爱农业，他主动要求到农场工作。田场长在农场工作了十多年后，快四十岁才结婚，妻子李菊花三十出头，是当地农民的女儿，容貌清秀，性格温和贤惠。

大家都喜欢田汉春两口子，亲昵地称他为老田，称他的妻子李菊花为田夫人。

他们结婚八年了，生有一女一子，七岁大的女儿叫小青，儿子叫小树，两岁多，有先天性心脏病，经常上医院。

副场长是一名刚转业的军人，来自甘肃，近三十岁，取个女人名字叫范玉芬。据说他父母一连生了四个儿子，为了第五胎生个女儿，事先取了个女孩的名字，没想到第五胎还是个男孩，所以他就叫范玉芬了。

范玉芬从老家娶了个媳妇，叫王美丽，二十六七岁，长得漂亮丰满，皮肤有些偏黑，性格泼辣，喜欢打抱不平，像带刺的黑玫瑰。他们俩生有三个孩子，大的已经七岁了。

从一九五三年到现在，十几年了，农场没有什么人来。勤劳朴实、安分守己的农场职工，默默地守护着这里，从来没想过搞新的建设。

一九七〇年七月初，农场陡然来了二十个知识青年，其中有八个知识青年是从北海市来的。

他们都是那么有朝气，有活力，虽然不怎么会干农活，但他们劳动积极受到了农场的职工欢迎。

## 第一章 美好的偶遇

从北海市来的这八名知青，五名是女知青，分别是于婉容、林岚、王平平、李玲、杜宝珠；三名男知青，分别是付晓鹰、周舟、王中建。到了农场的第二天，他们就走访了农场职工的家庭，好奇地问他们："这个农场种什么？有多大？可以吃饱饭吗？我们有地方洗澡吗？"知道答案后，他们也表态："我们不会做农活，但我们十分愿意学。我们愿意起早贪黑，请你们教我们，我们一定努力干好！"

北海市这八名知青是那么的好奇，那么的热情，那么的虚心，农场的职工打心眼里喜欢他们。大家把家里的馍馍、贴饼子、地瓜干、酸菜，还有腊肉，送给他们吃，还教他们生活常识，这些让知青心里暖暖的。

林岚到农场已经一个月了。这天是星期天，风和日丽，一大早她和同宿舍的于婉容等五人一同到早已想去的蝴蝶湖游泳。五位姑娘虽来自北海市不同的中学，但年龄都在十七岁左右，而且在学校都是游泳健将。今天去美丽的蝴蝶湖里游泳，让她们像鸟雀儿一样欢喜。

婉容，一张白皙的鹅蛋脸，长着一双亮晶晶的丹凤眼，五官精致，身材苗条，说话不紧不慢，很有条理，为人处世老沉精明。她的父亲是北海市的商人，母亲是市歌舞团的舞蹈演员，家中有两个弟弟。

李玲，容貌姣好，皮肤白嫩，身材高挑。她很喜欢观察别人，为人谨小慎微。她有一个弟弟，父母是北海市政府的普通干部。

王平平，外貌与名字很匹配，平平的五官，平平的胸部，个子不高不矮，身材不胖不瘦，一双不大的眼睛很有神韵，性格爽朗，做事很有主见，写得一手好字。她父亲是连海省科学院社会研究所的研究员，母亲是北海大学中文系的老师，前两年已去世。

杜宝珠，圆脸，一双细细的小眼睛，厚厚的嘴唇，个子不高，但皮肤白里透红，像个水蜜桃似的，说话快言快语，性格泼辣，有点像假小子。父母是北海市的普通工人。

五位姑娘兴高采烈地来到了湖边,她们被眼前的景色惊呆了。在冉冉升起的太阳照耀下,远处的湖水上面像铺了一层金子,波光粼粼,近处黛绿的山峰倒映在水面上,只看一眼,绝美的景色摄人心魄。

五位在城里长大的姑娘,从未见过如此般的美景。

林岚不由自主地说:"入画的感觉不过如此吧?"

平平在旁大叫一句:"我们把身心交给碧水青山吧!"

宝珠大声喊叫:"你们磨蹭什么?快下水吧!"

五位姑娘很快换上了游泳衣,准备下水。

婉容不安地说:"还是找当地的农民问问吧,搞清楚哪里安全,哪里危险。"林岚认真地说:"我问过田夫人了,她说靠边游是安全的。现在是夏季,农场职工都在这里游呢。她叫我们大家游慢一点,互相看着,不要游到湖中心就是了。"

说完,林岚硬是拉着婉容,跃入清澈见底的湖水。碧水连天,天连碧水,置身其中,心旷神怡,好不欢喜,她们游着游着竟游到湖心了。

五位姑娘游得非常尽兴,原来林岚从幼年起就经常游泳还参加冬泳比赛,父亲在五七干校也带她到河边游泳,所以她一点儿也不害怕。快到中午了,五位姑娘上岸了,大家嘻嘻哈哈,你推我追,一点也不疲倦,好不热闹!

宝珠看着林岚、婉容及李玲,忍不住称赞道:"你们三个人的身材真好,特别是林岚,身材像芭蕾舞剧中红色娘子军的吴清华,模样像电影演员王小唐。"

李玲说:"林岚比王小唐还要漂亮!"

平平笑着大声喊道:"林岚,你的身材像魔鬼,模样像天使,是怎么长的呀?我要是男人,一定追你。"

# 第一章　美好的偶遇

婉容冷冷地说："女人的美丽都给林岚占了，长得这么美，是所有女人的天敌！"

林岚走在后面，还沉浸在湖中游泳的喜悦中，看到她们说话，大声问你们都在说什么，宝珠说："夸你像仙女下凡！"林岚急了，上去轻轻地拍了一下宝珠的手臂。

五位姑娘正准备换衣服，迎面碰到的也是来自北海市的三个男知青，他们是付晓鹰、周舟、王中建。他们也准备去湖里游泳，只是睡到现在才来。

付晓鹰，身高一米八，胸肌饱满，相貌英俊。因父亲是高干，他走起路来总是昂首挺胸，说话也喜欢高谈阔论，加上篮球打得十分出色，是许多女孩子心中的白马王子。

周舟，中等个子，长相斯文，一双细长的眼睛好像是把什么都能看透似的，出言有礼，话不多，但句句到位；为人随和正直，工作踏实主动。父母是北海师范大学教育系的老师。

王中建，浓眉大眼，皮肤黝黑，身材矮壮，脸上经常挂着微笑，谦和朴实，跟他在一起没有什么压力。父亲是北海食品厂的工人，母亲是家庭妇女，有一个弟弟和一个妹妹。

当他们来到湖边，五个姑娘刚上岸，湿淋淋的泳衣紧贴着青春饱满的身体，如出水芙蓉，把三个小伙子看呆了。周舟感到不好意思，转过身，背对着她们。晓鹰和中建，犹如木桩一样，一动不动地立在那里盯着她们。

还是婉容机灵，大声说："好哇，男女有别，不许看我们！"

林岚笑笑地说："我们等一会儿到湖边钓鱼做鱼汤，我们还带了面条，你们游完泳后也一起来吃吧。"

付晓鹰高兴地回答："非常好！今天可以饱口福和眼福了，一会儿一定来！"说完，和其他两个人就向湖边走去。

路上，王中建谈论这些女孩子，周舟说："林岚和婉容最美！"停了一下王中建又问，"林岚和婉容，谁更漂亮些？"付晓鹰眯着眼看着天空，想了一下说："还是林岚更美一些。林岚清丽绝伦，像画上的演员！"

在一个夏末初秋的星期天，知青连续放假四天，婉容出席市知青先进人物表彰大会，李玲和宝珠回北海市探亲，平平值班，林岚因父母到北京参加学术会议，不打算回家了。

这一天，林岚起了个大早，吃完早餐精神焕发地走出宿舍，站在田野边深深地吸了一口气。尽管田野刚刚播完麦种，细小的麦子还没露出，但仍然散发出诱人的清香。她从小就喜欢这种自然的清香，因为她曾跟父母在五七干校收割和播种过小麦。

再抬头看天空，晴空万里，太阳刚刚升起，射出一道金黄色的霞光。

林岚突然想起那美妙绝伦的蝴蝶湖，这会儿雾光给清丽的湖水披上了一层金色的薄纱，蓝天、湖水、群山相互映衬，霞光中湖景犹如胜境，让人神往。

林岚一阵高兴，决定再到那美丽的蝴蝶湖中游一回。她赶回宿舍，换上红色游泳衣，外面套上白色连衣裙，拿上两个馒头，兴冲冲地走到湖边的小棚子，脱下连衣裙，做了几个下水的预备动作后，一跃跳进湖中畅游。

她围绕着湖边游了三圈，打算去湖中心游一下就上岸。当她游到湖中心，突然脚被硬绳子一样的东西缠住了，怎么也摆脱不了，越挣扎脚被缠得越紧，她不得不大声呼喊，却不见任何人影。在水上已经扑腾十多分钟了，体力快撑不住了，林岚绝望地向湛蓝色的天空望了望，又望了望周围，准备听天由命。就在这时，她隐隐约约地看见岸上一个人脱下上衣跳下水，向着自己的方向快速游来。林岚一下子感到有希望了，有气力了，又奋力扑腾着。当这个人快游到林岚身边时，林岚突然喘不过气来，手脚发软，眼前发黑，渐渐

# 第一章　美好的偶遇

下沉……

这个人游到林岚身边，用手托起林岚的头部，将头部离开水面，脸朝天空，这个人才发现林岚的脚被水藤缠住了。他马上用身上的刀把水藤砍断，然后托起林岚的腰部向岸边游，把体力耗尽、奄奄一息的林岚救上岸，并拖到草坪上。

这个人原来是个小伙子，他大口大口地喘着粗气，坐下来时才发现被救者原来是一位少女。这位穿红色游泳衣的少女虽然脸色苍白，但并没有呛水，呼吸还均匀，小伙子一下子感到放松了，倒在姑娘的旁边睡着了。

这时，湖边没有任何人，在大自然的怀抱里静静地躺着一对少男少女。

不知过了多久，一阵秋风徐徐吹来，小伙子醒了，看到被救的少女脸上也有了血色，呼吸也比刚才有力了。

小伙子这才认真打量这位少女，她精致俊秀的五官很有立体感，苗条的身体被红色的游泳衣紧紧地裹住，胸部动人地隆起来。她的脖颈和手臂白嫩，洋溢着青春的光泽。她的两条修长的腿很美，而且很自然地放松在草地上。她这样青春焕发，这样鲜嫩，这样贴近自己，一股强烈的冲动在他身体内掠过……小伙子感到不好意思，站起身来，离开少女身边。

这时林岚醒了，脸色也红润起来。她慢慢地睁开那双美丽的大眼睛，只见不远处一双关切的眼睛望着自己，眼神是那样干净纯洁。

林岚轻声问："是您救了我吗？"

看到姑娘醒了，小伙子很高兴地回答："是的。"

"你是怎么割断水藤的？"林岚又好奇地问。

"我正在山上采植物标本，身上刚好带着刀。"小伙子回答。

"您叫什么名字？"林岚感激地问。

"我叫江宁生。您呢？"小伙子望着穿游泳衣的林岚有些不好意思地问。

"我叫林岚，是红旗农场的知青。谢谢您啊！"林岚感激地说。

"不用谢。你没事了吧？快去换衣服吧。"然后，小伙子将林岚慢慢地扶起来。当林岚站稳了，不由得看看天空，发现天空是那么蓝，水是那么碧，周围的树是那么翠绿，阵阵秋风吹得绿叶频频颤动，仿佛在向她招手，欢迎她回到岸边！

林岚顿时感到心旷神怡。

"好，我这就去换衣服。"林岚高兴地喊着。

一会儿，林岚从草棚出来，换上了白色的连衣裙，长长的黑头发像瀑布一样披在肩上，胳膊和手腕宛如象牙雕刻，腰肢很细，胸部高隆，美丽的脸庞上一双水盈盈的大眼睛是那样纯洁无邪。在蓝天青山碧水中，她袅袅移步，真像从画中走出来的仙子。

"啊！你真美！"宁生禁不住赞道，"落日清江里，荆歌艳楚腰。"说完，宁生儒雅地对林岚笑了笑。林岚听了，调皮地说："那我便是'采莲从小惯，十五即乘潮。'"

山里的秋天总让人感到清凉，林岚的精神一下子恢复了。这时，她才认真打量这位"救命恩人"。

小伙子二十来岁的样子，身高约一米八四，好像与父亲一样高，炯炯有神的黑眼睛，挺拔的鼻梁，既有男子汉的刚毅，又有书生的文质彬彬，这种优秀的搭配，形成一种独特的气质。

林岚不禁感到一阵说不出来的亲切，一种似曾相识的感觉油然而生。"你从哪里来？可以留下你的地址吗？我应该如何感谢您呢？"林岚诚恳地问。

宁生回答："我从北海市来到王子山采集植物标本，采完后，准备到湖边游泳。刚下山，就看到湖里一个红点在挣扎，我就赶紧游过去了。我是学校的游泳冠军，我抓住了你的手，可水藤缠住了你……当我把水藤砍掉，谁知

## 第一章　美好的偶遇

你已经不会游了。我只好托起你，使出吃奶的劲儿往岸上游。还好我们采植物标本时随身都带着特殊的刀具，否则，后果不堪设想。"

宁生停了一下，看了看林岚，略带责备地说："你一个小姑娘怎么可以一个人在湖中心游泳呢？太不应该了！这里的农民秋天是不会在湖中心游泳的，因为这里的水藤刚好秋冬生长，春夏萎缩。农民每到十一月会坐在船上用长刀割水藤，然后将它们做成工艺品或家具。现在刚刚初秋，藤还算嫩，如果是深秋，我这把小刀是根本砍不断藤的。"

"哦，是这样！"林岚睁大眼睛深深地吸了一口气，然后问宁生，"您好像很熟悉这里的一山一水，是吗？"

"嗯，可能比你熟悉一些吧。"宁生点点头，又侃侃而谈，"这里是有名的王子山山脉，巍巍群山，平均海拔两千三百米，山上资源丰富，光有机物种就有六万余种。这里一年四季繁花似锦，草木葱茏。我从小就来王子山玩，因为我的父亲在这里生活过几年。"说到这里，宁生停顿了一下，仿佛在深深地回忆，眼神略带忧郁……

林岚理解地点了点头。

"这几年我和同学每年都来。"宁生说。

这时一阵清风又吹来，林岚才注意到宁生居然还光着膀子。"您应该穿上衣服了。"她亲切地说。

"好的。"宁生穿上衣服。

林岚又恳切地对宁生说："可以谈谈这里的山山水水吗？"

"嗯，可以。"宁生回答。

他又继续娓娓而谈："我很喜欢爬山、游泳和旅游，我去过香山、黄山、武夷山、华山，这些山都各有各的美。然而，我对王子山情有独钟。王子山是一座无所不有的宝山，树木美，花儿美，草儿美，鸟儿美，山水美，人文美，各种美都被它发挥到极致，你只需要用灵魂来瞻仰，来观赏。这大概就是它的魅力吧。

好山孕育着好水，山脚下还有十几个大的湖泊，奇绝的山，灵动的水，彼此依傍。这些湖泊的水自然形成渠道流向各个村庄，潺潺的湖水既灌溉了农作物，也丰盈了人们的内心。

就说这个美得无与伦比的蝴蝶湖吧，一到夏天，它就是蝴蝶的王国，各种各样的蝴蝶飞到湖心，在空中形成一条五彩蝶虹，成为这里的一大奇观！"

"哦！"林岚听得入迷了，不禁叹道，"自古以来，蝴蝶就有着'会飞的花朵'的美称。"

宁生用赞同的眼光看着林岚说："是的。在古典诗词中，吟咏蝴蝶的佳句颇多。杜甫言：'穿花蛱蝶深深见，点水蜻蜓款款飞。'陆游问：'何处轻黄双小蝶，翩翩与我共徘徊。'"

林岚同感，接过话头说："李商隐道：'孤蝶小徘徊，翩翩粉翅开。'人们把成双成对嬉戏飞舞的蝴蝶比作甜蜜的爱情。蝴蝶又代表着吉祥平和，与牡丹花配在一起，暗喻耄耋之年，表示长命百岁。"

"你说得太好了！"宁生赞同地说，"可是，我们现在的生活已经很难出现古诗佳词了，这很不正常。中国五千多年的文化，其中，古诗词就起了桥梁和传递作用，诗词文化之所以源远流长，是因为它所蕴含的精神内核和思想精神早已融于我们的血脉。

唐宋时期，是中国古代诗歌史上最辉煌的时期，诗人创作诗歌的灵感有些源于观赏了美丽的大自然，自然给其以丰富的想象；有些源于现实，让其感喟命运，忧患苍生。"

宁生抬头看了看天空，叹道："这蓝天、白云、翠绿的山峰倒映在湖面上，让你分不清究竟哪里是实景，哪里是幻境。眼前的'文化大革命'让诗词、名著等传统文化失去色彩，年轻人的精神生活越来越贫穷……你能理解吗？"宁生认真地问林岚。

林岚双肘垫在膝盖上，用手撑着脸颊和下巴，她的脸很优美地斜侧着。她的眼睛正专注地凝视着宁生，思索着什么，似乎也认同宁生的说法。

宁生平生第一次看到一双闪闪发亮的眼睛在一旁崇拜地凝视着自己，这双眼睛里有一种难以形容的沉静美。

一刹那，宁生感到与林岚似曾相识。

又是一阵阵秋风轻轻吹来，感觉是那样清爽舒畅，湖边的暮色渐渐降临，宁生打断了这瞬间的宁静，问林岚："你饿了吧？我这里有山上的伏苹果，还有馒头。"宁生这么一说，林岚也感到饥肠辘辘，说："我的确感到饿了。我也带了两个馒头呢，我们一起吃吧。"林岚轻轻地咬了一口宁生递过来的苹果，苹果的皮虽是青色，但味儿很甜，水分也足。"山里的东西真好吃！"林岚不由赞叹道。

一会儿两个人填饱了肚子，天色不早了。

美丽的蝴蝶湖像镜子一样光亮平静，王子山不是翠绿的颜色了，而是被晚霞蕴染出宁静温情而朦胧的色调。

他们披着晚霞静静地坐在山坡的草地上，显得那么和谐美好。他们之间感觉真实自然，没有一丝丝的拘束，好像从来都认识似的。他们在沉思白天所发生的一切……

谁也没有马上想走的意思，彼此像磁铁一样被吸引着。这时暮色降临了，秋天的月亮格外圆，格外明亮，皎洁的月光洒满大地，漫天的星星调皮地眨着眼睛。山里的夜晚像海一样深远，静谧。

宁生望着月亮笑了，说："这么好的月亮，作首诗吧？"

林岚轻轻地说："我不会作诗，倒想起两首诗。'自古逢秋悲寂寥，我言秋日胜春朝。晴空一鹤排云上,便引诗情到碧霄。'"然后一双明亮的眼睛望了望月亮,她又继续吟道,"'山明水净夜来霜,数树深红出浅黄。试上高楼清入骨,岂如春色嗾人狂。'"

宁生听后连声赞道:"这两首诗的可贵,在于诗人对秋色的感受与众不同,一反过去文人悲秋的传统,唱出了昂扬积极的高歌。他偏说秋天比那万物萌生、欣欣向荣的春天要好,强调秋天并不死气沉沉,而是很有生气,并指引人们看那振翅高飞的鹤,在秋日晴空中排云直上,凌云而飞。这是唐诗刘禹锡的《秋词二首》,它给予人们的不是秋天的萧条和素色,而是唤醒人们为理想而奋斗。"

林岚甜甜地笑着说:"我念得好,你解释得更好!"

宁生也忍俊不禁地说:"我也不会作诗,但为了不辜负这美好的月亮,我就对月亮吹口琴吧。"说着他从包里拿了一把口琴,然后微笑着问林岚喜欢听什么曲子。

林岚调皮地说:"听'救命恩人'的!"宁生儒雅地笑了笑,拿起口琴,吹了两首歌曲。他吹得那样投入,那么流畅。林岚出神地听着,听完由衷地称赞:"笛韵悠扬,你吹得真好!我第一次听到这么好听的口琴曲子,真是天籁之声!第一首是俄罗斯民歌《田野里静悄悄》,第二首是苏格兰民歌《友谊地久天长》。"说完,林岚久久地凝视着宁生。

过了一会儿,林岚低下头沉思了一下,然后用炙热的眼光望着宁生轻轻吟道:"'中庭地白树栖鸦,冷露无声湿桂花。今夜月明人尽望,不知秋思落谁家?'"

宁生听后没有马上接林岚的吟赋,而是低头停顿了一会儿,再抬起头来,用深沉的眼光望了望林岚说:"这是唐代诗人王建的《十五夜望月寄杜郎中》,这首诗,诗人明明是自己在怀念爱的人,偏偏说秋思落谁家。这种反其道而行之的方法，将别离思聚的情意表现得非常委婉动人，把读者带进一个思深情长的意境。"

宁生说完，炯炯有神的黑眼睛凝视着林岚，似乎想要求证什么。林岚被宁生盯得有些不好意思，慌忙低下了头。

此时无声胜有声！

过了一会儿，还是宁生先爽朗地笑了，他望着天上圆圆的月亮和满天的星星，自言自语地说："不是所有的美景都能穿梭古今，唯有月亮和星星。我今晚才知道什么叫天上人间，才明白'但愿人长久，千里共婵娟'。"

林岚扑哧一笑，说："我今晚才知道什么叫现代版的才子佳人！"

林岚一瞬间感到宁生是两个江宁生：一个是多才多艺、温文尔雅且略带沧桑感的才子，一个是沉稳勇敢、有志向、有家国情怀的男子汉！

这时已经是深夜了，宁生说："我送你回农场吧，这段山路白天走半个小时，晚上要一个小时。"林岚愉快地答应了。

两人肩并肩缓缓地走在不平坦的山路上，旁边是一望无际的田野，秋天的夜深邃得让人摸不透。

林岚问宁生："你最喜欢的座右铭是什么？"

"百折不挠，愈挫愈奋。"宁生回答。

林岚望着前方山间的小路不说话了。

"你不喜欢？"宁生问。

"不，不是。"林岚回答。

"那为什么？"宁生问。

"我非常感动，这是孙中山先生的话。"林岚诚挚地回答。

此时，两人都不约而同地站住了，彼此凝视着。林岚的眼睛仿佛两颗星星，在黑长浓密的眼睫毛下闪闪发光。宁生刚毅的眸子深沉而充满柔情。

过了好一会儿,两人又继续往前走,谈到了理想、奋斗,谈的最多的是对社会现实的不理解:无法上大学的烦恼,精神世界的空虚,理想的搁浅……这时到了红旗农场门口了,林岚正想问宁生的住址,农场值班的田大爷打开门口说:"姑娘怎么这么晚才回来?"

宁生向林岚挥了挥手,儒雅地笑了笑说:"再见!"然后转身大踏步地走了。

看着宁生的身影渐渐地消失在黑夜中,林岚也走回宿舍。这时她才想起来以后到哪里去找江宁生呢?

# 第二章　夜空下的倾谈

　　半年过去了，冬天也过去了。一九七一年的春天来了，红旗农场的道路两边宽宽的，每边足足有一百多米宽的空地，都长满了青翠的树木。

　　一排排的树木长满了绿芽，各种花朵含苞待放，空气中弥漫着野草、树木、花朵发出来的清香，春天蠢蠢欲动，摩拳擦掌。鸟儿被融融春意深深地感染了，它们飞上枝头，雀跃，欢叫，一个个仿佛中了榜的状元。

　　北海市来的知青组成了一个团支部，林岚已是这个团支部的宣传委员，婉容是团支部书记。其他地方来的知青组成了另外一个团支部。场长叫他们出墙报，组织知青写农场的好人好事，副厂长范玉芬却要他们歌颂"文化大革命"的硕果，婉容拿不定主意，干脆组织大伙儿开会，听听他们的意见。

　　首先，付晓鹰昂首挺胸地站了起来，口若悬河地说："'文革'是向资产阶级宣战的有力武器……"他一边讲一边用手将浓密的头发往后有力地一掠，头高高地昂起来，来一个样板戏中红色娘子军洪长青的亮相。一会儿，他又睁大眼睛激动地回忆了自己在天安门城楼下看见了国家领导人的场景。晓鹰目光闪烁，声调高亢，一番激情演讲让差点儿睡着的同志们着实精神起来。

特别是女孩子们，在精神生活枯燥的年代，望着这位白马王子，心里暗暗钦慕。

王平平却是针尖对麦芒地说："'文革'的效果怎么样，我们得看事实，得看生产力的发展。"

中建说："我不懂什么生产力的发展，反正我们全家成天吃不饱，弟弟妹妹整天喊饿，家里的生活越来越穷，衣服都不够穿……我在农场成天劳动，也不能帮助父母养家，除了劳动就是开会，一开会就犯困，不过可以借这个机会睡大觉。"

他还没说完，大家就哄堂大笑。

轮到婉容发言，她不紧不慢地理了理头发，那双丹凤眼瞟了晓鹰一眼，挺起胸说："我们这些年轻人，当下能做的不是议论政治，而是做好我们的眼前工作，做好春耕才最实在。"

这个发言倒是获得部分人的好评。

婉容又让林岚也讲一下。林岚站起来，一双眸澄澈如水，环视了一下周围，认真地说："我们是年轻人，应该关心国家大事，更要清楚现实需要我们做什么，国家真正需要什么！"所有人听了林岚大胆的发言后惊呆了，会场氛围瞬间凝固了。

婉容马上提醒林岚要注意用词，原则问题要掌握分寸。

付晓鹰却眯着眼睛盯着林岚脖颈下微露的一抹雪白的肌肤和高隆的双乳浮想联翩。至于林岚说什么，他倒是什么也没有听进去。

## 第二章 夜空下的倾谈

周舟说了一句:"林岚的发言非常好!实事求是!"

王平平也大声叫道:"林岚说的是真话,非常棒!"

会场开始一阵躁动,婉容马上宣布散会。

散会后,婉容三步并作两步地走到晓鹰面前,气呼呼地瞪了一眼晓鹰,醋醋地责问:"林岚刚才说的什么,你听进去了吗?你怎么那样打量她?"

"哦,漂亮姑娘嘛,谁都愿意多看一眼。林岚的美很特别。"晓鹰情不自禁地说。

婉容睁大一双充满醋意的丹凤眼,漂亮的面孔散发着一种咄咄逼人的美,还有种说不出来的威严和气势。她用手指着晓鹰说:"你昨晚在大麦场对我说,喜欢我的能干和漂亮,做我的男朋友,今天怎么那样盯着林岚?你是个花心郎!"说完婉容红着眼圈扭头走了。

晓鹰一下子急了:"别,别介意呀!我把林岚作为艺术品欣赏,你懂吗?咱俩是心有灵犀一点通,昨晚我对你是真情相告。"说完一把拉着婉容的手,又顺势摸着她的细腰。婉容才要说什么,却听到中建喊晓鹰:"你母亲看你来了。"

晓鹰母亲从一辆公务小轿车上下来,她是一位近五十岁的妇女,风韵犹存,衣着华丽,但略带几分俗气。看到晓鹰,她母亲急忙扑上去拥抱着儿子:"还好吧?平时吃得饱吗?"

晓鹰回答妈妈:"我还好。"然后向妈妈一一介绍围上来的知青。

晓鹰拉着婉容郑重介绍道:"这是我跟您说过的于婉容同志,我们农场的团支部书记,先进人物,也是我们这里最漂亮的姑娘。"

他嘴里说着,眼睛却瞟着林岚。

晓鹰母亲仔细打量婉容后,高兴而又满意地笑了,然后把带来的部分进口糖果、饼干、水果,还有市面上难买的巧克力,要婉容分给大家吃。

原来，付晓鹰的父亲叫付经世，付经世现是北海市的副市长兼革委会主任，权力大得很。市委书记被撤职了，目前基本上由委革会主任主持工作。晓鹰的母亲原来在市政府当打字员，后来一下子被提拔为副处长。其母在家里贤惠能干，在工作上八面玲珑，为人处世圆滑。晓鹰是独生子，他的出身较好，让很多人都想和他家结亲。

一周后，墙报出好了，刊登的是农场的好人好事，但在右下角出现了主编的评论。

主编是林岚，她是这样写的："当前我们用了许多时间开各种会，生产却停滞不前，不读书，不创新，生活越过越贫穷，难道这些不值得我们反思吗……"

第二天下午，林岚刚从菜地里择菜回来，看到一个高个子男青年在专注地看墙报，边看边称赞，还默默地读起主编评论"文革"的观点，不住地点头叫好。

林岚感到那个人的背影有些熟悉。这时，婉容跑来告诉她，北海市有几位领导马上要到此地参观，话还未说完，就见副场长和几位领导们徐徐来了。他们自然看到了墙报，其中一位胖胖的领导指出主编的意见是"反革命"言论，要对主编进行处分。

这位高个子男青年在一旁听了，主动走上前对那位胖胖的领导说："您说这是'反革命'言论，要对主编进行处理，有什么法律依据呢？"他继续说，"主编讲的是事实啊，没有错啊！最近上面已经下放文件提出抓革命促生产，对过去五年部分的提法正逐步纠正。"胖子领导一听青年的争辩，生气地大声指责道："你们年轻人不知天高地厚，居然敢反'文革'，你又是谁呀？"

这时田场长告诉胖领导："这是我安排主编写的，希望大伙多从几个角度分析问题，跟任何人没关系！"

林岚站在那里，被高个子男青年的行为深深感动了。

## 第二章　夜空下的倾谈

她镇定地走到胖领导面前说："是我写的。我是主编，我可以负全部责任。"

副场长范玉芬赶紧恭恭敬敬地拉上胖领导一行人坐上汽车，热情地说："农场为领导们准备了一桌新鲜的河鲜，晚去就不好吃了。"然后，看了看林岚他们，虎着脸说，"年轻人就知道胡说、乱说！领导们请别介意，明天我们好好批评他们。"

司机很配合地关上车门，一踩油门将车开走了。此时大伙感到空气有些凝固，人们都盯着林岚。

"他是新来的知青，名字叫江宁生。"田场长热情地向林岚介绍道。

林岚和江宁生的目光相遇了，林岚睁大眼睛愣住了，随之高兴地说："是你呀？"

宁生也高兴地点了点头，儒雅地笑了笑，道："我们又见面了。"

婉容、晓鹰、平平、周舟都不约而同地问："你们认识？"

林岚正要对大伙说什么的时候，只见田夫人抱着两岁的儿子小树，着急地对丈夫讲："小树的心脏病又犯了，得马上送医院，可医院离农场有十多里地，农场唯一的车又送领导去了……"大伙听了很着急，只见宁生马上接过田夫人手中的孩子，撒腿往县医院方向小跑，林岚、婉容、晓鹰、平平、周舟也跟着去了。一路上，宁生、晓鹰、周舟轮流抱着孩子，不到一小时，小树被送到了医院，得到了及时的救治，苍白的小脸有了血色。此时已经是夜晚十点多了，因为小树还没有过危险期，大家都不愿离开。场长夫妇守在儿子旁边，其他人坐在医院的走廊里。不一会儿，婉容、晓鹰、周舟、平平都靠在凳子上睡着了。

林岚和宁生此时才有空安静下来，彼此凝视了一会，不约而同地走到了医院的草坪上。北方的春天仍然是那样寒冷，尤其是夜晚还有冷露往下洒，寒气依然袭人。宁生关切地问:"你冷吗?"林岚温柔地摇了摇头,但宁生还是脱下自己的外衣给林岚披上,此时两人心中有着说不清的亲切、温暖和激动!

林岚道:"那天分手后,我就觉得我们一定会再见面的!"她忍不住,又轻轻地问,"你是有准备来这里的吗?"

"是的。"宁生接着娓娓而谈,"我父亲之前在这个省工作,曾在这个农场劳动了三年。他很喜欢这里的一山一水和朴实的老百姓,还与田场长结下了深厚的友谊。我家住在北海市,四年前,我被分配到陕西去插队。去年因为母亲生病,田场长建议我来这里,既不耽误上山下乡,又方便照顾我母亲。于是,我决定来这里了。第一天我来红旗农场递交申请报告,第二天就在蝴蝶湖遇上了你。这种跨农场调动手续,由于跨省足足办了半年多的时间。"

"哦,明白了,"林岚愉悦地笑了,目光坚定地说,"你是上帝派来救我的恩人。"

宁生道:"你的文学知识挺丰富,很喜欢看书吧?"

林岚回答说:"你怎么知道?"

宁生感慨地说:"我看你写的评论与整个板报的排版内容,政治教化的术语没几句,倒是文采斐然,还有实事求是的论断与颇为感人的现实材料相映衬,很精彩。"他停顿了一下继续说,"事实上,我们现在所处的社会空头理论众多,五年多了,我们这些年轻人没有文化知识,今后怎样建设一个强大的国家啊?"

"是啊,"林岚很有同感地说,"我们虽然见世面,天天劳动,但是大好时光不读书,实在令人郁闷。"

宁生说:"我从小喜欢航天,喜欢晚上看天上的星星,无数闪烁的星星让人产生许多的幻想。我很想读北京航空学院,但这也许是幻想了。"

天上寒星闪烁，这对年轻人望着无边无际的星空，畅谈着心中的理想，感到彼此心中的浓雾被拨开了。深夜的春寒没有让这两位年轻人感到一丝丝的寒冷，心中反倒是暖暖的，柔柔的。他们谈到了当前中国社会的忧患，谈到了各自的人生观、价值观，谈到了历史和未来……他们感到：无论如何，当前都要挤出时间读书……自学才是最现实的！

　　天渐渐地亮了，一道金色的阳光照耀在宁生和林岚的身上，他们青春的脸上泛着灿烂的光彩。一夜的倾谈让他们彼此发现，他们原来是同一类人，有着同样的理想，同样的家国情怀！

# 第三章　一幅美丽的图画

宁生来农场两个月了,他的到来让许多人高兴,但也有人很不高兴。他每天第一个下地劳动,并且每天最后一个离开。谁在劳动中碰到难题了,他总是主动去帮忙。他晚上总喜欢读书,天文、历史、地理无不涉及。爱学习的人都喜欢请教他,他不厌其烦地为他们讲解。他也向他人虚心请教,取长补短。星期日下午,他总喜欢打篮球,投球那叫一个准,投篮姿势也是那么潇洒、有力、灵活。一旦球投中了,他总是儒雅地微笑一下。

如果说付晓鹰是女知青的"白马王子",那么江宁生则是女知青的"理想恋人"。

最不高兴的人是副场长范玉芬,江宁生经常顶撞这位副场长,一点面子也不给。因为一个月以前范场长让大家砍树种田,宁生带头阻止,几乎闹到

## 第三章 一幅美丽的图画

农场总部去；范领导平时组织学习，宁生总是以各种借口不参加，有时还号召大家开会不如去劳动。还有一个人是付晓鹰，因为宁生的到来，婉容开始对他冷淡了，这让他很生气。

晓鹰打听到宁生的父亲叫江恒，之前曾任连海省的省委书记，也曾是清华大学理工科的研究生；宁生的母亲叫李敏芝，是连海省医学院的教授。宁生的父亲现被下放去劳动改造，母亲也因患重病从农村回到家中养病。宁生是独生子，曾在北海市重点中学读书，读书期间还是班干部。

这些信息，付晓鹰全知道了，他知道多少婉容也就知道多少。当然，两个月以后，所有知青都知道了江宁生的家庭情况。

团支部换届，大伙儿选宁生为组织委员，婉容为书记，林岚为宣传委员。婉容建议增加一个文体委员，宁生建议付晓鹰担任，大家也没意见，一致通过了。

宁生还建议，除了夏收和秋分播种这两个特别忙的时节外，请农场批准知识青年每个星期有半天时间可以自学文化知识。场部同意了这个建议。

老田场长还专门找了一间大约六十平方米的大房子，宽敞明亮，布置了桌子椅子，供他们学习用。大房子旁边有条小溪，溪水清澈，潺潺流水声，好像大自然谱写的一首美妙悦耳的乐曲。小溪旁边是茂密的树林，幽静秀美。坐在大房子那里读书，颇有在学校图书馆读书的那种感觉，知青们都称大房子是"大教室"。

一天，老田传达上级指示精神："要求农业学大寨，自力更生，艰苦奋斗，要红旗农场制订发展计划。"老田要求先由北海市知青的团支部拟一个计划稿，再交党支部讨论修改补充。婉容接到任务觉得十分棘手，找林岚商量。林岚想了一下，笑着对婉容说："先由宁生拟稿吧，他应该比我们熟悉这块土地，也有计划能力。"

婉容见林岚胸有成竹地推荐，诧异地问林岚："你怎么知道？""这……"林岚想起与宁生第一次在蝴蝶湖相遇及第二次在医院草坪上畅谈的情景，两次简短交谈，她对宁生的才华及品行有了深刻的印象，心中的情愫也被触动了，不由得脸红起来。看到婉容紧紧地盯着自己，林岚并不掩饰自己对宁生的敬佩和好感，大方地说："我的建议一定没错。"

婉容的确是能干的，尤其组织能力很突出。她连夜组织全体团员召开团支部大会，各自发表意见，大家也同样推荐宁生拟首稿，并提出了较好的建议。宁生也痛快地答应了。

付晓鹰心里不痛快，气愤地想："走资派的儿子，有什么了不起！"更让他愤怒的是，婉容对自己明显冷淡了，那双妩媚动人的丹凤眼，经常热辣辣地盯着江宁生；林岚虽然与自己朝夕相处，有时候自己逗得林岚也咯咯大笑，但她从没像盯着宁生那般温柔深情地注视自己，"不行！这两个漂亮的女人凭什么我付晓鹰一个也得不到，我哪一点比不上江宁生？"付晓鹰心里翻涌着滚滚醋浪。

第二天，林岚拿了几本资料给宁生，有介绍红旗农场的由来、面积、人口结构、地理环境和目前农作物的培植技巧的资料汇编，有一幅旧的红旗农场道路图，还有一本关于发展农作物、畜牧业的书。

林岚解释道："我是团支部宣传委员，发现场部的书柜有些存书，挑了几本，希望能帮助你完成。"

宁生仔细看了书的题目，用柔和感激的眼光看着林岚，说："谢谢啦！"

两周后，宁生写出了红旗农场五年发展计划的初稿。

该报告首先向农场党支部建议：红旗农场，依山傍水，千里沃野，良田万亩，目前应该充分运用其得天独厚的自然资源，根据土地成分，结合耕种经验，改良和提高农作物的品质，种植高品质、高产量、附加值高的农作物，

## 第三章　一幅美丽的图画

不仅要增种多品种果树和高品质蔬菜，还要充分运用农作物的副产品，饲养猪牛羊和鸡鸭鱼，以增加农场职工的经济收入。

同时保护自然生态，是当前工作的重中之重！不能因增加经济收入而破坏生态环境。

宁生还绘画了五彩缤纷的规划图，图中有山有水有田野，有果园、菜地、牛羊鸡等，还有新开的两条马路、一家医院、一所幼儿园和一所小学。

宁生还讲，红旗农场位于天山县，该县的锣鼓队有两百多年的历史。据说，这支锣鼓队约有六十人，中华人民共和国成立时他们曾在天安门广场表演过。每到过春节，该锣鼓队必定组织表演，以增加村民凝聚力和祈盼来年丰收。这只锣鼓队历史悠久，是天山县非物质文化遗存，应弘扬光大。

农场党支部全体党员听了宁生的计划报告都拍手叫好，尤其是老田，兴奋不已，大声赞扬宁生的计划做得有前瞻性！

老田当即叫婉容通知农场所有的知青和全体职工，第二天一同听江宁生讲解这个计划，同时也希望大家提更多的意见。

婉容三步并作两步走去通知宁生，让他准备又一次发言。宁生微微颔首地答应了，但他心里多少有些不安，毕竟自己才到农场几个月，说的对吗？

讲解那天，宁生平稳了一下情绪，带着对王子山和蝴蝶湖的深情，带着对红旗农场的深情，声情并茂地讲述了计划。大家听着，仿佛被江宁生带进了一幅美丽的图画，对那里充满了向往。

林岚也被宁生的讲解吸引了。她习惯性地用手撑着脸颊和下巴，目不转睛地盯着江宁生。突然，她和宁生的目光相遇了，他们彼此的目光闪动了一下。一瞬间，宁生对林岚儒雅一笑，这种微笑，让林岚感到熟悉和亲切。讲完了，宁生向大家鞠了一躬，会场上立刻响起了暴风雨般的掌声。

这时候有一个人特别激动地站起来鼓掌，连声说："好！好！好！"大伙一看，是范副场长的爱人——王美丽。等大家静下来后，她激动地说："这个计划太好啦！我从甘肃嫁过来八年了，去年还回了趟老家，那里很穷，饭都吃不饱，很多父母省下口粮给娃儿吃，衣服也不够穿，住的是泥坯房，有的还住茅草房，娃儿也没书读。"会场上是一阵沉默，接着，她又继续激动地说，"嫁到红旗农场，这里有山有水，还有你们这些有知识有文化的青年，提出这么好的建议，让我们劳动致富，生活有盼头，我谢谢你们啦！"听美丽说心里话，大家颇受鼓舞，又一次响起掌声。

会后，有人向宁生详细地问这问那，有人还提出修改意见，会场上异常热闹。

十天后，宁生根据大家提的意见，将计划补充修改，由老田送到总场部了。据说总场部也被震撼了，其主要领导连夜将计划递交到连海省政府办公室。

一个月后，连海省政府领导李良杰和秘书古华到红旗农场调研，并与老田、老范、宁生、婉容、林岚和全体党员进行了交流。

李良杰感慨地说："这是一份很出色的计划，希望红旗农场能带个好头，但现在的形势不知道允不允许……"他反复叮嘱老田"小心被扣上唯生产力论的帽子"，要低调行事，省政府会拨一点资金给红旗农场搞建设，也会安排连海省农科所的专家到红旗农场进行技术指导。

# 第四章　初诉衷情

　　宁生的计划给农场带来了喜悦，却给婉容也带来了重重的心事和纠结。婉容爱上宁生了，这几个月她发现宁生有魅力，才华横溢，为人正派，而且还是个美男子。

　　女知青都在背后说宁生长得像电影演员王新刚，但宁生是"走资派"的儿子，婉容自己和家庭是不能接受的。婉容矛盾了，她还有两个弟弟，需要有人帮忙解决工作。

　　婉容不想在农场待一辈子，她渴望去市政府或者省政府工作，渴望可以威严地去管别人。父亲是个小商人，经济收入不稳定，经常看别人的脸色，低声下气的，婉容不想走父亲的老路。

　　付晓鹰英俊潇洒，颇有才华，工作能力也好，更重要的是他父亲位高权重，有能力解决她家的一切问题。晓鹰虽然对自己表白了，但对林岚又很欣赏，这一点让婉容又很不安。

有一天下午，付晓鹰写了一篇稿子，还带上了一条漂亮的上海羊毛围巾，到场部找林岚修改。晓鹰提出了许多无关紧要的问题，最后恭恭敬敬地拿出了围巾。

林岚很快地修改完了稿子，然后对晓鹰说："稿子修改好了，可以出墙报了。羊毛围巾，我妈妈给我买了两条，我不需要了，谢谢你！我还有许多事做，你可以走了。"

晓鹰厚颜无耻地说："我早就对你有好感了，咱们就不能多聊聊？"然后将凳子拉过来，靠近林岚。林岚马上将自己的凳子往后拉，与晓鹰保持距离。晓鹰挑逗林岚说："距离产生美。"然后又色眯眯地盯着林岚说，"岚岚更像个仙女了。"

这时，婉容和宁生刚好一起到场部会议室找林岚商量出墙报的事，听到晓鹰主动挑逗林岚，婉容醋意大发，拿起一本书向他砸去，接着又指着林岚生气地说："你这个狐狸精，勾引晓鹰！"

晓鹰马上跑了，边跑边说"是误会"，倒是把林岚给气哭了。宁生马上拍了拍林岚的背，安慰她不要生气，然后狠狠批评婉容："婉容，你胡说八道，你要向林岚道歉！"

婉容看到宁生真的生气了，也知道是付晓鹰主动挑事儿，她倒不怕得罪林岚，只怕得罪宁生。停顿了一下，婉容绷着脸对林岚说："对不起。"事情过后，婉容开始恨林岚了。

又是一个星期天到了，由于这段时间写计划，每天睡眠较少，宁生比平时晚起两个小时。他想去找老田聊聊，还想看看小树的身体恢复得如何。一想到李良杰对落实计划的交代，"小心被扣上唯生产力论的帽子"，宁生不由

## 第四章 初诉衷情

得有些郁闷，他想与老田聊一下以后怎么操作。

一路上，高大的白杨树枝繁叶茂，一群喜鹊在绿叶间嬉戏，喜鹊黑尾白腹，翻飞跳跃，渲染出一派勃勃生机，宁生的心情渐渐释然。

走到老田家，看到林岚像个调皮的孩子，正和田夫人的两个孩子一起玩老鹰捉小鸡的游戏，此时的林岚活泼可爱，显得十分开朗。

田夫人又是杀鸡，又是准备包饺子。看到宁生也来了，大家都乐了。林岚眼睛流光溢彩，咯咯地笑着对宁生说："你来得正是时候，有口福啦。"

田夫人忙叫林岚帮忙打下手，宁生发现林岚洗菜剁肉馅十分麻利，还会调饺子馅儿，田夫人也忍不住夸道："林岚心灵手巧，懂得关心人，给小树在城里买了药和书，还给小青买了两套衣服和一个洋娃娃……"

老田与宁生闲聊了起来。

林岚帮田夫人忙完了大多数的手头活后，仔细打量宁生，发现宁生的内衣和外衣很脏，内衣的袖口也破了，掉了下来。林岚想了想，跑到田夫人那儿说了几句悄悄话，田夫人马上点了点头，拿了老田的几件干净衣服，叫宁生换上。宁生不好意思地瞅了瞅林岚，进到里屋，换下了脏衣服。

林岚接过宁生的几件衣服，马上拿去洗，随手晾在院子里。

一会儿，鸡炖好了，又炖了豆腐，炒了鸡蛋和青菜，包了饺子，七八个菜摆了满满一桌子。田夫人还拿了自己酿的米酒，大家像过年似的，都喝了一点儿。小青小树姐弟俩一定要和林岚坐在一起吃，林岚不停地给孩子们搛菜，三人好不亲热。大家边吃边聊，像一家人似的。

快到下午三点了，每周这个点儿都是知青打篮球的时间，宁生告别老田一家，准备打球去。田夫人说："打完球回来吃饭，反正中午还有好些饺子没煮，家里还有活鱼呢。"

林岚也对宁生说："你晚上过来吃饭吧，我不去看球赛了，下午还要教小青拉小提琴和做作业。""好，我一定来！"宁生高兴地看着林岚回答。

　　傍晚快七点了，宁生大汗淋漓地回到了老田家里，林岚拿了一叠洗干净的衣服和内衣，红着脸叫宁生去洗澡。

　　宁生洗完澡换衣服时发现原来的白上衣洗得干干净净的，袖口补好了，针脚细腻精致；胸前还用粉红、红色、浅绿、深绿的线绣了一朵荷花和三片荷叶，凸出来，栩栩如生，很有"莲叶无穷碧，荷花别样红"的美感；再看看内裤和袜子都是新的，另外还有一件新的衬衣、一件内裤和一双袜子都用一个白布包着。

　　洗干净的衣服穿在身上特舒服，还闻到一股芳香味，这也是林岚的气息！宁生感到有些异样的情感在心中涌出，英俊的脸微微地红了起来。

　　吃饭了，田夫人和林岚端上热腾腾的炖鱼和饺子，又炒了两盘青菜，大家一边喝着自家酿的米酒，一边赞叹蝴蝶湖的鱼真好吃。

　　吃完饭，林岚还为大家表演了小提琴。听完曲子之后，大家正谈红旗农场的未来时，小树突然说："我要认宁生当哥哥，认林岚当姐姐。"老田哈哈大笑，说："你认不得。""为什么？"小树歪着小脑袋天真地问爸爸。田夫人用喜悦的眼光扫了宁生和林岚，不由得点了点头，连声说："好好好。"

　　宁生和林岚两人顿时都羞红了脸，低下了头……

　　老田高兴地喊："大家再喝一杯吧！"田夫人拿了一盘香肠和一盘花生米给大家吃。吃得差不多了，姐弟俩喊着要睡觉了。老田嘱咐宁生："按计划做好农场的改革，工作要低调，不要与玉芬场长正面对抗，有些事儿换个方法一样可以解决。你打小是个倔愣子，别再犯倔。"宁生点了点头。

　　大家吃完了，田夫人在收拾碗筷，宁生和林岚都帮忙收拾，老田叫他俩别干了，到田边溜达溜达，看看乡村夜晚的美景。

　　林岚拿着那个白布包包和宁生一起走出来了。两人走到田野边，宁生盯

## 第四章 初诉衷情

着林岚那个白布包,感激地说:"谢谢你啊,那朵荷花绣得真美,像你一样!"

林岚说:"不用谢,你救了我的命,我还没谢你呢。"

"谢我很容易,给我洗一辈子衣服吧。"说完,宁生突然觉得有点失态,不好意思地笑了。

林岚愉快地说:"今天在老田家过得很快活,特别是与小树和小青一起玩耍,仿佛又回到了童年时代。"

宁生回想起他们三人老鹰抓小鸡的游戏情景,林岚还真像个可爱的小姑娘,童心未泯,不由得开怀大笑。林岚很少见宁生这般喜悦,听到他这么爽朗的笑声。

宁生接着坏坏地说:"今天早上我看到的你大概只有六岁,不!只有三岁吧。"

林岚一听,拿起白色的包包,对着宁生的身上轻轻地砸了又砸,说:"我叫你编排我。"

当两人闹够后,眼光再次相遇时,不由得双双停在田野边。

二人彼此深深地凝视了很长很长的时间,宁生冲动地想抱住林岚,他觉得林岚是一个温柔、纯净、善良、有思想、有才华、懂感情的好女孩,此生相遇,实属幸运,但一想到自己因父亲的事而前途渺茫,将来不能给林岚带来幸福时,刚才的热血和快乐一下子没了,剩下的只是深深的忧郁和失落。

林岚一下子感觉到了宁生的情绪由沸点降到冰点。

"为什么?"林岚用清纯的大眼睛盯着宁生不解地问。

宁生调整了一下情绪,严肃地告诉林岚:"我父亲的事到现在还没有结束,我没有能力给你美好生活。你是个好姑娘,你父母都是高级知识分子,你应该有美好的未来,所以……"宁生说不下去了,痛苦地低着头,过了一会儿才说,"或者我们就当小树的哥哥姐姐,你当我妹妹吧。"宁生心情复杂地看着林岚。

田野里静悄悄的，静得连针掉下来都能听见。

林岚抬起美丽的脸庞，睁大一双清澈如水的眼睛，郑重其事地告诉宁生："我不在乎你的父亲是走资派，现在不在乎，将来也不在乎！我在乎的是你！认识你，我很幸运，我相信你父亲是个好人，你父亲一定是被冤枉的。老田常说，您父亲在任时为老百姓做过许多好事，是一个好官！"

林岚停顿下来沉思了一会儿，声音开始变得柔柔的，她坚定地说："你不要为此事纠结了啊，干好你想干的事，你一定行的，我相信你！"说完她把白色的包包塞给宁生，快步走进女生宿舍。

在静静的夜晚中，宁生目送林岚，直到看不见她的身影，他才缓缓地转身离开……

## 第五章　吃　醋

一九七二年的夏天到了，这是一个丰收的季节。

这丰收是前所未有的。收割前夕，清爽的空气中弥漫着麦香，沁人心脾。阵阵的夏风柔柔地吹来，麦穗微微摆动，鞠着躬，仿佛在欢迎大家的光临。面对这黄澄澄的麦浪，大家好不欢喜！

这一天，田场长带上范副场长和农场团支部委员婉容、宁生、林岚、晓鹰来到麦地，他乐呵呵地说："麦子真不错啊，长势喜人哪，壮实紧致的麦穗，粒粒饱满。"他还折下一株麦穗，搓出还有些潮柔的麦粒，欣赏着，内心抑制不住喜悦。

"现在最大的任务是颗粒无损地、有计划地、有步骤地把麦子按时收起来。"田场长一边欣赏，一边对大家要求说。

田场长还喜滋滋地想:"今年丰收,亩产量增加,与省里李良杰秘书长的支持以及宁生他们优秀的计划是分不开的,知青还将农场的一些边边角角的地以及闲置的地种上了改良麦子,一下子增加了二十多亩地,总产量也增加了,知识青年就是好!有文化和有追求的人就是不一样!"

紧张的夏季收割开始了。这天清晨,天刚蒙蒙亮,宁生就来到收麦场里,正在一把把地磨镰刀时,林岚和婉容也来了。

婉容拿着两个大馒头递给宁生,说:"这么早,你没吃早饭吧?你总是不会照顾自己。"宁生大方地接过馒头说:"谢谢了!"他边吃边说,"我已经习惯不吃早饭了,反正,晌午田夫人他们会送馒头和粥。"此时,婉容盯着宁生,温柔地送上一碗水,清晨的阳光洒在婉容青春靓丽的脸庞,显得她是那样的明丽动人。

林岚看到这一切,笑了笑,一个人先走进地里割麦子去了。

第二天,宁生也起得很早,像平时一样六点就到麦场上了。不一会儿,只见婉容一个人也悄悄地来了,不仅带了两个馒头,还带了几块糖果,温柔地递给宁生,宁生接过后仍说了声"谢谢",然后告诉婉容:"以后不要再这样了,粮食,每个人都是有定量的,我以后自己带早餐了。"宁生发现今天林岚没有跟婉容一起来,沉思了一下,又低头干活了。

开工的时间是七点,林岚这个时候才和大家一起来。

大家拿起宁生和婉容磨好的镰刀迅速地去割麦子了。

上午十点多,田夫人他们送来馒头、稀饭和咸菜。

农场的馒头蒸得特别大,女孩子一般吃两个或者两个半就够了,离她们的定量还绰绰有余。男孩子吃三个还处于饥饿状态,尤其像宁生这种饭量大的,要吃六七个才能饱。还是田夫人心细,发现宁生他们的饭量特别大,就在劳动量特别大的时候,从自家带些馒头、地瓜等特别地补给男孩子。

## 第五章 吃 醋

农场一般一个月才吃一次肉,平时根本没有什么油水。

这天上午,大家刚吃完饭,用麦秆作坐垫,半躺在树底下,稍作休息。

婉容却拍了拍手说要讲一件事,叫大家提起神来。她把乌黑的头发用手拨到后面,挺了挺本来就很丰满的胸。清风一阵过来,将婉容苗条身材凸显得更青春动人了。

大家都想听听这漂亮的团支部书记说什么。

婉容说:"我们知青在这里相处已经两年多了,像家人似的。我发现女孩子的饭量小,男孩子的饭量大,我们女孩子就将多余的口粮让给男孩子吃。我们农场女知青多,男知青少,换句话大家都随便吃,都管饱,不分彼此。大家同意吗?"说完,她看了看宁生。

婉容的口气从来都是咄咄逼人的,还有几份威严,今天讲这段话却显得温柔亲切。林岚觉得这个建议真好,就带头拍手表示支持。大多数人也都跟着林岚拍手,王平平边拍手边小声地对周舟嘀咕:"醉翁之意不在酒,婉容想讨好宁生。"周舟也点了点头说:"公事私事全都办了。"

倒是晓鹰不高兴了,不拍手,还朝地上躺了躺,闭着眼睛养神去了。

第二天中午,是副场长范玉芬的老婆王美丽送饭,她一头挑着一筐馒头,另一头挑着半桶绿豆花生糖水,身后还跟着一只大黄狗。

这只大黄狗是王美丽从娘家带过来的,已经养了五年了。这只狗特别通人性,经常帮她家看家护院,甚至连家里养的鸡鸭都操心看护。据说天气热的时候,有这只大黄狗看守,她家晚上都不用关大门。因此,对王美丽来说,大黄狗像他们家成员一样。

王美丽把一桶馒头和半桶绿豆花生糖水放在树底下,叫知青来吃。当打开绿豆花生糖水的盖子时,大家马上闻到浓浓的香味,只见大黄狗突然跑到绿豆花生糖水的桶边,伸着舌头舔了几口,然后又用脏乎乎的爪子摸了一个馒头就塞进嘴巴吞了起来，又将另外一只爪子放在馒头上。

见此情景，大家谁也不想喝绿豆花生糖水了，更不想吃大黄狗摸过的馒头了。

这时婉容拿起锋利的镰刀，对着大黄狗的脖子，一刀砍下去，只听大黄狗一声惨叫，跟跄几步，倒在地上抽动了几下，死了。看着血淋淋的狗，王美丽怒不可遏。她可不管婉容是团支部书记还是知青领导，因这么个小事就砍死她家的狗，她扑上前去，对着婉容的脸狠狠抽了几个耳光。这还不解恨，王美丽一下子把婉容掀倒在地，坐在她的身上，用拳头再狠狠地打她，直打得婉容哭天喊地。

宁生、晓鹰、周舟、中建四人赶紧将王美丽拉开，王美丽流着眼泪哭喊道："就因为这点小事将狗打死？婉容，你这个女孩子的心肠怎么会这么歹毒呢？"

婉容哭着为自己辩解："我肚子饿极了，这几天又上火喉咙疼，狗把绿豆花生汤弄脏了，没法喝了，情急之下昏了头才杀死了狗，一个畜生算什么？大不了我赔！"

美丽听了更火了，在地上寻找到一块砖头，又想上去打婉容，边哭边说："你给多少钱都赔不了！我们和这只狗就像家人一样相处，你是城里人，有钱就了不起啊？"

林岚赶紧将王美丽手中那一块砖头拿起来扔掉了，后来还是林岚、平平、李玲、宝珠将王美丽硬拉着回村里了。晓鹰一向对婉容很顺从，今天很生气也很惊讶，瞪大眼睛，大训婉容："你怎么这么狠毒啊，太可怕了，太可怕了！"

宁生他们也在大声批评婉容手段太狠了，真想不到一个女孩子有如此可怕的心肠！

## 第五章 吃 醋

婉容在大家的指责下，不敢再为自己做任何解释了。

宁生他们将狗用麦草捆起来，埋在附近的树下。

第二天晚上，大伙儿拉上婉容，到副场长家去道歉，并拿了五十元赔给王美丽。王美丽不开门也不要钱，在屋子里只说了一句："狗都比你通人性。"最后副场长范玉芬出来黑着脸瞅着婉容说："你一个女娃娃怎么这么狠？"说完，拿了五十元走回家，关起门不理睬他们了。从那以后，婉容不敢见王美丽，也不敢见范玉芬。

丰收是喜悦的，但十分劳累。每天上午七点出工，中午十二点吃饭，然后午休一个小时，晚上九点收工。当天收下的麦子必须马上脱光麦穗，打成一粒粒麦子，否则麦粒会生出芽儿，所以大伙儿真可谓是争分夺秒地抢收。

夏收已过去十多天了，每天晚上八点多，男生宁生、晓鹰、周舟、中建，女生婉容、林岚、平平、李玲、宝珠，尽管口干舌燥、饥肠辘辘，也都坚持收拾余下的工作，完成当天必须做的事。他们都比别的知青干得多，休息得晚。渐渐地，他们已经成为农场的骨干了。

今天是林岚来月经的第二天，也是夏收的第十二天。晚上八点，她就感到有些头昏，只好找个地方捂着肚子坐下来休息。

自从婉容给宁生送馒头的事发生以来，林岚一直默不作声，埋头工作，尽量不与宁生说话。宁生心里是清楚的。

宁生见到林岚不舒服，马上端上一碗水，走到林岚身边，弯下腰，蹲在林岚旁，着急地问："你不舒服？脸色这样苍白？"

林岚看了看宁生，又用眼睛瞟了瞟婉容，用两个人才听到的声音小声说："看在人家给你送馒头的份儿上，你送给她喝吧。"说完，她站起来就走了。

"你……"宁生自嘲地苦笑了一下，端着那碗水急忙追上去，但林岚已经走远了。这一切，大家全看到了。

晓鹰得意地看了看婉容，婉容不动声色地说："快干活，早点回去休息。"

晚上九点后在女生宿舍，女生都关切地问林岚："好些了吗？"

林岚说："大姨妈来了，过几天就好了。"这时有人轻轻地敲门，平平忙着开门，打开门是宁生。

他拿着一包红糖交给平平，请她交给林岚，要她马上用热水冲服。

林岚喝了热乎乎的红糖水，马上舒服了很多，心里也敞亮了，倒头睡下了。

自从那天晚上告诉林岚自己的家庭情况以后，除了工作需要外，宁生打算不再接触林岚了，因为他不想连累这个可爱的姑娘！

宁生星期天上午基本不去老田家了，有空就去大教室读书。

周舟、平平、婉容、晓鹰、李玲也经常在大教室读书。

有时他特别想林岚了，就独自到蝴蝶湖吹口琴，看月亮和星星，或者拉上周舟到麦场或田野里聊天。政治形势、生活情感、哲学历史、文学艺术，他们无所不谈。

林岚倒是一直坚持去田场长家，因为她答应教小青学小提琴。小树一周不见她，也直嚷嚷。

## 第六章　一碗毒汤

一九七三年的夏季，仍然是一个丰收年。忙完夏收，他们又去种芝麻、豆子、花生、玉米，培植果树，为果树施肥除虫等。在秋分之前，他们又忙着精细整地，翻土培松，有的地方还要灌溉，最后才用藤篓子撒播小麦种子。

每年冬天，他们都盼望下三场大雪，瑞雪兆丰年嘛！当地老百姓有个顺口溜："麦子盖三层被，头枕着馒头睡。"

他们来农场三年了，已经熟悉了农场的农活，基本知道什么季节种什么植物，翻土、播种、收割、脱穗等农活，样样拿手。

如今，快到秋分了，又开始翻土播种了，新开垦的地还要灌溉，大家得忙十多天。

婉容仍然记得王美丽如何打她，如何在众人面前羞辱她，她下决心要报复王美丽！

今年九月中旬，田夫人病了，给大伙儿送午餐，全靠王美丽一个人。

王美丽家大黄狗死了，所幸的是留下了一只小黄狗。

小黄狗名字叫"豆豆"，长着一身黄色的毛，有一双乌黑发亮的圆眼睛，鼻子扁扁的，嘴巴大大的，耳朵长长的，四条腿很短，尾巴翘得像天线，走起路来，屁股一扭一扭的，非常可爱。豆豆很爱显示自己，每次到麦田里来，见到知青们，总是爱表演它的强项——点头翻跟头，立起来走路，还拍拍手，逗得大伙忍俊不禁。直到大家鼓掌后，它才停止表演。豆豆的到来，让知青们在繁忙的劳动中得到了片刻的放松。王美丽十分喜爱这只小黄狗。

今年初秋，又特别干燥，大家已经干了第八天了。

这天，美丽仍来送饭，与往年不同的是，她一到田头，马上将小黄狗拴在一棵小树底下，不让它乱跑。然后，她才将盛粥和装馒头的木桶盖子打开，又从木桶里拿出了十多只大海碗给大家喝粥用。

今天午餐是花生红豆糖粥和馒头，大家借着吃完午饭的空当倒在大树下休息。

晓鹰和婉容，两个人共同靠在一棵大树下休息。

其他青年都远离他们，到另两棵大树下，男的一堆，女的一堆，背垫着麦秆，在大树下休息。没有几分钟，他们都累得睡着了。

王美丽每次都是等大伙吃完，自己才最后吃。此时，她先盛了一大海碗花生甜粥放在桶旁边，准备给自己吃，又盛了一小碗甜粥，送到不远处的小黄狗面前，一边心疼地看着小黄狗，一边亲昵唠叨："豆豆多吃，快长大了。"

见王美丽专注地看小黄狗吃东西，婉容快速地站起来，手里拿着一小包白糖和一小包老鼠药，偷偷倒进王美丽的大碗，用准备好的勺子赶紧搅了好几下。晓鹰见状，大吃一惊，正想喊住手，只见婉容恶狠狠地瞪了他一眼，

## 第六章 一碗毒汤

暗示他不许说话，他只好张大嘴巴不敢说话。

弄完后，婉容又快步回到晓鹰旁，装作睡觉。

王美丽喂完小黄狗，心满意足地拍了拍它的背，回到大桶边，端起那只大碗，一口气将粥喝完，又吃了两个馒头。吃毕，她又跑到小树底下，解开拴狗的绳子，牵着豆豆，挑起两个木桶，朝家里的方向走去。

当离开大伙二十多米时，王美丽突然大叫起来："救命啊！救命啊！"双手捂着肚子，蹲在麦田旁连声惨叫。

听到她的喊声，大伙儿一个个惊醒了，赶紧跑到她的身边。婉容和晓鹰也跟着跑来。只见王美丽脸色苍白，满头虚汗，浑身无力，模样十分痛苦，大伙都束手无策，不知怎么办。

只听晓鹰说了一句："会不会是女同志来月经肚子疼？"林岚马上说："有可能。"平平说不太像，宁生说："无论如何，赶紧送她到医院。"

于是，宁生背起王美丽，就往医院跑，其他人都跟着宁生小跑。半路上，晓鹰还主动更换宁生。

李玲和平平将小狗和木桶送回王美丽家。

半个小时后，大伙儿才到医院。经医生鉴定，王美丽是食物中毒，得马上洗胃。经过一番治疗，王美丽总算脱离危险，脸上有了血色，肚子也不疼了。

奇怪呀，怎么会食物中毒呢？今天大家都吃的是同一桶粥，同一锅馒头，大家都没事儿，就美丽……

王美丽回忆，昨天晚上，她做了一锅面疙瘩汤，放了许多腊肉和香油。因为没有吃完，她将剩下的那碗放在厨房的灶台上，没盖盖子。家里有许多老鼠，会不会是老鼠将这碗东西弄脏了？

这碗面疙瘩放了十几个小时，早上闻起来有微微的酸味，她热得透透的才吃的。对于剩饭，王美丽是不舍得丢的，下顿继续吃，是常有的事。

　　王美丽，这个脾气火爆却又朴实的农村妇女，见自己无事了，在心里开导自己。

　　她实在想不出哪里出错了。

　　大伙更是想不出王美丽中毒的原因。

　　已经是下午五点了，王美丽嚷着要出院，回去给老范和三个娃做饭，还要喂猪呢。

　　所以，宁生、晓鹰和周舟，又轮流背着她回家了。医生还开了几天的肠胃消炎药。

　　一路上，婉容特别轻松和高兴。

　　当天晚上，晓鹰约了婉容到大麦场。偌大的麦场，只有他俩。

　　晓鹰劈头盖脸地问："婉容，你太狠了！怎么给人家下药？"

　　婉容争辩道："去年，王美丽因为一只大黄狗竟打了我一顿，还差点用石头砸我的脸，我的胳膊过了三个月才好！我今天才放了一点老鼠药，不至于害死她，让她也尝尝什么叫痛苦！以其人之道还其人之身，我是有仇必报、有恨必解！今天老天也算是帮了我，反正她没有死。你要理解我的感受，我不是什么事都可以忍的。"

　　"你如果认为我不好，我们可以分手呀，你走你的阳光大道，我走我的独木桥，你还可以去揭发我呀，判我的刑啊！"说完婉容流下了眼泪，不再作声了。

　　婉容虽然漂亮能干，居然如此狠毒，晓鹰心里有点发怵了。如果老鼠药放多了，王美丽就没命了……

　　两个人就这样沉默了十多分钟，婉容轻轻地瞥了晓鹰一眼，发现他眉头紧蹙，眼睛盯着地上。婉容心里害怕了。咄咄逼人的神情不见了，她嘴唇紧

## 第六章　一碗毒汤

抿，头缓缓地低下来，准备扭头要走。

月光下，看到婉容楚楚可怜的样子，晓鹰心软了。他一把拉着她的手说："你以后千万别再这样干了，行吗？亲爱的。"

婉容默默地点了点头，看到晓鹰原谅了自己，主动地扑到他怀里。晓鹰一手搂着她那细腰，一手抚摸着她丰满的胸和臀部，心里五味杂陈。

直到秋分，大家终于把麦子全部种下了。

田场长和范副场长，松了一口气，称赞知识青年很能干，只干了三年农活，都得心应手了，而且还能带动全场职工一起干活。九月二十九中午，场部还给大家宰鸡宰鹅，杀了一头猪加餐，慰问知识青年和农场职工。大家都很高兴。

田夫人和王美丽还拿了两大筐刚从树上摘下来的大苹果，叫知青们带回城里，给家里人尝尝鲜。

# 第七章　消除误会

　　一九七三年的国庆节到了，放假五天，大家都回北海市了。

　　宁生没有回去，因为他母亲的心脏病有所好转了。半年前，宁生写信给曾在他家工作过十几年的吴姨，请她照顾母亲。吴姨四十多岁，未婚，跟宁生一家相处得如亲人一般。有她照顾母亲，宁生也就放心了。

　　宁生想利用国庆假期看看书，看看老田。

　　林岚也没有回去，因为父母都回杭州老家看姥姥和姥爷了。

　　如今的红旗农场比以前更加葱绿了，高大挺拔的树木直逼天空，树下的草和花各显其美，悦人身心。这天正值十月一日，初秋的北方颇有几分凉意，让人精神为之一振。尤其站在田野上吸上一口空气，沁人心脾，心情格外舒畅。

　　宁生快步走到老田家的院子门口时，听到小提琴的悠扬琴声从屋内传出

## 第七章　消除误会

来。这是一首俄罗斯民歌《田野里静悄悄》。一曲完了，老田家一家人都拍手叫好，接着苏格兰民歌《友谊天长地久》又响起来。

宁生感叹，用小提琴演奏这首歌曲韵味悠长，它一定是林岚演奏的。

他心里突然想林岚了，虽然这段时间他尽量克制自己。

老田家的院子种满了花，田夫人有一双巧手，将挺大的花园整理得井然有序，一年四季都有花朵竞相开放，美丽的花园被如此动听的音韵萦绕，更加让人陶醉，对美好生活充满期待。

带着这种美好，宁生笑盈盈地推开门。老田见到宁生，满脸欢喜，拍着大腿说："你小子好久不来了，今天来了，我们一起吃肥秋蟹，我的战友正好从江南带了一篓子螃蟹给我。"田夫人打趣地说："你每次来都能碰上美食。"

宁生朝大家点点头，又特别看了看林岚，林岚有点吃惊，有点慌乱地转身去辅导小青和小树读书。田夫人赶紧到厨房里忙去了。

老田神秘又掩盖不住内心的喜悦告诉宁生："前几天，我代表场部去省里开会，见到在省上工作的古华，他透露省政府今年的重头戏是抓革命促生产，要求所有工厂和单位不许停工，全部正常生产。要求学生不再串联，都要回学校读书。我们农场的计划也受到表扬，省上领导说咱们的计划既科学又实在，还准备在其他地方推广。咱们可以大干一场啦！"

老田说完美美地喝上了几口米酒。

下午，林岚教小青拉小提琴，宁生发现老田家的一间小房子里面有许多藏书，有历史书、人物传记以及中外名著，都是当下批判或者禁止看的。原来许多人下放到红旗农场都带着一大堆书，他们将书放在老田家，安全！

宁生还意外发现有些书是自己家的，因为书的扉页上有父亲的签名，这真让人兴奋！

他忍不住到院子里拉上林岚来小房间看这些藏书，林岚也同样兴奋。

晚上，他们也是在老田家吃的饭，两人临走的时候，林岚又拿了一个天蓝色的包包给宁生，轻轻地说了一句："给你的。"

宁生当着老田全家人的面打开，里面是一件新织的杏色长袖高领毛衣，很厚实，也很绵软，而且领子、袖口和身上都织了不同的图案，像一件工艺品。老田夫妇对视笑了笑，他们对这对青年之间的友谊早已看得明明白白。宁生拿着天蓝色的包包与林岚向老田一家告别。

皓月当空，沿着田间小路，宁生和林岚无言地缓缓走着，他们很享受这秋夜的宁静以及空气里的清香，一种莫名的情感在他们心中涌动着。

宁生先打破了这个美好的宁静，问："你身体好些了吗？经常犯吗？"

林岚感动地回答："没事了，每月有时疼，有时不疼。"她诧异地问，"你怎么懂得这么多？"

宁生回答说："小时候我妈妈经常痛经，我爸太忙了，只得由我家吴姨照看。每次吴姨都冲红糖水给我妈妈喝，有时候还放几片姜，我妈妈喝完就没事儿了。吴姨在我家顶半个医生，我们和吴姨跟亲人似的。最近我母亲的病就是她照看好的。"

"有这样的阿姨真好！"林岚感叹地说。

林岚看了一眼宁生，脸突然红了："你还想躲着我吗？"

宁生的眼神带着一丝忧郁，哽咽着答道："是想躲的。因为没有能力给你美好的未来，但心里又无法忘记你！"

他手里拿着天蓝色的包包软乎乎的，一会儿将蓝包包紧紧地贴着脸，一会儿又捂在胸口，痛苦地思索着。

林岚闪烁着星星般的眼睛，对着宁生柔声说："看着我，我再一次告诉你，我不在乎你的出身，也不在乎你父亲是什么派，请你永远不要再为此事烦恼了！你再烦恼这件事，我就恼了！"说完，她从宁生的手中夺回蓝包包，

## 第七章　消除误会

对着宁生的胸口轻轻地砸去。宁生被林岚的真诚再次感动了，心里一下子开朗了。

他相信，林岚讲的是真话！

事实上他根本忘不掉林岚，也无法离开林岚。两人仰望星空，彼此心情特别轻松。

两人静静地走了一会儿，宁生突然打趣地问："今天在老田家吃的螃蟹，蘸的镇江醋真好，你吃够了没有？"

林岚一下子明白了宁生讲的"醋"的含义，羞得满面通红，又急又恼，嚷嚷道："你又使坏！"还用手轻轻拍了拍宁生充满肌肉的手臂，宁生一下子抓住了林岚的手臂。高大健美的他，真想紧紧地拥抱这个可爱美丽的姑娘，一种强烈的冲动在他的身体又一次涌动着。林岚见宁生痴痴地看着她，温顺地闭上了眼睛，一动也不动……

还是宁生克制住了自己，轻轻地放下了林岚雪白柔软的手臂。林岚也睁开眼睛，用温柔略带害羞的眼光看着宁生。

彼此的目光深情地凝视了一会。

宁生抑制了一下激动的情绪，看着林岚说："你太单纯了，要保护好自己。婉容不是一个简单的姑娘，小小年纪很有城府，心也狠。还有付晓鹰，他对你已经抛出橄榄枝了，他可是革命家庭哦。"说完颇有醋意地看着林岚。这回轮到宁生吃醋了，林岚咯咯地笑着说："得了吧，你也尝到吃醋的感觉啦？"然后，她思索了一下说，"我觉得婉容有两双眼睛，她的确不是普通的人，她和付晓鹰才是天生的一对。"

秋天的夜晚，清新的空气让人舒畅，加上两颗火热贴近的心，宁生和林岚走走停停，一边兴高采烈地说着什么，一边欣赏夜景。宁生还将老田今天告诉他的事也告诉了林岚。天空中闪烁着漫天的星星，仿佛祝福这对年轻人。

# 第八章　连心树

　　国庆节过后，知青都从北海市回来了。知道宁生和林岚都没有回家过节，婉容陷入了深深的思索。这时付晓鹰敲开了女生宿舍的门，叫婉容出去。到僻静处，他拿出一大包东西，里面都是进口的巧克力和饼干，还有一套漂亮的睡衣。

　　婉容既欢喜又纠结，欢喜的是付晓鹰对自己有情，纠结的是宁生对自己无情。婉容需要安逸的生活，需要体面的工作，需要给家里的亲人带来好处，现实和感情都在逼迫她。

　　婉容心里始终是想着宁生。

　　据说付晓鹰的父亲调到省里当副省长了，官运亨通，所以付晓鹰在红旗农场，走路更加昂首挺胸了！

## 第八章　连心树

第二天一早，老田说要到王子山上找一种黄杉树，这种树用于建房子很牢固。现在知青越来越多，要扩大住房面积，农场又没有钱，只好自己找材料了。

正好上级通知场长开会，老田叫付晓鹰代替他去了，原因是付晓鹰出身好，口才好，回来传达误不了事。再说要让晓鹰去干砍树这苦活儿，好像他也干不了。

老田叫了宁生和农场的职工，一共十五个人，从蝴蝶湖边走上山去。只见宁生爬山动作十分熟练灵活，老田赶紧叫宁生紧跟着自己，女同志走在中间，另外六名农场男职工走到最后。

大家沿着小径盘曲而上，一路上，漫山遍野的树木充满勃勃生机，美极了！但路越走越陡了，越陡越窄了，走了两个多小时，老田叫大家休息一会儿。

林岚发现了两棵树的造型很特别。

两棵树下身枝干是独立的、分开的，上身的枝干却交错缠绕，仿佛两个相挽相依相伴的恋人，很有意境！

大家都围上去，赞叹不已！

老田笑着问："你们知道这叫什么树吗？"

平平口快，答："这叫鸳鸯树吧？形影不离。"

老田说："你讲对了一层意思，我们当地人叫它们连心树。传说古时候一些生死相许的恋人，都喜欢种这种树，它们代表永结同心、生死相依。"

此时，宁生和林岚不由自主地望了对方一眼。

"这种树很稀少，十多年前，省上的领导要我们找这些树，我们带了好些人，才找了十多棵。"

老田接着说，"不早了，继续走吧，大家小心！"

山路越来越难走，又窄又陡，稍有不慎就会掉下去，宁生几次回头关切地望了望林岚。

突然，李玲"哎呀"叫一声，摔倒在地，眼看就要滚下无底的山崖了，宁生一个箭步冲到李玲身边，一把拽住李玲，同时一手拽着山上的树。几乎同时，老田也跟宁生一样动作，也拉着李玲的另一只手，叫李玲不要害怕。另外两个农场职工马上过来帮忙，四人合力将李玲拉上来了。

李玲吓得面无血色，坐在地上哭了起来。林岚一边拿水给李玲喝，一边安慰她。

老田思索了一下说："女同志就不要往前走了，男同志可以走，但一定要小心！还有十多分钟就到了，我们砍够十六根就下山吧。"

按照老田的安排，男同志来回走了几趟，终于砍到了十六根。这木头长约四米，很细却很结实，像一条钢筋似的。下山时，老田叫大家吃完带来的干粮，保持体力，每人保持一段距离慢慢走。宁生还提醒大家走到陡峭的地方，用空出来的手尽量去扶旁边的树，以防滑倒。

李玲的那根木头宁生帮忙拿着，他一个人拿着两根。老田也是一个人拿着两根。

山里的天气说变就变，走了快两个小时，天突然下起暴雨，幸好旁边有个山洞，大家都躲了进去。暴雨足足下了一个多小时才停住，这时已是下午四点了。"要赶紧走，否则天黑了路更难走。"老田一边督促大家，一边嘟囔，"今天不应该让女同志来。"说着，走到了一条沟，这条沟今天上午还没有水，现在却成了一条小河了，宽度七八米，水深约有一米三。这可怎么办？

幸好这条沟是平沟，水流得不急。

老田果断地说："我和农场职工游几个来回，就可以将所有的木头搬到对面去。男知青可以慢慢地游过去，大个子宁生将五个女孩子一个一个地抱过

## 第八章 连心树

去吧。"

水位不断地增高，容不得再讨论下去了。

"大家就赶紧干吧。"老田急切地说。

宁生先是抱着李玲，让李玲双手抱着自己的脖子，一步一步蹚到沟对面。好在有水的浮力支撑，宁生抱起来不算太重。

然而，当宁生抱完杜宝珠、平平，累得他满头大汗，大口喘气。当他进行第四次时，林岚赶紧将自己口袋的一个馒头让宁生吃了，又递上自己的水壶。宁生三口并作两口吃，喝了几口水，展开双手对婉容和林岚说："你们俩谁先来？"林岚和婉容都互相谦让起来。

老田说："别让了，水位会上升的。"

林岚赶紧将婉容推到宁生手上："你快离开呀！"婉容一下子主动地紧紧抱住宁生，说不上是害怕还是激动，她的整个身体像面团似的，马上紧紧地贴在宁生的怀里。

平时那个咄咄逼人的婉容，今天倒像个楚楚可怜的小姑娘，一动不动地偎在宁生怀里，双手愈来愈紧地搂住宁生的脖子，让宁生头都抬不起来了。

宝珠大声告诉婉容说："你不要将宁生的脖子搂得那么紧，宁生低着头很难走！只要你双手不松，让宁生头抬起来，他走得更灵活些。"

到了岸上，宁生将婉容放在平地上，婉容依然不松手。宁生主动将她的手掰开，赶紧回去抱林岚，林岚关切地问："你挺得住吗？"

"没事。"说着，宁生一把把林岚拽下来，抱在自己的怀里，转身往河对面走。才走了两步，宁生不由自主地放慢了脚步，将林岚又一次紧紧地抱着，用眼睛盯着青春溢出的林岚……此时天空出现了一大片彩虹，是五颜六色的七彩云朵。

田场长不由惊叹道："当真是稀世罕见，我在十几年前看过一次。"另外一名农场职工也说:"七彩云朵是吉祥美好的征兆。"

天空中架起一座五彩缤纷的彩虹,彩虹下是连绵起伏的峰峦,云绵绵,雾漫漫,千山时隐时现,朦胧而柔静。宁生抱着林岚披着彩虹站在河中间,显得是那么和谐。

走到河中间,宁生突然不走了。

宁生不想走了!

林岚自然放松性感的身体,被宁生紧紧地抱住。林岚也抱着胸肌雄厚的宁生,她能感受到宁生因为激动身体有些微微颤动。两人心中瞬间像触电了似的,异样的情感充满了全身,升腾出此刻是永远的愿望。

这画面猛然刺痛了婉容的心,婉容确确实实感到心痛。

美,有时也是可怕的,残忍的!

"宁生快走啊!"老田大声地叫。

宁生才猛地清醒了,慢慢地走到岸边。林岚很不情愿地松开双手,自己跳下来。这种不情愿的感觉只有宁生才能感受到。

彩虹渐渐地消失了,所有的人和所有的木材都安全地过了河。过河后,是一条平坦的下山路,很好走。被大雨洗浴后的青山更加迷人了,整个山坡苍翠欲滴,还没散尽的雾气像淡雅的白绸,一缕缕地缠在它的腰间。

"今天好险啊,为什么今早不了解天气预报呢?以后女孩子不要去了。"老田一个深呼吸,自责地说。

宁生告诉老田:"山里的天气无法预报。"

一路说说笑笑,大家每人扛着一根木头回农场了。

去了一趟王子山,婉容清楚地知道,宁生心里只有林岚。大家也都知道宁生和林岚相爱了。

晓鹰自然也知道了。婉容找爱人,晓鹰曾经是第一人选,但论品行、才

## 第八章　连心树

华，宁生更上一层。尽管宁生的父亲已无权力，但经过这一段时间的考虑，婉容现在也不在乎了。

婉容真心真意地爱上了宁生。

婉容就是不明白，论相貌、工作能力、群众关系自己不比林岚差，可宁生为什么会选林岚？

那天晚上，婉容失眠了。她想了一夜，决定主动追求宁生，毕竟还有时间。

婉容从晓鹰那里知道，上级肯定了红旗农场的计划，并且准备大力推广。一周后，在大教室召开了团支部支委扩大会议，宁生、婉容、晓鹰、林岚、周舟、平平、李玲、中建、宝珠都参加了会议，组织团员学习计划，熟悉计划。

林岚建议五年计划最好再细化，每年具体完成什么工作，要有具体的实施细则。

晓鹰也兴致勃勃地讲："中央现在要抓经济工作了，我们这个计划是紧跟党中央的步伐。"

宁生也提出了大家分工的建议，九个年轻人热烈地讨论了一天。

婉容最后做总结发言："计划是宁生写的，宁生功不可没！他对农场的情况很熟悉，有许多事情我们都要与他商量，建议下一任团支部书记由宁生担任。"其他人都同意重新选举下一届支委。

大家仍然没有散会，继续热烈讨论，又提出了许多建议：办科学养鸡场，种新水果提高收入，盖新宿舍，办学校，开展舞会举行诗歌朗诵比赛……

林岚说："办这么多项目钱从哪儿来？"

宁生说："如果麦子每年丰收，除了满足农场职工和知青一年的口粮外，每年还多出一部分。这些多出来的粮食，一部分质量好的储备起来，以防灾荒；一部分质量差的，可以作为饲料搞养殖，然后将养殖场里的鸡、猪等卖掉，换取的钱来办上述项目吧。"

晓鹰提议："我们知青带头捐一部分款吧，我捐五十元。"

婉容激动地说："我也捐五十元。"

九个人都捐了款，总共捐了四百五十元。

晓鹰说："这点钱不够，我们还要发动大家再捐点钱，争取得到总场部的支持。""对！"大家的眼光中满是赞赏。

宁生接着说："除了捐款和合理使用资金外，还要定期请农业专家给农场职工和知青上一些农业知识课，让大家懂得怎么样去致富，提高造血功能。""对！"大家都赞同地点了点头。

林岚望了望大家动情地说："几年前我收到来农场报到的通知书，当时我是不太愿意来的。经过这几年的劳动，让我学到了不少知识，更是让我深深地爱上了这片沉甸甸的土地。"大家都感同身受地点了点头。

这种热血沸腾的日子真是令人难忘！也是第一次，大家都希望红旗农场永远红红火火地办下去！真可谓"数风流人物还看今朝"！

散会后，婉容要求宁生留下，宁生问她有什么事，婉容一改往日的咄咄逼人，一下子变得温柔安静。她拿出一个精致的盒子，送给宁生，里面是一块新款的上海牌手表。婉容动情地说："这块手表是我省吃俭用一年多攒的工资才买到的，希望能和你做男女朋友，以后能嫁给你。我不在乎你的家庭出身。"说到这里，婉容泪流满面。

面对婉容如此真挚的表白，宁生既感动又不安，他为婉容倒了一杯水。

等婉容情绪平静下来，宁生真诚地对婉容说："你是个能干的姑娘，人也漂亮，将来是做大事的！十分感谢你对我的信任，你送给我的东西我不能要，谢谢你了！因我父亲的问题，我现在不想做男女感情这方面的决定，如果要

## 第八章 连心树

决定,我心里已经有人了。"

"她是谁?"婉容马上问。

宁生坦然地回答:"她是林岚。"

事情就是这么明了,宁生和林岚的确相爱了。

婉容眼含嫉妒的泪水,十分怒火地盯着宁生。

宁生又坦率地对她说:"爱是相互的。"

"晓鹰很爱你呀,他工作很积极也很聪明,各方面的条件也很好。"宁生真诚地对婉容说。

突然,婉容紧紧抱住宁生,热烈地吻他,两行热泪再度流下。宁生轻轻推开了婉容,向后退了一步。

此时,婉容冷静下来了。她松开了双手,擦干净眼泪,真诚地说:"我也爱了你几年啊!"宁生温和地说:"咱们握握手吧,祝你和晓鹰幸福!"

既然宁生不爱自己,晓鹰也不差,况且,他还保密了自己给王美丽下毒的事。

婉容是现实的。从此在农场的工作中,婉容仍然是那么积极向上、斗志昂扬,一点没有失恋的悲伤,与宁生、林岚大大方方地相处。

一九七三年的冬天,婉容接到母亲的来信,说婉容父亲的生意失败了,两个双生的弟弟都十八岁了,每天在家游手好闲,叫婉容想办法。

婉容是个孝女,马上想起了晓鹰,晓鹰很快通过父亲的关系,安排了婉容两个弟弟的工作,一个在市工商局工作,一个在海关工作,并给她的父母在市政府行政部门安排了工作。婉容很是感激,自此她和付晓鹰的关系公开化了。

一九七四年的夏天,婉容和晓鹰双双回城,复习功课,同年九月,两个人双双进了大学读书,晓鹰在北海师范大学读建筑系,婉容在北海师范大学读政治系。

在红旗农场四年，婉容恨的一个人是林岚，因为林岚夺走了自己的心上人江宁生；怕的一个人是王美丽，因为她对王美丽做了亏心事；痴爱的一个人是江宁生，因为爱而不得；喜欢的人是晓鹰，是他给自己家带来许多好处，让她既尽了孝，又给父母挣足了面子。

晓鹰的父亲也帮助婉容在大机关找了一份体面的工作。

婉容是一个爱憎分明的女孩，是一个什么都想要的女孩，是一个追求完美的女孩！

# 第九章　转身错过

一九七四年，林岚来农场已有四年多了。

林岚二十一岁了，宁生二十四岁了，红旗农场也发生了很大的变化，三年前制订的农场发展计划，已经实施了六成。

老田家的小书房，宁生和林岚几乎每周星期天都去那里读书，并带上从城里买的小人书和奶粉、糖果、饼干送给小树和小青。有时，还教孩子们学习。田夫人也在这天做些好菜，让大家饱饱口福。

小青的小提琴已经拉得流畅自如，参加县上举办的小提琴比赛，并获得第一名。林岚高兴地说："你现在拉得比我还好，我已经教不动你了。"十二岁的小青，长得清秀可人，性格温婉恬静。她带着甜甜的微笑，感激地对林岚说："您是我的启蒙老师，我非常感谢您！"

晚上，宁生和林岚一般在农场的食堂吃晚饭后，去大教室里读书。宁生有时候带上两个鸡蛋给林岚，林岚有时候带上一袋烤鱼干给宁生。他俩还经常漫步到蝴蝶湖岸边，探索问题，畅谈人生。

有时候，宁生望着平静的湖水沉思，林岚知道他想父亲了，安慰道："形势开始好转了，这也说明你父亲的问题是有希望解决的。"

"就算解决不了，还有我陪伴着你呢。你不是说，让我给你洗一辈子的衣服吗？"她又温柔地说。

宁生感动地抚摸着林岚的手说："不上大学了？"林岚深情地看着宁生说："我如果上大学，毕业后就回农场，咱们一起生活。把你父母也接过来。"

宁生再次感动地抚摸着林岚的肩膀，一会儿，又亲昵地搂着林岚深情地说："你如果上四年大学，我们不能经常见面了。"

林岚一本正经地仰起头对天念道："两情若是久长时，又岂在朝朝暮暮！"

宁生笑着说："这是秦观的《鹊桥仙》最后的两句。"他停顿了一下，认真地说，"秦观告诉人们，爱情如果经得起时间的考验，那就不要在乎是否朝夕相伴、长久分离。但他的爱情观有些矫情了，乾隆皇帝对他这两句话都进行过批评！当然诗词是一种境界，是一种升华。事实上，如果两个人相爱，理应朝夕相处，在一起生活，相濡以沫。"

林岚认同地点了点头，说："四年中我是有寒暑假的，放假我就回到农场，还不是你的人。"说完，林岚双手捂着羞红的脸，宁生用炙热的眼神盯着她说："咱们生两个孩子吧！"林岚躺在宁生的怀里，害羞地点了点头。宁生心情舒畅了，抬头望了望天空，坚定地说："我要在这广阔的天地里，更加努力地学习和工作，建设美好的农场，给你一个安定的家。"

一九七四年的中秋节那天，农场上午上班，下午才放假。一大早，宁生神秘地告诉林岚："下午三点一起到蝴蝶湖，带些吃的，晚上在蝴蝶湖赏月。"

## 第九章　转身错过

下午两个人如约来到蝴蝶湖的草棚边，林岚问宁生："是什么事这样神秘？"

宁生拿来两棵连心树，林岚一瞧就是那天爬山时老田介绍的树，这两棵树苗看起来很有生命力，枝头结满了翠绿的嫩叶。

宁生十分郑重地拉着林岚的手，用热烈的目光望着林岚道："因我父亲的事儿，我将来可能一无所有，你愿意和我在一起吗？"

"愿意！"林岚真诚地回答。

林岚马上问宁生："我将来变成一个老太婆，满脸皱纹，你还像现在这样爱我吗？"

宁生十分干脆地回答："当然爱！"

林岚兴奋地说："其实我那天在山上就想到了，一直在想找个机会，种上这样两棵树。今天心愿实现，愿和你生死相许。"

蝴蝶湖的形状略成一个圆弧形，周围便是王子山上的小树木和各种绚丽多彩的花朵，两人不约而同地选了那天宁生救林岚的那个位置，接近王子山的山脚下。

两人种下连心树树苗，还用蝴蝶湖的水浇灌。种植完后，宁生拿着口琴，与林岚并排坐在一起，在连心树旁很动情地吹了《友谊天长地久》。林岚边听边动情地流眼泪，用满含热泪的大眼睛真挚地盯着宁生。

吹完，宁生深情地吟道："前无林岚，后无林岚，此生相遇，永不分离！"

宁生轻轻地拉着林岚的手，对她说："以后我们每年初秋都来看望它们，给它们锄草浇水，如同我们的孩子一样，好吗？"林岚赞同地点点头。

暮色渐渐降临了，月明如画，云淡星繁，月光把湖水照得跟明亮的镜子一般。

宁生拿出烤鸡、苹果、馒头，以及一罐老田送给他的米酒，两人坐在湖边,边吃边喝,边喝边聊。月光莹白,静静地洒在大地上,洒在两个人的心里。

秋天的夜晚,寒气逐渐加重,林岚喝了点酒,面颊上漾起一片微红。宁生伸出胳膊,轻轻地搂着她,她一语不发,倒在宁生的怀里。

"冷吗?"宁生问。

"不。"林岚柔声回答。

宁生那双有神的眼睛,像两道黑夜的星光,柔柔地射向林岚的脸。"你的手很冷。"他握着她的手说。

"是。"林岚答道。

"但是很柔软,很可爱。"宁生温柔地说。

林岚的手指在他掌中轻颤,"你怕什么?你在发抖,是吗?那么我抱着你。"

宁生捧着林岚的脸,然后,他俯下头轻轻地吻她的嘴唇、眼睛和脸庞,她顺从地任由宁生亲吻。突然,宁生猛地拥住了她,嘴唇火热地紧压着她,贪婪而热烈地吻着她羊脂玉般的脖子、胸部,用手轻轻地抚摸林岚的腰部。

"唔……"她呻吟着,含羞地闭上眼睛,声音弱弱柔柔的。"宁生,为什么让我等你那么久?"宁生轻轻道:"我不敢……不敢……"

"为什么?"

"别问,别多说,好吗?"

宁生的吻掠过她的胸部,新的吻又接上来了,掩盖了一切言语。

林岚的眼神充满了柔情蜜意,摩挲着宁生的头发说:"我们到小棚子里去吧。"

高大雄伟的宁生一把抱起林岚,快步走进那个平时换游泳衣的小棚子里。林岚自然放松地躺在草棚的草秆上,自己慢慢脱下衣服,高耸的双乳动人地

## 第九章　转身错过

隆着，两条修长的腿很性感地迎接宁生。宁生迅速脱下衣服，压制已久的激情像一股巨大的洪水一下子奔涌而来，强烈地冲击着他的每根血管。

他用唇热烈地吻遍了林岚的全身，沿着她的面颊向她耳边柔情地说："这是真的吗？我能有你吗？我能吗？"

"你当然能。"她羞怯却坚定地回答。

"我要。"宁生低沉有力地喊道，雄伟的身体紧压在林岚身上有力地抖动着。

"宁生！"林岚幸福地呻吟着。她羊脂玉般雪白丰润的胳膊紧缠住他的脖子，燃烧着的双眸汪聚着热情，唇边漾起温柔而满足的微笑。

他一双深沉而诚挚的眼睛注视着她，身子抖了又抖，再一次揽紧了她。

他再吻她，洪水般的力量似乎依然汹涌澎湃……

月光洒满了蝴蝶湖、王子山、连心树，他俩的情感融进了月光……

幸福的时光总是短暂的。

夜晚即将过去了，天际似乎慢慢透出了微微的日光，阵阵晨风袭进小棚子。她在他怀里悸动了一下，看了看时间，已是凌晨五点了。她对他不舍地说："该走了。"

两人穿上衣服，双双凝视着，宁生帮林岚整理了一下头发，又一次地抱着她，在她耳边说："我们从此就是夫妻了，月亮作证。"

林岚望着连心树，望着月亮，感动得热泪盈眶！

过了两个月，一九七四年的初冬到了。这年的初冬来得特别早，也特别的冷。林岚将宁生的棉衣棉裤拆洗得干干净净的，并且又新做了一套棉衣棉裤，买了两套内衣内裤。

063

一个星期天下午，她带上衣服来到老田家。宁生正在老田家挖地窖，准备存放过冬的白菜、萝卜、地瓜等。由于老田曾经打仗腰部受伤了，这种粗重活儿只能由宁生帮忙完成。林岚到了老田家，先去给小青小树姐弟俩辅导功课。到傍晚了，宁生干完活赶紧去洗澡，然后穿上林岚洗干净的棉衣棉裤和新内衣内裤，感到浑身暖乎乎的，心里甜滋滋的。林岚辅导完两个孩子的作业，赶紧到厨房帮田夫人端菜。今晚的饭仍是那么丰富，红烧猪肘子、红烧牛肉块、大红枣炖鸡汤、虾干炒萝卜丝，又炒了两大盘自家种的青菜，蒸了两笼馒头，老田拿出一罐自己做的米酒。大家围着桌子高兴地吃起来，像一家人似的。小树还是黏着林岚，林岚不停地给他搛菜。

　　这时，宁生拿了一只干净的碗，盛了一碗鸡汤，还特别盛了几颗大红枣端给林岚。林岚有些害羞，但还是接过来低头喝了。老田夫妇会心地笑了，田夫人笑着说："知道心疼媳妇了？"老田高兴地说："这俩对上眼了，就像连心树，长在一起了！"两个人都不好意思地笑了。吃完饭，林岚帮田夫人收拾完碗筷后，老田亲切地说："天冷了，你俩先到大教室唠唠嗑，早点休息。"刚走出门口时，宁生抱着一大堆棉衣棉裤，突然想到了今天母亲寄给林岚的中药和红糖还放在老田家，赶紧转身回到老田家，将母亲寄给的东西带上。

　　一路上，凛冽的北风呼呼地刮着，像一把把刀，带着刺骨的寒意，无情地削人的脸。宁生赶紧问林岚："你冷吗？要不要再多穿一件棉袄？"林岚摇摇头说："不冷，我刚吃饱了饭，穿得太厚，都快走不动了。"两个人赶紧走到了大教室。

　　在大教室里，宁生将母亲寄来的红糖和中药丸给了林岚。林岚看了看中药，红着脸告诉宁生："听说，这种中药丸女孩子结了婚就不用吃了，肚子就不会疼了。"然后，温柔地看着宁生说，"我元旦就回家，跟父母谈咱俩的事，请他们同意。就算我读大学了，我也会经常回农场，和你在一起。我才不想

## 第九章 转身错过

像秦观说的那样，我在意朝夕相伴。"

宁生听后先是一脸的欢喜，然后深情地看着林岚说："我们永远是我们！无论如何，我们已经是夫妻了。但是，你们家的工作可能不太好做，你要有思想准备。"宁生又诙谐地说，"我想改秦观的词，两情若是久长时，朝朝暮暮永相伴！"随后两人凝视了好一会儿，都没有再说话了。宁生打破了沉默，拉着林岚的手说："天冷了，夜长了，我送你回去吧。"

一九七五年元旦，林岚回家跟父母亲谈了宁生的品德、才华……父母听得出，他们之间已经有了很深的感情。母亲开始并没有异议，但知道宁生的父亲的事，就坚决反对！

因为林岚爷爷的事，林岚的父亲母亲虽然是高级知识分子，平时工作积极努力，热爱祖国，但申请入党，一直未能如愿。

尤其当有些学生和同事骂他们是"残渣"时，作为知识分子，他们的自尊心受到严重伤害。

林妈妈看到女儿对宁生痴情，又恨又气，不想女儿今后在政治上有任何的污点。在女儿回家的这几天，林妈妈反复做女儿的工作。林岚的父亲倒是支持女儿，老两口为此事一个多月不讲话。

林岚不从，赌气跑回农场。到了一九七五年春节，林岚又回家做母亲的工作，母亲则以割腕相逼。在母亲以死的相逼下，一九七五年春节后，林岚和宁生在老田家的书房相会，林岚流着眼泪，痛苦地告诉宁生母亲的态度。

宁生对林岚深沉地说："我们这种情感一辈子只有一次！"他的声音因为激动有些微微颤抖，然后他慢慢地站起来，在小书房来回走了几步，慎重地建议，"我们一起找你妈妈吧，告诉她我们的情感，我会告诉她，我会呵护你一辈子的，请她放心！"林岚听了，停顿了一下无奈地说："我妈妈我了解，她是一个很固执的人！我父亲的家庭出身，让她受了极大的刺激。"宁生听后，紧紧地抱着林岚道："今后，也许会出现很多意想不到的困难，无论如何，我们像连心树一样，永远心心相印，一定要成为夫妻。"

林岚感动地望着宁生，坚决地说："是的。我的事我做主！但请你给我一些时间做我母亲的工作。"

然后，两人紧紧地拥抱着，彼此深深地吻着对方。

林岚热烈地吻着宁生那棱角分明的脸庞，喃喃地说："宁生，我怕失去你。"宁生紧紧地抱着林岚，深情地吻着林岚的眼睛和脸庞，抚摸着她的腰说了句："不会！"

一个月以后，林妈妈还专程到农场找到田场长和范副场长，请组织出面阻止他俩恋爱，不同意林岚嫁给宁生。

两位领导表态："能理解林妈妈的心情，但年轻人的事应该由自己做主。"

不知道范副场长的老婆王美丽是怎么知道这件事的，王美丽在农场找到林妈妈说："宁生是个好青年，林岚也是个好青年，林岚会恨你的，你这个知识分子太专制了，太不应该了！"

林妈妈又跑到农场的总场部找领导，请他们也出面阻止林岚和宁生。

此事，在农场搞得沸沸扬扬的。自此以后，宁生和林岚在农场尽量不见面，不交流，其实双方都是在控制彼此汹涌的感情，想办法做林妈妈的工作，也不想麻烦领导。

面对外界的流言蜚语，他俩从不争辩，人们以为他俩断了。这消息不知怎么传到于婉容那里，她得意地说："林岚嫌贫爱富，只知道用美色勾引男人。"

一九七五年六月初，林岚的母亲托尽了关系，林岚经场部推荐上了大学，本来宁生也被推荐，但因他父亲的问题未被录取。

也就是在林岚要离开农场的头几天，宁生正好被总场部暂时借调去搞计划工作了。

## 第九章 转身错过

　　林岚见不到宁生，只好一个人离开了。但她回家后马上给宁生写了封信，信里说："我们的情感一辈子只有一次，我们永远在一起！请你等着我！容我给母亲做工作，我们以后通信联系。"她还把家里和大学的地址给了宁生。

　　这封信被林岚的母亲暗中发现了。林岚亲自寄在北海大学校园的邮局信筒里，但邮递员来取信件时，被母亲要走了。

　　林岚走后的十多天，宁生回来了，那天宁生带知青及几个农场职工上山砍柴，看到山上的连心树和林岚爱吃的苹果，触景生情，一不留神竟然从山上摔下来，身上多处受伤，流了很多血，被大家送到了县医院。

　　周舟、平平、李玲、中建、宝珠等人，都主动献血，但只有李玲的血型与宁生相符。李玲马上给宁生输了五百毫升的血，并且日夜不停地照顾宁生。老田夫妇又是熬鸡汤，又是煲鱼汤，变着法儿给宁生恢复身体。两个月后宁生康复了。

　　这个消息林岚是一点也不知道的，她还埋怨宁生为什么不来信。

　　李玲早就喜欢宁生了，只是鉴于林岚和婉容，她根本插不上手。

　　那次在山上，宁生救自己，还帮自己扛树，又是第一个抱自己过河的，李玲把这些视作上天所赐的缘分。

　　这次，宁生病倒在医院时感激自己的目光，让李玲更加感到宁生对她的"爱"降临了！

　　宁生的人品、才干、气质、英俊，太让女孩子着迷了，李玲也一样。

　　李玲也不在乎宁生的家庭出身，她的父亲是北海市政府办公厅的一个科级干部，母亲是市政府办公厅的打字员，她还有一个弟弟。

　　李玲的父亲，虽是一个普通的干部，但在市府办公厅是机密文件保管员。一九七五年下半年，她父亲知道宁生父亲的事很快有消息了，所以家里人对宁生热情有加。加上李玲对宁生十分着迷，李玲的爷爷又得了重病，希望能看到孙女结婚，因此李玲计划国庆节和宁生在农场举办婚礼。

宁生当然不答应！

宁生反复告诉李玲："我爱的是林岚！我和林岚已经定下婚约了。我对你除了感激还是感激，我会用其他方法方式报答你。没有爱情的婚姻，对你也是不负责任的啊！我不同意结婚，这是十分错误的决定！"

李玲却振振有词地说："林岚如果爱你，为什么不嫁给你？林岚跟你好了四年，为什么嫌弃你的家庭？如今她一走了之，毫无音讯，你还等什么！"

李玲主动去了宁生家，看望了他的母亲。

宁生母亲看到李玲模样姣好，个子高挑，长得白白净净的，既懂事，又救过宁生，心里也不反对。

虽然她知道儿子爱的是林岚，但林岚绝尘而去，加上林母又强烈反对，读完大学后她怎么可能会回农场呢？

让宁生母亲感动的是，李玲全家没有嫌弃宁生的出身，所以宁生母亲也赞同这门亲事了。

宁生一再拒绝，搞得母亲的心脏病又犯了，而且比平时还重，医院又发了病危通知书。

母亲反复讲："我们家就你一个儿子，你必须对父母负责！要做好传宗接代之事，以孝为大！你父亲被打倒快十年了，我们家受尽了屈辱，连亲戚朋友都离我们远远的，现有一个这么好的女孩愿意死心塌地地跟着你……"

在母亲的双重施压下，宁生几乎崩溃了。

他不相信，林岚会抛弃他，他认为她一定另有原因。

宁生打算到学校去找林岚，但一想到自己的家庭出身可能会影响林岚的前程，又犹豫了。

宁生还认为：如果林岚不爱自己了，那么就一个人独自走下去；如果结

## 第九章 转身错过

婚，就一定娶林岚！在宁生心中，他跟林岚的情感是任何人无法撼动的，因为其他女人不可能替代林岚。

但如果现在自己不与李玲结婚，违抗母亲，就等于要了母亲的命，要了母亲的命，也就等于要了父亲的命啊！父亲正在改造，母亲和自己就是他生活的希望啊，自己不能那么自私啊！宁生痛苦地说服自己。

老田夫妇知情后是两难，不知道如何处理才合适。

一九七五年国庆节前一个晚上，又是秋高气爽的天气。

宁生独自来到蝴蝶湖边的连心树旁，痛苦地躺在草地上，望着天上的月亮，流着眼泪，仰天长叹："前无林岚，后无林岚，念天地之悠悠，独怆然而涕下。"

过了一会儿，他起身拿来一把镰刀，将连心树周围的草锄干净，给两棵树分别浇了蝴蝶湖的水，并在连心树上刻下"我心永存。宁生于一九七五年九月三十日"一行字。

李玲与宁生在一九七五年十月一日结婚了。

当时林岚刚进大学三个多月，忙于恶补基础课，加上给宁生去了好几封信都杳无音信，她一边焦急地盼着，一边思念着宁生。

这几个月，林岚没有一天是停止想念宁生的。因为学习太忙，她没有太多的时间给宁生再写信，但是对爱情的坚定，让她相信宁生以同样的执着守护这份爱情。

这段时间林岚希望拖一拖，再做母亲的思想工作，如果母亲一再反对，她就按照自己的选择活一回：大学毕业后，她就回红旗农场，在农场与宁生结婚，再把宁生的父母接到农场，一起过幸福的日子，一起建设农场。林岚永远不会忘记他们这个约定，是他俩一起坐在蝴蝶湖那里说的。

十月一日的清晨，林岚决定趁着假期去见宁生，她想他了！她要再一次向宁生表明自己的态度，告诉他，即使母亲反对，她也会嫁给他。

当林岚风尘仆仆地走进农场大门，见到守门口的张大爷，张大爷高兴地说："岚子回来了，是参加宁生和李玲的婚礼来啦？好多人都回来了，婉容和晓鹰他们也回来了。"

"什么！"林岚犹如被人当头一棒，只觉得浑身的血在涌出，一会儿发现脚下有点湿，一看脚下竟有一大摊血。当时她正来例假，由于太激动，一股热血涌出……林岚拖着无比沉重的步子，艰难地走到了传达室旁的石头上坐下来，泪水扑簌簌地流下来，止也止不住，心里如刀割一般痛苦。

这时田夫人正好经过，看到林岚脸色苍白，脚下有一大摊血，吓得她赶紧扶林岚回家，换了干净的裤子，倒了一杯热水给林岚。脸色苍白的林岚浑身颤抖地问田夫人："为什么？为什么？为什么？"

田夫人把宁生受伤，李玲为他输血以及宁生母亲以病逼婚的事儿一一告诉了林岚，并强调宁生也是十分痛苦的。"为了母亲和父亲的生命，担心自己的出身连累你，只好违心地答应了。"田夫人一边抹泪一边说。

"宁生说对不起你！"田夫人又一次流着眼泪说。

林岚喝了一杯热水之后，让自己安静下来。她还是不明白，才三个多月的时间，宁生就选择结婚了。

此时，林岚恨宁生，不只是恨，是恨之入骨！

她告诉田夫人，她想出去走走，说完也不告别，跌跌撞撞地向蝴蝶湖走去……湖水还是那样清澈，再看看那个小棚子，耳边似乎响起宁生说"我们就是夫妻了"的话语，林岚心里犹如一阵阵针扎！

以后没有宁生的日子该怎么过？怎么活？她真想跳下去，跳下去再也不见江宁生了！

她特意去看他们一起种下的连心树，树的周围，新除了草，刚培了新土，

## 第九章　转身错过

树上新刻着"我心永存，宁生一九七五年九月三十日"一行字。当看到这些，她再也抑不住内心的悲伤，号啕大哭起来，哭得肝肠碎断，哭得天地同泣！

她明白，她永远失去了宁生，永远失去了，再也得不到了。

她恨自己为什么不早一点来找宁生，哪怕早一天也好啊！

天已经快黑了，湖边的阵阵秋风让林岚冷静了下来，她带着内心的悲痛麻木地站了起来，准备到田夫人家去。

当她一转身，看见田夫人就站在一旁，原来田夫人一直在附近守着自己。林岚失魂落魄地和田夫人回到了田家，一进门说想要一把刀，田夫人吓坏了，大喊："岚岚不要想不开呀！"

林岚苦笑一下，说："我只是刻几个字而已。"田夫人赶紧冲了一碗红糖水，叫林岚喝下，林岚喝完又去了湖边。田夫人还是不放心地陪着她去，林岚在连心树上刻上"我心永存，岚于一九七五年十月一日"一行字。

刻完这几个字，田夫人叫林岚回田家休息，但林岚苦笑了一下，望了望蝴蝶湖，睁大哭红的眼睛，绝望地说："我再也不到这里来了！"然后对天空大声地呐喊，"我要回家！我要永远地离开这里！"

天已经完全黑了，田夫人送林岚到车站。临别前，她抱着林岚心痛不已。

林岚不知道自己是怎样与田夫人告别的，又怎样上的车，怎样回到家里。

回到家已经是十月二号的下午了，父母正焦急地等待着林岚，却见女儿面无血色，摇晃着身体进了家门，刚进门就昏倒在地上。这可吓坏了父母。父母把她马上送去医院，林岚在医院住了五天，没讲一句话。

回到家里躺了十天，林岚才讲了四句话：

"为什么宁生不回信给我？""为什么宁生这么快就结婚了？""为什么我不早点找宁生？""我恨你，江宁生！"

二十天后，林岚回大学上学了。临走，她没跟母亲讲一句话。

# 第十章　一匹黑马跑出来了

一九七六年的春天，江宁生的父亲江恒再任连海省委书记。

宁生于一九七六年九月被红旗农场推荐到盛京大学读书。

李玲也于一九七六年九月被红旗农场推荐到连海省外贸学院读外贸经济专业。

周舟于一九七六年被红旗农场推荐到连海省政法大学读书。

一九七七年十月恢复了高考制度，王平平考进了盛京人民大学传媒系，四年后毕业，被分配到北海市委宣传部工作。

王中建和杜宝珠于一九七七年二月回城顶替父母工作，一九七八年两人结婚。王中建后来去了社区工作。

一九七九年，林岚从西南科技大学物理应用专业毕业后，又考取了上海

## 第十章 一匹黑马跑出来了

复兴大学信息技术应用专业的研究生。

一九八一年八月，正是国家改革开放的伊始，林岚从上海复兴大学研究生毕业了。

六年的学习生涯，让她感到充实，对未来又充满了希望。但稍有空闲，内心深处涌来无尽的痛，七年前在农场与宁生的"生死恋"，让她仍然走不出失恋的阴影。

她恨母亲毁了她，后来六年的学习生涯她从未回过家，倒是经常给父亲写信。母亲来学校几次看望她，都被她以各种理由拒绝了。

在林岚上研究生期间，母亲才向她检讨当年截信的事儿，林岚对宁生的误解也消除了些。

研究生临毕业前，上海市已经有几家外企向林岚发出录用书，但都被林岚婉言谢绝了。北海市政府几次邀请她回来工作，她最终答应了。尽管回北海市工作，可能会勾起那段伤心的往事，但那里毕竟是养育过她的地方。况且，母亲和父亲也已经年老了，需要她照顾。

二十八岁的林岚，虽然年华与风霜磨炼了她的性格，然而她还是她，依然恬静中带着朝气，温婉中带有坚定，多出的只是那一点淡淡的忧郁。六年的学习生活让她变得更稳重更优雅。

一周后，林岚到北海市人事局报到，接待她的是一个叫小文的姑娘。小文一边给她倒了一杯水，一边告诉她，一会儿副处长会分配林岚的工作。

十分钟后，先是听到一双高跟鞋发出的清脆声音，人还没到，就听到一个熟悉的声音："不好意思，我来迟了。"

一位风姿绰约，衣着华丽时髦，颇具气质的年轻女士微微颔笑地走到林岚面前。

"是你呀！七年不见，当领导了？"林岚惊喜亲切地说。

这位副处长就是婉容。她边笑边仔细打量林岚：一头乌黑的长发披在肩上，着一身浅杏色的套裙，脚上是一双浅杏色的半高跟鞋，身材依然苗条丰满，羊脂般的皮肤没变，人还是那么美丽！

婉容笑了笑说："我大学毕业就分配到此，混饭吃！你是名牌学校出来的大知识分子，早就听说你要来了。"

"先不说工作，你还是一个人吗？"婉容关切地问，林岚笑着点了点头。

婉容略带惋惜地摇了摇头，说："你和宁生太可惜了！我们都没想到。"说着眼圈红了，停顿一下，她马上又微笑着说，"宁生和李玲的感情不错，他们刚生了一个儿子。"

林岚听了，内心一震，身体微微颤抖了一下，咬了咬嘴唇，用沉着的语气说："恭喜！"

婉容仿佛很有感触地说："天地人间无数无奈事！"说完这句话，停顿了一下，好像也是说给自己听的，"我和晓鹰三年前就结婚了，生了一个女儿，孩子都两岁了。你这么漂亮，年纪也不小了，赶紧找一个吧。工作生活两不误嘛！"林岚听了，笑了笑说："刚毕业，先工作，个人问题以后再说吧。"

"那好，我说一下具体的情况，你是研究生，属于引进人才，前两天人事局根据市委的意见，已经召开了会议，分配你到北海市红岗工业区工作。"婉容接着介绍说，"北海市有三个工业（园）区。第一个为北海市工业区，已于三年前启动了，面积最大，有一百七十多万平方米，现已有规模企业进入，主要生产电机产品，土地利用率达到百分之百。第二个是河星工业区，面积为八十多万平方米，也于两年前启动，发展速度较快，产业定位是生产半导体和晶体管，土地利用率也达到百分之百。第三个是红岗工业区，面积最小，为十多万平方米，其位置在市中心，因历史的原因，已经盖了商业用途的高楼大厦，土地利用率仅达百分之十。曾经有几位专家和一个管理公司在那里

## 第十章 一匹黑马跑出来了

开展过几年的工作,引进过二十几家企业,但不到两年,一半多的企业倒闭了,余下十多家,现在也艰难维持着。

在你放弃上海外企工作,决定要回北海市发展时,市委就专门做了研究,了解到你在校期间的优秀表现,希望这块硬骨头你能啃下。"

说完,婉容面有难色地望着林岚,看林岚作何回应。林岚静静地听完婉容介绍,站起来望了望窗外,沉思了好一会儿,缓缓地回答:"我试一试吧。"

婉容松了口气,说:"人事局决定给你正科待遇,任命你为红岗工业区管委会主任和党支部书记,党政一肩挑,再配备一辆面包车给你们单位,人数和什么人都由你来定,全部都是公务员待遇。"婉容接着说,"工作是辛苦的,但组织上已经给了你最好和最优厚的待遇了,工作上有什么想法或者困难,希望你尽快上报雷彤常务副市长办公室,由他们具体批复和解决。请您一周内先到办公室邵主任那里报到,你也可以直接找雷彤请示工作。"

婉容最后说:"我的任务是传达指示,需要我帮忙的,如果能做到,作为老朋友,我一定鼎力支持你!祝你顺利!"

第二天,林岚就到市政府邵主任那里报到了。

邵主任,四十岁左右,矮矮的个子,精力充沛,办事干练。他跟林岚交谈了十分钟后,热情地告诉她,他这里有红岗工业区的一些历史资料和曾在这里工作过的几位专家和负责人的联系电话,相信对林岚会有帮助,然后又坦然地对她说:"红岗工业区,地方小,产业很难定位,面临的困难很多,以后有什么事,我一定帮忙,只要能做到的。"

一九八一年九月,正是北海市秋天伊始,秋风中瓜果的馨香四溢。

林岚开始工作了。她抬头望着天空,湛蓝的天空澄澈如洗,让人心变得禅静、轻盈,秋天的阳光和秋风一样柔和,她心中的一切压力随风而去,随光而散。

尽管前面道路不平坦，充满了曲折，责任满满，但她的心中充满了信心。

虽然，她是八月中旬到市里报到的，但林岚没有立即上岗，而是去红岗工业区附近走访，调查情况，并拜访了曾经在红岗工业区工作过的几位专家和员工……她聘用了两名老专家，即李轩教授和叶一教授。他们刚退休，退休前都在大学教电子技术专业，曾经在红岗工业区当过顾问。林岚还调入一位年近四十岁的女工程师刘丹，她曾经是这个工业区的统计师。

这天上午还不到八点，林岚和他们三人就早早到达会议室了。

李轩教授，精明能干，声音洪亮，他开门见山地提出头三个月的"三边"计划："边调研工业区现状，边招揽人才，边制定规划。"

叶一教授虽是满头银发，但气宇轩昂，他认真地听完李教授阐述后补充说："目前工业区只有十多家传统企业，他们为什么可以生存？以前的十多家企业为什么倒闭？要好好调查研究。规划可以根据调研情况和市场需求做改变。"

刘丹是上海人，说起话来，满口的上海腔。她细声慢语地说："同意两位专家的意见。对工业区过去的情况，我可以出一个详细的分析报告，供大家参考。"她还请林岚尽快招聘副主任和有关人才。

林岚听完后，盈盈笑道："我刚到红岗工业区，你们都是我的老前辈，比我更熟悉这里的工作，我要向你们学习。你们三个人谈的意见我都同意。我补充一下，在制定规划的同时，要依照国家有关计划和北海市的整体经济发展规划并参照深圳经济特区的发展经验招揽人才，选拔方式要不拘一格，要他们尽快到岗。"大家听了都不约而同地点点头。

会议不到三个小时就结束了，大家目标明确，回到各自的办公室后，迅速投入各自的工作中。

林岚的办公室大约十八平方米，放有一个大书桌和一张木凳，书桌上放

## 第十章 一匹黑马跑出来了

着一台电脑。靠近墙边放着一个大书柜，只放了一部分书，其他书籍还没来得及搬过来，有的书还需要去找。办公室内其他设施还没有配齐。

林岚最喜欢的就是办公室窗户的外景，窗外有一片浓密茂盛的大竹林，翠绿如墨。据说这种竹子凌霜傲雨，四季青翠。面对这片墨绿竹林，让林岚远离纷繁的浮世，心静如水。

红岗工业区的办公楼，位于市中心公园的旁边，是一栋二十五层带有电梯的新写字楼。林岚的办公室在第六层。

写字楼旁边有一个叫"雅韵"的咖啡厅，咖啡厅里面，灯光柔和，墙壁上挂着六幅现代派的油画，摆了恰到好处的十多张桌子，每个桌子配了三至四把凳子。咖啡厅前有一个大院子，院子里的菊花、桂花、茶花、百合花、芙蓉花等竞相怒放，空中花香四溢。五座错落有致的小凉亭在院子的中央，凉亭里都放着一张圆桌和几把原木椅子。这里真是喝咖啡人的最佳去处。

中午，林岚打电话，找到了在农场的好朋友王平平。平平高兴地说："我也正想打电话给你，你要是再不来电话，我就去你家找你了。"

林岚约平平下午两点来她的办公室。不到两点，平平就兴冲冲地到了。

平平的头发仍然是短短的，穿着干净的白上衣蓝裤子，斜挎一个简单的白色皮包，一副学生的模样。那双不大的眼睛，依然是那么机灵。两人一见面，亲热地拥抱，这两个人虽然一别六年，但一直保持联系。

平平喜滋滋地告诉林岚："我给你带了一样好东西！"说完，递给林岚一包已经磨好的意大利咖啡。她知道林岚和自己一样，爱喝咖啡。林岚高兴地收下了，她还告诉平平："隔壁有一家叫雅韵的咖啡店，听说味道不错。今天请你来，是向你请教一些问题。"

在农场时平平就是个智多星，因她为人正派，林岚与她无话不谈。她现在北海市委宣传部工作，消息灵通，林岚想听听平平的意见。

"我也是今年大学毕业，只是比你早到北海市两个月。目前，我的信息量可能比你的大些吧。"她侃侃而谈，"国家现在对发展经济和高新技术很重视。宁生的父亲是一九七六年三月平反的，后在连海省担任了四年的省委书记，于一九八〇年被调往广南省任省委书记。广南省比连海省大三倍，有许多重要的港口，金融业和工业都比较发达。据说宁生的父亲是一个搞经济管理能力很强的领导……言归正传，北海市是一个沿海城市，历史上也是个开放城市，面积虽不算大，但现在能够规划三个园区发展现代化工业，可见市政府是下了很大决心，要将经济和科技搞上去的。"平平又神色严肃认真地说，"据说三个工业区的第一把手，都是经过市委常委会讨论决定的。你现在可是榜上有名了。"

"我是搞宣传的，你们园区有什么特别情况，我可以直接反映给北海市人民政府。"平平又特别认真地说。

平平淡淡的眉毛下面嵌着一对明亮的眼睛，乌黑的眼珠，像算盘珠儿似的，滴溜溜转。停顿了一会儿，她说："我推荐一个人当你的助手，七七届盛京传媒大学信息应用专业毕业，名字叫张华，今年三十三岁。"平平推荐的是她的同学。

平平接着说："这个人很踏实，业务能力很强，人也正派，已婚，和老婆都在一个中学当老师。张华不太喜欢按部就班地工作，喜欢在创新实业的地方干，我觉得他很适合这个岗位。"林岚听了挺意外的，也很高兴。平平马上打电话约张华前来，张华还真利索，一小时内就到了预定的地点。

张华个子不高，方方正正的脸，说话不紧不慢，条理清晰，专业知识丰富。经过交谈，林岚发现张华对红岗工业区存在的问题也有信心解决，与她的想法挺接近，他们交流很愉快。林岚很感激平平的推荐，已经到晚饭点了，张华颇有风度地告诉两位女士，要赶回家带孩子，先告别了。

## 第十章 一匹黑马跑出来了

林岚和平平俩人到附近的雅韵吃西餐，喝咖啡。多年不见，俩人想说的话太多了，林岚告诉平平自己最大的担忧，自己是一个简单的人，一心想的是工作，对干好工作倒是充满信心，但处理人际关系和对外交际能力毫无底气。现在进入公务员队伍，还要领导一帮同志，能不能适应还是个问题。

平平品了一口咖啡，缓缓地说："你们是新单位，招聘的人都是经过考核的，也是你和张华及专家组选定的，不是几十年的老单位，没有复杂的关系网，人际关系应该简单，不复杂。"林岚听后点了点头。

自然，平平主动谈起了宁生："宁生当年是不得已才与李玲结婚的，他的母亲身体一向不好，患有严重的心脏病。一九七五年九月，因为宁生拒绝与李玲结婚，导致其母心脏病发作，病情凶险，已发病危通知……"平平继续道，"宁生的母亲以为宁生父亲的问题无法解决了，宁生能找到一个老实可靠的姑娘就不错了。面对母亲的养育之恩和李玲的救命之恩，宁生不得已才答应结婚。但结婚后，他一直没有与李玲同居。这么隐私的问题，是李玲找我和婉容哭诉后我才得知的。宁生对李玲这般冷淡，引起了李玲强烈不满。宁生曾提出与李玲离婚，但双方父母不同意，李玲更是不同意！在家人的逼迫下，他们结婚六年后才生下一个孩子，是男孩。"

宁生和平平都在盛京读书，见面的机会多一点，也是推心置腹的好朋友。平平还说："宁生多次痛苦地讲对不起你！"

一九七五年十月一日，宁生和李玲结婚那天，林岚去了农场所发生的事，田夫人都告诉宁生了。宁生听后，痛苦不堪，结果大病了一场，在北海市家里躺了十多天才回农场。回到农场后，宁生连续几个月都不讲话，一言不发地工作，而且与男知青们住在一起。

宁生告诉平平，他与林岚有很深的情感，但他已有家庭，道德上不允许他背叛婚姻。他曾经想把林岚忘掉，试图说服自己为了父母，为了孩子去接受李玲，但是他发现自己根本做不到。

平平曾问宁生："为什么忘不掉林岚？"宁生说："我对林岚的感情是任何女人都无法取代的。"

林岚听到这里眼圈红了，她与平平陷入沉思。

平平接着说："宁生和李玲三观不合，他们之间无话可说，两人的家庭生活也是过给父母看的，过给别人看的。"林岚听后为宁生难过。她沉思良久，说："这是一个无奈的选择吧！"

林岚也告诉平平："几年前，我曾恨过宁生，为什么不回信给我！恨他那么快跟李玲结婚，但后来我才知道是我母亲扣了我发给宁生的信……我对宁生的误会和恨渐渐地消失了。"

两个好朋友畅聊到晚上十一点多，分别前，平平问林岚："这些年你在上学期间有没有遇见心上人？"林岚淡淡地笑了笑说："一心只读圣贤书，两耳不闻窗外事。"她又郁闷地说，"我还是没有从宁生那里走出来。你呢？"林岚关切地问平平。

平平说："我立志做一个不婚主义者，爱情的问题挺复杂的，很劳心，我想活得简单些。"

林岚望了望平平，似有同感地点了点头。

一九八一年十月，张华正式调入红岗工业区，一起来的还有十多名大学生。林岚委任张华为她的副手，两个人配合默契。他们还成立了一个专家组，专家组聘请了几名大学老师和实干企业家，由李轩任专家组的组长，叶一任副组长。

十月中旬，林岚召开了红岗工业区的第一次会议。尽管才二十多个人，但林岚高兴地说："欢迎各位来红岗工业区工作！我们从此就是同事了。红岗工业区的发展史和初步想法已经印发给大家了，现在，我想说一些情况。"

## 第十章 一匹黑马跑出来了

大伙凝神屏息地听林岚讲话。

她说:"中国南方深圳经济特区于一九八〇年八月成立,一年多的时间,从一片荒地就变成高楼林立的大城市,那里充满了活力,科技和经济规划超前,创业环境、管理模式以及各种法规开始与国际接轨,人文环境也很宽松。"

"讲讲国外吧。"有人说。

"美国硅谷,自一九七一年开始创建,一开始是生产硅晶体管和硅芯片及电脑,后来扩大到生产电脑软件。那里,云集了美国和世界的顶尖人才,现在有近三千家高新技术企业了。他们的大胆做法是:批租土地,吸引投资,产学研结合,转让技术,开发成果。"她喝了一口咖啡,笑着说,"他们创办公司,大有大作为,小有小作为。有的只有两个人,只用十多平方米的办公室和五百二十美元,就开办了自己的公司。这也是高科技孵化其中的一种形式。"

大家听得津津有味。

她继续接着说:"在硅谷产生了著名的英特尔、惠普、苹果等顶级企业,硅谷的形成和发展最重要的是靠科学技术的支撑,那里不仅有一些国际上很有名的大学,更重要的是他们有创新精神,敢于冒险,对失败宽容……我们在下一步的调研和规划中,要注意挖掘我们自己的长处,结合实际,要提倡创新文化、创新环境,创新企业机制。"

大家纷纷点头,拍手叫好。

林岚思考了一会儿说:"大家认为我们目前最大的困难是什么?请老同志先说说。"

刘丹第一个发言,她仍然是细声慢语地说:"工业区只有一万平方米的可利用土地,对吧?真是巧媳妇难为无米之炊,一万平方米的地方能做什么哟?

其他写字楼的产权既不是红岗工业区的，也不是政府的。"她的发言，无疑点到了红岗工业区最难解决的问题。

李教授和叶教授也沉默地点了点头。

李教授又说："这只能说明不能搞工业生产，可以考虑开展占地小的产业。"

叶教授说："要考虑搞朝阳产业。"

其他新来的同志默不作声。

林岚接着说："我们还要尽快请教北海市的有关部门，以及有关的企业家，集思广益，一起研究如何开展红岗工业区的工作。"

最后，林岚坚定地说："同志们，我始终相信苏轼的《晁错论》中'古之立大事者，不唯有超世之才，亦必有坚韧不拔之志'这句话，让我们一起共勉！"

几个月以来，红岗工业区，从二十二岁最年轻的员工到六十岁的老专家，大家早上八点上班，一直工作到晚上十点多，中午吃饭连带休息就两个小时。两位老专家也和大家的工作作息一样，林岚觉得不太好，规定两位专家下午五点必须离开工作岗位，保证休息时间。

林岚晚上十点还带着文件回家，吃完饭，洗完澡，仍然在灯下看文件和资料，一直工作到半夜两点多。父母经常劝她早点睡，但林岚依然如故。幸好她母亲退休了，每晚深夜十二点，会给女儿做一碗百合莲子羹或者银耳羹，早上七点又为女儿准备好早餐。

林岚将一头乌黑的长发剪成了短发，显得更加干练利落。

林岚还带领大家走访了北海市工业区，他们到实地观看了北海市工业区的布局并听取了负责人的介绍，尤其听了他们对园区管理的各项先进措施，决定回去马上在红岗工业区试行。第二天上午，林岚要到市里面开会，下午

## 第十章 一匹黑马跑出来了

她才带着红岗工业区的专家组和骨干到河星工业区参观，因为河星工业区离他们也比较近。

河星工业区，走进园区就给人一种很开阔的感觉，一座圆圆的大花坛映入眼帘，花坛左边是一个湿地公园，右边是一片小树林，后面是一条宽阔笔直的马路，企业的办公室和厂房井然有序地排列在马路的两旁。楼房之间约八十米，植有草坪，种有各种花。大伙都异口同声地说："这里绿树成荫、花香扑鼻，像走进了公园。"每间办公室是相通的，可以根据需要调整大小。这个园区有些人员是从海外回来的留学生，人才队伍比较强大。

管委会领导到北京开会了，蔡副主任接待他们。

蔡副主任，毕业于西南信息工程学院，约四十岁，高大强壮，整个人看起来很精神，他十分热情地介绍园区情况，自信地说："河星工业区，天是蓝的，草是绿的，心是纯粹的，理念是崇高的，所以生产的产品质量是一流的，有些已经超过美国了。我们的管理服务也是国内一流水平……"刘丹悄悄地跟张华说："我怎么觉得蔡主任说话是满嘴跑火车。"

当暮色降临的时候，蔡主任热情地请大家吃饭，一边吃饭，还一边说了许多工业区和留学生的趣事。两位专家和刘丹却注意到，蔡主任的眼睛老盯着林岚，眼神猥琐。当蔡主任向大家敬完酒时，又单独向林岚敬酒。林岚的酒量不好，一杯下肚，已经有点迷糊。她请蔡主任将河星园区的资料赠送红岗工业区一份，蔡主任很干脆地说："没问题。"

晚饭后已经是八点半了，蔡主任请林岚坐上自己的小车，其他的同事都坐上那辆面包车。当两辆车一起出发的时候，李轩和叶一叫司机开慢一些，跟在小车的后面。林岚跟蔡主任坐在车的后排，车开出十分钟后，蔡主任靠近林岚，并将胳膊放在林岚的肩上。林岚感觉不对头，赶紧将身子移开些。只听蔡主任含着满嘴酒气说："你不是想要我们工业区的资料吗？我给你！你还想要我们什么资料，我都给你！我经验比你丰富，还可以帮助你。"说着靠近林岚，一手搂住她的腰，一手摸向她那丰满的乳房，带着嘲讽的语气说："你长得这么漂亮，怎么还不结婚？不想男人吗？现在就上我家去吧！"林岚一下子愤怒了，大声喊了一声："停车！"突然听到这么激烈的怒吼，司机马上刹车。林岚飞快地从车上下来，气得猛踹一脚车门。这时，面包车正好到了，两位专家和刘丹他们下来了，林岚看见他们，委屈得直流泪，大家都猜到发生了什么。

刘丹狠狠骂了一句"流氓"，然后扶林岚上了面包车。林岚趴在刘丹的背上默默地流眼泪，大伙叫她别难受，反正河星有网站，以后再也不去他们工业区了。他们将林岚送回家里。

第二天，林岚一样去上班，虽然脸色苍白，但看得出来，她在尽量控制情绪，好让大家尽快投入工作。大家都拿着自己喝的茶水和咖啡聚在会议室，当谈到这两天参观两个工业区的情况时，大家的意见十分一致，无论是硬件、软件还是创业环境，目前它们都比红岗工业区强多了。张华边思索边说："做一件事情，如果每一个条件都给我们配备好了，那还有什么意义呢？"李轩组长颇有信心地说："我们正在考虑占地面积不大的朝阳产业，目前已经完成了可行性分析报告。"林岚很是认同他们的意见，她一边搅动着咖啡，一边坚定地说："越是困难，越是需要我们比别人多思考、多学习、多开阔视野，找出我们自己的优势，找准产业定位，走我们自己的路。"

经过几个月对市场及北海市两个工业区的调查研究，分析了该地区的城市结构和红岗工业区的优势，发现工业区内有大量空闲的商业写字楼，工业区外的写字楼大多数都是总部企业和比较大的企业，这些企业都需要有偿的信息；区外大学院校众多，许多毕业生都有创业的愿望；工业区位于市中心，周边商业配套齐全，金融业集中，交通便利等。

## 第十章 一匹黑马跑出来了

根据国内外未来高科技发展的趋势和北海市三个工业区的产业定位互补及红岗工业区实际情况，大家一致认为，红岗工业区的产业定位为：信息开发与应用。通过多模光纤制成的商业光缆连接电话线上网，收集信息并转换为有偿的商业信息、科技信息和经济信息，为企业提供有偿的信息服务。

搞信息开发和应用的要求就是速度快，办公空间可大可小。产业定位好了，要引进企业，在仅有一万平方米又没有上盖的情况下，是不可能引进企业的。没有场地怎么办？大家冥思苦想。

已经是一九八二年元旦了，新年第一天放假，林岚仍然来到办公室。她打开窗口，环视了一下窗外，深深地吸了一口气，窗外的翠绿让她心情舒畅。她又启动电脑，准备工作。

她拿起茶杯冲了一杯平平给她的意大利咖啡，她喝咖啡从来不放糖和牛奶。温暖的阳光和新鲜的空气从窗户进入办公室，她轻轻品上一口咖啡，感到生活是那么美好。突然，她听到电脑有一个邮件收查的提示，一看是同学发来一个新年祝福。这个祝福颇有新意，一只鸡蛋里面写着新年的贺词："祝你科技工作孵化成功！元旦快乐！"

鸡蛋？孵化？林岚突然间受到了启发，"对呀！红岗工业区可以借鸡生蛋啊！可以充分运用目前空闲的写字楼来作企业的场地，这样的写字楼累计有二十多栋，使用面积二十六万平方米左右。但商家是不可能无偿提供的，又怎么办？"

林岚想起了美国硅谷批租土地的做法。对！可以参照他们的做法。

她又喝了一口咖啡，产生了一个大胆的想法：为了提高信用较好的商家的积极性，政府先给他们一定的场地租金，让高科技企业和信息应用企业以低成本租用这些商家的写字楼，在此孵化项目。等出了成果或获得盈利，给当地政府纳税，政府收了税等于收回了钱，同时也增加许多的就业岗位，解决了当地就业问题。这是企业和政府双赢的事。

"嗯，这个办法，元旦以后跟大家讨论一下。"

这时，她听到大办公室有说话的声音，原来大家不约而同地回来办公了。林岚心里一阵感动，赶紧走到大办公室，高兴地说："祝大家新年愉快！"然后，她笑吟吟地说，"既然大家不请自来，我们一起到会议室聊聊吧。我请大家喝咖啡。"

等大家都坐下后，她喝了一口咖啡，把刚才的想法跟大家讲了，大家都称赞说好。

李轩说："我们专家组也曾讨论过借鸡生蛋这个方案，但要先拿出一笔钱，担心有困难，就没有再往下讨论了。"

张华说："林主任提出了税收返还的方法，等于解决了这个问题，政府和企业都双赢。"

叶一教授开玩笑地说："林主任是咖啡里面出点子，应该感谢咖啡。"

林岚边沉思边说："我们还要提出更好的规划，做更棒的可行性报告来说服政府先拿出第一笔钱！"

刘丹欢喜地说："我们在办公室过新年吧！"

她冲了两壶茶、一壶咖啡，像变戏法似的拿了一大盒还热乎乎的上海年糕，两大包五香花生。张华也拿了一袋子油炸馄饨，是老婆给他带的。叶教授拿出来了一暖瓶热腾腾的饺子，是老伴给他带上的。新来的同志还拿出了红豆饼、绿豆糕和各种小吃。

茶香、咖啡香、食物香弥漫了整个会议室。

大家边吃边喝边议，别开生面地讨论，情绪高涨。林岚起了一个良好的开头，大家畅所欲言，又提出了不少的好点子。

李教授双目灼灼，说："专家组建议，将工业区仅有的一万平方米空地建

## 第十章 一匹黑马跑出来了

一个'人工湖'或者'绿化区'，在繁华热闹区有一片宁静之地，让科技人员和企业家可以更好地思索问题，无论是人工湖还是绿化区，都命名为'飞翔'。"大家立即拍手叫好，李教授还补充说，"建造人工湖的成本会低一些，以后维护湖水可以通过高科技的办法，成本也很低。"

张华接着说："还要制定帮扶高新技术企业和信息应用企业的配套优惠政策及服务措施。"

一向说话细声慢语的刘丹，这会儿也变得激动起来，快速地说："建议红岗工业区设立为企业服务的办事大厅。"

叶教授思忖了一会儿，说："可以考虑成立一个大学生俱乐部或者产学研交流平台。"

张华听后点点头，认真斟酌一会儿，建议道："可以做一个红岗工业区的网站，将政府的各项政策信息都放进网站，既然园区的产业定位是信息应用，信息应用是可以跨地域的，可以成辐射状发展，那么我们的服务也要充分利用高科技信息化的手段。"

"我们要定期将国内外的一些高新科技和信息应用的发展情况也放进网站。"刘丹激动地补充道。

大家听了也都拍手叫好！

新来的同志也提了许多建议……

林岚高兴地跟大家说："你们的建议都很好！但都需要做调研和论证，还要拿出可行性分析方案，方案包括经济预算和效益，分析时还要注意观察国外信息通讯产业发展的新动向。有了上述的内容，我们才能制定红岗工业区五年的发展规划。但所有这些都需要市政府的支持，请政府拿出资金先补贴给企业，再建设人工湖或绿化区也需政府资助才能完成。"然后她接着说，"我国现在已经开始制成单模光纤，很快可以在长途线路上采用了，就是说互联网的规模可以在全国使用，信息应用可以辐射全国。"

她又继续喝了一口咖啡，颇为兴奋地说："国家现在计划在海底铺设光纤光缆，与海外连接，过几年正式开通，那时上网速度会比现在快好多倍，还有好多功能可以使用呢。"说着，林岚看了一下手表说，"我们中午饭都没吃，现在是下午四点多了，我请大家吃饭吧。"

李教授笑着说："我建议，今晚的这顿饭，林主任先欠着我们，今天是新年，我们大家还是回家吃吧。"大家都兴高采烈地说："好。"

一九八二年春节到了，红岗工业区的发展规划以及其他方案都已初步制定，林岚将大家做好的资料带回家修改。

林岚的家仍在北海大学的家属楼的一楼，四室两厅，父母一间卧室，她一间卧室，一间书房，一间客房，中间是饭厅和客厅。屋外还有一个大花园。

林岚的卧室很干净整洁，也很素雅。洁净的单人床上挂着雪白的蚊帐，窗户是挂着印有浅黄色小花的粉红色窗帘，靠窗的桌子铺着粉红色的桌布，桌上放了一个红色的洋娃娃，旁边放了两盒珍珠霜。桌子的对面放了两个大柜子：一个是大衣柜，大衣柜旁是一个多用衣架，衣架上挂着两套粉色的小碎花睡衣；另一个是多用柜，内放两张照片，一张是二十年前照的全家福，另一张是红旗农场蝴蝶湖和连心树的照片。这张照片是一九七四年秋天她和宁生在农场种下连心树后宁生拍的，宁生还专门过了塑，给她一张。

年三十晚上，林岚跟父母一起吃饭。好多年没有在家里过春节了，这种团圆的喜悦又回来了。林爸爸打开了一瓶法国红酒，一家子高兴地碰了碰杯。饭后，林岚帮助妈妈收拾了桌子，洗了碗，就走进书房去修改规划了。一连四天除了吃饭睡觉，林岚都在书房里面修改各种方案、规划和报告。

春节刚过，红岗工业区将报告和规划上报了市政府。

红岗工业区的规划和申请资助的报告，在市政府常务会上展开了充分讨

## 第十章　一匹黑马跑出来了

论，市领导听取了北海市等有关部门负责人和专家们的意见。

市政府认为：规划有前瞻性，对应措施到位，服务优质，可操作性强，产业定位是朝阳行业，有带动其他行业发展的良好效应，符合北海市目前和未来的发展。还决定将"红岗工业区"的名字改为"红岗信息园"。

规划和请款通过讨论，很快就批准了。

有了政府的支持，红岗信息园大踏步地开展工作，在落实五年规划的同时，还加快了速度。为减轻政府的负担和让更多社会团体参与，红岗信息园多次召开招商和项目引资会，并推荐一些朝阳项目与银行及风险投资基金会交流……

分管该项工作的雷彤，出生在一个知识分子家庭，一九六二年在盛京邮电大学毕业，后来公派到法国读研究生，一九七八年任常务副市长。雷彤四十岁左右，工作务实，为人正派做事稳重。

林岚思路开阔，工作稳健扎实，积极主动，同时她性格单纯，做事有条理，有干劲儿，雷彤很欣赏她。

将近三年的时间，红岗信息园的高科技企业和信息应用企业，如雨后春笋般成立了两千三百多家，营业额累计约三十亿，新增税收约四亿多元，经济效益远远超过预期效果，不到两年时间就偿还了政府支持的资金。

为了使科技效益及信息应用良性循环，红岗信息园还成立了研究生、本科生和各类人才汇聚的俱乐部，定期开展交流活动。还定期举办大专院校与企业家产、学、研交流会和研讨会，探讨新技术、新合作模式，有资金的出资金，有技术的出技术，工作开展得如火如荼。

"有水则灵动，有水则静怡。"一万平方米的场地，经过专家和科技人员及企业家的建议，建造了人工湖，命名为"飞翔湖"。

飞翔湖有着西湖的静、清、美，茫茫碧水，让人神清气爽，心旷神怡。

阳光照耀在水面上，波光粼粼；长长的柳枝倒映在湖水中，风动柳摆，柳摆湖景变换。湖边铺了一条平坦的小道，走在小道上，是那样的惬意。为了使湖水保持清澈，信息园用生物循环法和简易反渗透法定期处理湖水。他们还在湖边的南面和北面分别建立了两座亭台楼阁，每个亭子可以容纳十多个人。伫立亭内，给人一种舒心幽静的感觉。科技人员都喜欢到亭子里探讨和交流问题，他们幽默地称该亭为"创作灵感之亭"！

红岗信息园的快速发展受到了北海市政府和雷彤的赞赏，也引起了省政府的关注，李良杰也连续到红岗信息园参观了几次，称赞这个小园区是一匹黑马，才三年的工夫，它就脱颖而出。

李良杰、雷彤和专家们一致认为：林岚他们闯出了一条新路子。

"这个路子就是在老城区的写字楼发展了高新技术企业和信息服务企业等朝阳企业，充分利用了空间，拓展了写字楼的新经济，提高了企业的技术水平和经济附加值。"

经省政府推荐和国家有关部门考察，红岗信息园被列为国家级信息应用的示范基地。

宁生的父亲江恒也从广南省带着几个工作人员，在李良杰的陪同下，参观了红岗信息园的知名企业，详细考察了高新技术企业的技术含量。当了解到园区有十多家是信息应用软件研发的企业时，江恒十分高兴。

他听取了林岚的汇报，还与红岗信息园的主要骨干和专家组等做了交流。江恒十分认同红岗信息园的做法，认为他们与时俱进，有很强的创新精神，信息技术应用在中国乃至世界都是高科技的领头羊，具有自主创新的源动力。

上海、北京乃至亚洲地区的有关科技园区，也纷纷前来参观交流。

更重要的是园区吸引了一批海外留学生回到北海市扎根创业，同时一些海外的著名企业也来北海市发展，其发展项目已经扩大到其他行业或其他领

## 第十章 一匹黑马跑出来了

域的高新技术项目。

由于红岗信息园面积较小,雷彤将来北海市发展的企业,安置在北海市工业区和河星工业区。这样,所有的场地都可以使用,从而带动了全市的经济发展。

# 第十一章　声名鹊起

一九八四年，正处于我国改革开放大步跨进的时期，涌现了许多创新者、开拓者。在群星璀璨的改革派当中，林岚无疑是最闪亮的一颗。由于红岗信息园带动了全市的科技发展，市政府给予林岚副处级待遇，给予张华正科级待遇。

初夏的一个上午，正是上班时间，林岚突然肚子痛，送到医院后，被诊断为急性阑尾炎，检查时又发现她的腰部有一个小小的纤维瘤，正好压迫着一个动脉血管，也就和阑尾一齐切除了。晚上七点多，林岚醒来以后，想起有几份急件要她签字才能审批，她想叫司机，但司机已经下班了。她就换了件上衣，准备自己打车去单位。由于来医院的时候穿的是西装和裙子，现在有伤口，穿裙子不方便，她只好穿着医院的裤子，打车来到单位。她走进单

## 第十一章 声名鹊起

位的写字楼的大厅里,正好碰见其他单位一些下班的员工,他们都认识她。看到林岚脸色苍白、神色疲惫,额头上还冒出许多汗珠,大家都热情地问候她,请她注意身体,不要这么拼命。他们都被林岚忘我工作的精神感动了。

过了几天,林岚身体基本康复,她又早早地来到办公室,准备开例会。

当走到会议室门口,就听见刘丹在气愤地说:"我昨天到市里面开会,林岚上周穿着医院的裤子回来工作的事儿,不知怎么的,传到市里的一些同行耳朵里,有几个领导,居然说她在作秀,装病,出风头,假积极。"刘丹接着说,"这些人造谣生事,污蔑林岚,太可恶了!"

张华也愤怒地说:"居然还是领导,真是不可理喻!"

这时刘丹走出会议室倒茶,却看到脸色苍白的林岚呆呆地站在门口,她赶紧抱住她,一边拍着她的背,一边说:"一块白玉不管抹多少墨,她仍然是一块白玉,别理会他们。"然后,拉着林岚缓缓走进会议室。

李教授真挚地对林岚说:"很多时候打败我们的往往不是那些困难,而是外界的声音。他人的评价对我们的影响,完全取决于我们自己的心态。"

叶教授也接着说:"要选择性屏蔽他人的评价,保持自己的初心,才能在人生路上越走越好。"

林岚感激地看了看大家,然后镇定地说:"我们开始开会吧。"

林岚工作时有一股闯劲儿,加上创新能力很强,工作伙伴又是同一路人,平时大家相处得如同一家人,工作氛围极好。林岚讨厌阿谀奉承,从不搞与工作无关的任何应酬,她是一个单纯的人。

林岚二十八岁来红岗信息园工作三年了,这三年基本没有星期天,也没有节假日,每天起早摸黑,无暇顾及自己的事儿。

林岚三十一岁了,还是单身一人,父母为她的婚姻着急了。特别是林母,她很后悔当年阻止林岚和宁生,以致林岚如今仍孑然一身,不想结婚。

林岚的能干，得到领导的重用和赏识，也得到单位同事和园区企业家们的认可，但也遭到一些人的嫉妒。尤其她是一个美丽的女人，又未婚，她的成绩、能力让那些嫉妒者大作文章。

有一天，连海省政府在北海市广场大礼堂召开大会，林岚和单位的同事也一起前往。

路上，林岚能隐隐约约听见几位女士不太好的议论："不结婚啦，靠美色拉项目！""靠美色上台阶，和管委会副主任睡觉。"

有人嫉妒林岚的美貌，有人嫉妒林岚的学历和能力，有人嫉妒林岚的工作业绩。

她们议论的声音越来越大，好像故意要让林岚听到似的。林岚气得脸色苍白，嘴唇微颤，张华、刘丹等几位同事都站在林岚周围，用愤怒的眼光盯着议论者。

这时，有一位穿警服的男同志走到那几个女人中责问："你们讲话尊重事实了吗？负责任吗？"那几个女人开始紧张了，小声说："当然是事实啦，这些消息是市政府人事处传出来的，还不真实吗？"

"你们这样随随便便败坏一个女同志的名誉是要负法律责任的，你们现在愿意跟我到公安局去核实情况吗？"这几个女人不敢再说什么，马上走到一边去了。

林岚听到这位男士的声音很熟悉，不由自主地往他那里看，竟然是宁生！

他俩的目光相遇了，林岚睁大眼睛愣住了，"是你？"她大大的眼睛里既有惊讶又有怨恨。

宁生凝视着她，声音低得只有她能听见，"你好！"

林岚痴痴地盯着宁生，没做任何回答。

张华看见林岚失神地盯着一位高大英俊穿警服的男士，心里明白了几分，

## 第十一章 声名鹊起

因为之前多少听平平说过林岚在红旗农场的故事，估计这位警察同志就是宁生了。张华马上拉开单位同事，让他俩多待一会儿。

两个人像个柱子钉在那儿似的凝视着彼此，九年了，俩人从未见过面，多少爱、恨、思念都涌来……

宁生刚想对林岚说什么，只见林岚默默地流眼泪，他一下子不知说什么好了。

这时林岚单位的同事喊："林主任，快开会了，我们要不要带她们去公安局核实啊？"林岚听后，用手轻轻地抹去眼泪，又看了宁生一眼，神情冷静地说："不用，咱们开会去。"说完扭头和同事走向礼堂。

九年多了，看见林岚，宁生既激动又不安。他知道，林岚心里怨恨他。如果林岚现在婚姻美满幸福，那么他的负罪感会少些。可现在林岚仍单身，还遭人非难，这让他既心疼又难过。

无论如何，是他先背叛了她，一切能怪她吗？

远去的林岚心里也五味杂陈。是的，她曾想，像平平一样，当个不婚主义者。她爱宁生爱得太深了，一直对感情无法释怀，不仅是因他救了她，而是他的一个眼神、一个微笑、一句话都让她沉沦。

从第一次在蝴蝶湖遇上宁生，她就开始喜欢他了。宁生那种阳刚与忧郁相兼、儒雅与坚毅共融的气质都让她沉醉。

自从红岗信息园的工作走上轨道以后，林岚才考虑结婚的事，主要原因是一个人在外面闯荡太不容易了，总有人给她传递爱的信号，或以工作为借口刁难她。

做单身女人难，做漂亮的单身女人更难！

这几年她受到的委屈，让她渴望有一个家庭，有一个爱自己的丈夫，有一个可以避风雨的温馨港湾。

和谁结婚？和同学韩丹林吗？

韩丹林，三十六岁，上海人，身材挺拔，戴着一副深度的眼镜，学识渊博，为人老实憨厚。丹林研究生毕业后考上了博士，之后又去美国作了两年的访问学者。

他也是一个工作狂，经常废寝忘食地工作，从不爱惜自己的身体。他在读研究生时期就追求林岚，但林岚心里一直有宁生，心结未解，对丹林从没松过口。五年来，他俩一直保持良好的同学关系。

最近丹林从美国回来，为了林岚，到中国科学院连海省分院工作。可是，如果仍带着对宁生的感情与韩丹林结婚，这太不公平了！林岚多么希望自己彻底忘掉宁生，好与韩丹林一心一意地过日子。可是人的感情不是电闸，合起来就通电，拉下来就断电。与人相恋是不以自己意志为转移的。带着这个问题，林岚与当哲学教授的父亲谈了一次心。

面对三十不而立的可爱女儿，林爸爸说："结婚当然要讲感情，你和韩丹林同窗两年后又朋友般往来三年，一共有五年时间了。无论品行、才华、外表，丹林都很优秀，值得你依靠。丹林来过咱家两回，我和你母亲看得出小伙子很爱你，他为你放弃了在上海的优越生活，专门来到北海市工作，深情可见！"林爸爸又继续苦口相劝，"江宁生虽然十分优秀，人品难得，值得你爱，但他已经结婚了，又有一个完整的家庭，一切成定局，江宁生是不可能跟你结婚的！"

"你用一个不存在打乱你未来的生活，这不合理，也不符合逻辑。我和你母亲都快六十岁了，希望你放下过去，面对现实，学会翻篇！"林爸爸富有哲理的一番劝说，触动了林岚的心。

经过内心一番苦苦斗争后，林岚决定与过去告别，开始新的生活。她已经原谅了母亲，也谅解了宁生。

## 第十一章　声名鹊起

婚前，林岚平静地告诉丹林，她和宁生有过不一般的感情，她不是处女。韩丹林欣赏林岚的坦诚，理解她对过往的深情。

他不在乎林岚的过去，只要她现在愿意与他百年好合就行了。

一九八四年底，三十一岁的林岚结婚了。一年后，他们生下一个女儿，名叫小梅。

韩丹林是当时连海省唯一的博士后，研究的项目又是国家的重要项目，所以省政府很重视，给丹林分配了省科学院新建的研究员楼的一套四室两厅的房子。那里的院子环境幽静，种满了花草和树木，像个小公园。

林岚也因为工作的需要，一九八四年十二月调离红岗信息园，出任北海市科技局局长，还兼管北海市的财政税务。她走后，张华担任了红岗信息园主任，刘丹为副主任。

婉容也调到省委机关工作了，实现了她从少女时代就期盼到大机关工作的愿望。她很是高兴。

更让婉容高兴的是林岚终于结婚了。

这个消息，同样让李玲放下了心中的块垒。单身的林岚，一直是宁生情感天空中的一个纸鸢，这些年宁生牵着那根线远远地注视着，小心翼翼地追逐着，所以才会拒绝她、疏离她，不肯接受她。如今林岚终于拥有了自己的婚姻，依李玲对宁生品性的了解，自尊的他会放开那根线，而他俩的婚姻才算是真正的完整了。

人生有时就是这么戏剧，关心别人的幸福，并不是真的在乎别人，而是为了自己获得幸福。

# 第十二章　不喝工夫茶

　　林岚如此轰轰烈烈的业绩，江宁生当然知道。他的信息来源是父亲和平平、周舟及新闻媒体。

　　一九八〇年江宁生又考上了盛京大学的政法专业研究生，一九八二年五月毕业。

　　这几年，连海省改革开放的步子迈得快，经济和科技蓬勃发展，但法制建设跟不上，整个社会的发展不协调，下岗的人也越来越多，个人与企业、企业与国家的利益发生冲突的案件日益增多，经济案件既多又复杂，很难破案。省委决定：公检法部门执法力度必须加强！改革，刻不容缓！

　　连海省公安厅厅长成啸这两年也为此事头疼不已，先前听李良杰介绍过知青时代宁生的情况，而且曾任李良杰的秘书古华，现在是省人事厅厅长，

## 第十二章　不喝工夫茶

他也向成啸推荐了江宁生。于是，宁生被分配到连海省公安厅工作，任省公安厅厅长成啸的秘书，正科级待遇。

宁生是独生子，在农场九年，后又读书六年，一别家人十五年，现在一家人终于团聚了。

宁生家住在省委宿舍的第一区，那里戒备森严，绿荫掩映着一栋栋别墅。每栋别墅都是三层楼，还带有一个小花园。宿舍的第一区到省委办公区域，中间还建有一个大花园。

宁生家的客厅大气宽敞，墙的西北边摆放着一面酱紫色的大书柜，大书柜两旁放了两座浅杏色的落地灯，每座灯下都放着一张桌子和一张凳子。桌子上都放着一个笔筒和一叠纸。书柜前放着两短一长的沙发，沙发前放着一张四方形茶几，茶几上放着一套景德镇茶具。

客厅的正面悬挂着毛主席的《沁园春·雪》。宁生父亲很喜欢这首词，经常仰望着这首诗，久久徘徊，深深思索。

客厅的东南边是一排十扇叶的窗户，墙边上放有十多盆盆景，分别是薄荷、金银花、桔梗，这些中药盆景是宁生妈妈有意栽培的。盆景的叶子墨绿，花朵雅致，缕缕清香弥漫周围。宁生的妈妈说，这些中药还具有清热、解毒、消炎的作用。宁生的父亲常开玩笑地说："家里的客厅正面是信仰区，西北边是文化区，东南边是养生区。"

宁生父亲高大魁伟，两眼炯炯有神，嗓门相当洪亮，喜欢双手背在腰后，在宽大的客厅里走走停停，时而神色严肃，时而微微颔笑。今天下午宁生回来了，江恒十分高兴，他快步地走上去，双手抚摸着儿子的双臂，仔细地打量了长得与自己一样高的儿子。想起这些年给宁生带来的委屈，他的眼眶湿润了。宁生紧紧抱着父亲，激动地说："爸爸，一切都好起来了。"

久病的母亲喜不自禁，拖着带病的身体亲自下厨给宁生做菜。原来的吴姨因为要照顾她那八十多岁的妈妈，回乡下去了。家里新请的一个保姆叫李姨，正在厨房帮宁生的母亲打下手。

江恒用新买的搪瓷杯子，给宁生泡了一杯绿茶。杯子外观的图案是一棵青松，棕色笔直的树干，显得刚劲挺拔，像在和天比高，翠绿色的树冠如伞盖。

江恒又拿出几个圆圆的红苹果，削去苹果皮，亲切地递给宁生。他慈祥地看着大口大口吃着苹果的宁生，又拍拍他的肩膀，很是欣慰地笑了。江恒说："改革开放开始了，人民的生活水平也逐渐提高了，一切走向正轨了，你要不负使命，好好干……"宁生听了，内心涌起一股暖流。

宁生的母亲烧了红烧大胖鱼、蒜香排骨、香菇炖鸡、虾仁炒大蒜、陈皮牛肉块、木耳炒猪肝、红烧茄子、素炒青菜、紫菜鸡蛋汤，八菜一汤，摆满了一桌子。

江恒拿了一条干净的毛巾，为妻子擦去了脸上的汗，妻子温柔地看了江恒一眼，笑了笑说："我好久没那么认真做菜了，你们尝尝味道怎么样。"一家人围着桌子兴高采烈地吃起来，都夸味道真好。江恒认真地对儿子说："你母亲炒的菜都赶上开餐馆的了。""嗯，母亲炒的菜就是好吃！"宁生边吃边说。

当然，最高兴的是李玲。李玲自从一九七五年国庆节和宁生结婚，五年后生了江小毅，孩子现在一岁多，放在姥姥家。李玲现在在连海省外经贸委工作，由于公公是高干，丈夫是心爱的人，又有了儿子，日子过得春风得意。

饭后，李玲拿出一盘瓜子和一壶新沏的普洱茶，一边给大家倒茶，一边高兴地说："小毅现在走得稳稳妥妥的，会玩好多积木了，也开始学说话了，我明天就接他回来。"

宁生感激地向李玲点点头。

## 第十二章　不喝工夫茶

宁生母亲遗憾而又感动地说："我身体不好，只得让你妈带孩子，孩子再大一点就接回这里住。"突然，她发现家里的中药几盆盆景开始凋谢了，有些惋惜地说，"盆景绽放的时候让人欢喜，但愿开得长久些。"宁生的父亲笑着说："笑看花开是一种心情，静赏花落是一种境界。明天孙子要回来了，赶紧准备准备吧。""是的，我得把给孙子买的玩具，还有图书全都拿出来。"宁生的母亲乐呵呵地说，然后示意宁生的父亲去花园里溜达。

宁生温和地对李玲说："你辛苦了，你去休息吧，我今晚得整理一下这几年的学习资料。过两天要去省厅报到了，这几天都挺忙的，我自己在客房休息。"李玲愣了一下，一脸不悦地上楼了。

当李玲离开后，宁生坐在客厅里，感到对不起李玲。但是他对李玲难以生出爱情，他更无法强迫自己做不想做的事。这些年他们很少有夫妻生活。但他不想父母为他操心，赶紧走到二楼的客房，关起门，整理以前的学习资料。

省公安厅厅长成啸，五十二岁，高大魁梧，威风凛凛，一双眼睛充满了智慧。他是省委委员，解放战争时期参加革命，还参加过抗美援朝，立过两次一等功，是一个刚正不阿、敢于拼搏的老共产党员。随着时代的发展，成啸感到当下工作很吃力。改革开放了，新经济下处理案件难度大，许多案件判决有依据，但执行起来很困难。信息技术发生盗窃，更是无据可查，无法立案。

一个国家的发展，法制法规先行或者及时跟进，才是科学、协调、和谐的，宁生的到来无疑是雪中送炭。

省公安厅还有两位副厅长：一位是已经五十八岁的李副厅长，他是从部队转业的老革命，参加过抗日战争和解放战争，曾多次负伤，这些年多次动手术，目前，在家里休息；另一位是一个年富力壮的韦副厅长韦放，省警察学校毕业，从事过刑警、刑侦、内保、治安、交警等工作，在省公安厅工作快二十年了。

一九八二年五月中旬，江宁生拿着工作通知书，到省公安厅报到。省公安厅离省委很近，宁生住在省委大院里面，走路三十分钟就到了。

从省委到公安厅有一条笔直的马路，马路两旁种满了茂密旺盛的树木，许多树的根已经裸露在外，树冠上已经紧密地连接在一起了。五月早晨的太阳是温柔的，阳光射进茂密的树叶中，清风徐徐，叶子在微微地抖动，地上的光晕也微微颤动。

迎着初升的阳光，头顶浓荫走在马路上，宁生的心情是愉快的。他还记得，省委大院与省公安厅之间还有一所小学，他是在那里读完小学的。当年父亲带着他到小学参加入学考试，老师还问他爱什么，他想了一下说："爱爸爸妈妈，爱蓝天。"

老师和爸爸听完笑了，爸爸马上在一旁说了一句："还应该爱国家。"

"应该爱国家？"小宁生并不懂得这句话的含义，他只记得爸爸讲这句话的时候满怀深情，这种深情小宁生是从来没有见到过的。

到了宁生读五年级和六年级以及初中的时候，每到寒假和暑假，父亲总喜欢带他到农村去，与农民同吃同住同劳动。父亲还拿出自己的工资给农民买农具、稻种，甚至长期供养四个农民的孩子读书。宁生很喜欢跟父亲在一起，因为父亲总给他讲《三国演义》《西游记》《水浒传》，还有邱少云、董存瑞的故事。

平常的日子父亲总是很忙，家里的小书房经常是彻夜通亮。清晨，他起床的时候，父亲也从小书房走出来，揉揉一双布满血丝的眼睛，用冷水洗洗脸，吃完早餐又去上班了。

带着这样美好的回忆，江宁生走到了省公安厅的大门口。一进门，有一

## 第十二章　不喝工夫茶

个宽敞的大厅，大厅中央刻着两个红色醒目的大字"金盾"，字体下面摆着几排万年青。宁生驻足凝视"金盾"这两个字，心里清楚，他将来要走的这条路任重而道远。想到这里，他不由得浑身涌出一股热血，内心焕发出一种勃勃向上的力量……

"您是江宁生吗？"

宁生扭头往右看，一个身穿警服的中年男子，正朝着自己三步并作两步走来。他满脸笑容，远远就伸出了一只肉滚滚的手要跟他握手。

"我是江宁生，您好！"

"你好！可等到你了，我叫韦放，是省公安厅的副厅长。成啸厅长今天上午到省委开会，委托我接待你。"

两个人的手握在一起了，彼此打量着。

韦副厅长，四十岁左右，矮矮胖胖的身材，圆圆的脸，一副慈眉目善的模样。

江宁生，三十岁左右，英俊的脸，炯炯有神的黑眼睛，大高个，穿着一身洗得发白的深灰色的确良衣服，脚穿一双军鞋。

宁生感到韦厅的眼神中带着精明。

韦放感到宁生朝气蓬勃，目光沉静而锐利。

还是宁生主动松开韦放的手，然后拍了拍他的肩膀，二人一同到二楼人事处。

宁生报到后，韦放带他到自己的办公室。韦放的办公室，地方不算太大，大概有十八平方米，墙上挂着两幅摄影图：一幅是苹果园的图，图中的苹果硕大通红，圆润饱满；另一幅是泰山的图，雄伟的泰山，一轮红日冉冉升起。

更引人注目的是，办公室有一个玻璃柜，里面几层放了许多茶，每个罐子外面都注有名称和年份，有普洱熟茶、普洱生茶、大红袍、红茶、绿茶、

103

白茶、黄茶、黑茶、苦丁茶、铁观音、乌龙茶、龙井茶、碧螺春等，下面几层放了十多套茶具，有大杯茶具和中杯茶具，更多的是广东喝工夫茶的茶具，放茶叶茶具柜子的拉手已经磨掉许多油漆了。还有一张茶几，上面放着一套很精致的工夫茶茶具和一把电动热水壶。

另外一个柜子是书柜，上面二层都放着马克思、恩格斯、列宁、斯大林、毛泽东的全套著作。第三层放的是警察学校的各种教材。这个书柜的拉门油漆倒是很完整，还是崭新的。

韦放请宁生坐下，热情地问他喜欢喝什么茶。

"绿茶。"宁生回答。

韦放先是冲洗一遍绿茶，然后再冲工夫茶。他冲茶的熟练动作，一瞬间，让宁生觉得他像一个小茶叶铺卖茶叶的老板。宁生拿起小杯的工夫茶喝了一口，说："嗯，味道的确不错，与众不同。"韦放感到宁生喝此茶是满意的，笑着说："喝工夫茶，是一口一口地品，慢慢喝才有味道。"他又接着说，"欢迎你呀，你是我们省公安厅第一个高才生，又年轻，父亲还是高干，请多多关照啊！"

他又用手拍了拍宁生的肩膀继续说："我文化程度没你高，但实践经验比你多，公安厅各个部门基本上我都工作过。我在公安系统工作快二十年了，才熬到今天这个位置，你有什么不熟悉的地方，可以问我。我倒是有一个经验告诉你，公安工作人命关天，不可以着急，就像喝这工夫茶一样，要一口一口地品，才能品出味道来，品出味道来才考虑干与不干。"

他还像长辈似的亲切地教育宁生："宁肯少做事，不要做错事，慢慢来，先熟悉情况，不着急。"宁生礼貌地点了点头。

接着，韦放打了个电话，叫办公室的晶晶马上过来。几分钟后，一个漂亮的姑娘，步履轻盈地走进来。韦放对宁生说："这位叫谭晶晶，是连海省政

## 第十二章 不喝工夫茶

法大学的应届毕业生,在学校书读得好,枪法如神,连续三年在射击比赛中得第一名,擒拿术也得过奖,散打是第三名。她是咱省公安厅最漂亮的姑娘……目前让她在办公厅先熟悉一下工作,以后调到刑警队。"直夸得晶晶不好意思了。

谭晶晶,约一米六四,一双淡褐色的大眼睛扑闪闪的,两腮有一对酒旋,一头乌云般的秀发,小麦色的皮肤微微泛光,看上去很健康,充满朝气。

韦放对晶晶说:"介绍一下,这是新来的同志,叫江宁生,准备当成厅长的秘书。他的办公室,成厅长已经安排了,就在成厅长办公室的隔壁,你赶紧去打扫得干干净净,放好开水、茶叶。茶具配上正宗的潮州工夫茶的那套,新的办公桌和柜子配上密码锁,再配一张长真皮沙发,还要配上一台新的电风扇。还有,晶晶啊,听说广南省那边机关单位办公都开始用空调了,你了解一下,我们省公安厅办公,争取今年夏天也使用空调。"

"好。"晶晶恭敬地答道。见没什么事,她礼貌地走了。

"对了,你喜欢什么画?我对摄影很有研究,我家有很多自己的摄影作品,你喜欢什么我送给你。你看,我办公室挂的这幅苹果园的照片,是我休假时候,特意到陕西苹果园拍的,寓意是平和,大家和睦相处。"

宁生一直俯身倾听韦放说话,但韦放将公安工作比喻喝工夫茶,让他感到很不舒服。

韦放露出长辈般歉疚的笑容,宁生感到他有相当世故的一面。

韦放对江宁生使用办公用品的体贴和关心,也让江宁生隐隐感到不踏实。

宁生又礼貌地笑了笑,道:"我想现在和晶晶一起去打扫我的办公室。我不太喜欢喝工夫茶,不要工夫茶茶具,我自己买一套普通茶具就行了。我希望尽快投入工作。"

韦放略愣怔了一下,脸上掠过一丝不快,但他圆圆的眼睛一转,马上说:

"是啊，厅长的秘书是要尽快工作，多做事。"他没想到，年轻的江宁生非但不嫩，而且非常老练，有派头。江宁生在含蓄拒绝自己时的那种谦和持重，让他感到这个年轻人不是那么容易听任别人摆布的。

江宁生到省公安厅工作三天后的一个上午，成啸召开省公安厅常委扩大会议，有五十多人参会。已经九点过五分了，除韦放副厅长没到，其他该到的人都到齐了。成啸看了看手表，微微皱了皱眉头，自言自语地说："韦放怎么还不来？不等了，现在就开始开会吧。"

成啸首先向大家介绍了新来的江宁生，宁生站了起来，微笑地向大家鞠了一躬，大家都主动鼓掌，气氛十分友好。

成啸先传达了省委的精神，最后结合省公安厅的实际，提出了五点落实要求。其中他还谈到了要请公安部的法律专家来省公安厅讲课，在新的经济形势下，进一步完善法治建设。他强调参会者要边工作边对过去或者不完善的法律法规提出修改意见，再交给相关部门讨论。

最后，成啸突然目光严厉地扫视了一下大家，会场上一片寂静，人们都感到成啸的目光中带着愤慨。

成啸阴沉地撑着桌子，从座位上站起来，这个动作胜过一切加重分量的言语。他严肃地说："我们要打击官僚主义，工作不能一拖再拖，要雷厉风行地为基层办事，省厅办公室马上牵头实施批复时限制度和定期下基层调研制度！告诉大家两个事情：西桥市所管辖的地区多次出现老百姓上街堵马路现象，西桥市公安局提出了整改意见，并给省厅发了请示，就这样的一个请示，五个月了，某领导竟忘了批复；北海市公安局三个月以前就交了一份关于北海市交通整治的意见，据说这份报告他们花了半年的时间做了调查研究，提出了很多科学合理的建议，但报告被某处弄丢了，至今没找到。请你们想一想，这样的官僚主义误国误民，难道不让人气愤？怎么办？"成啸威严地扫视着会场,"你们也可以站起来回答该怎么办?"

五十多人的会场,没有一点声息。

沉默使发问所含的严厉达到了极致,成啸才沉稳而坚决地往下说道:"两条:一条是以后再因为官僚主义严重,破坏国家和民生的,要按渎职论处!坚决办!第二条立刻纠正错误。这个大会完后立刻采取行动,把这两件事落实办好。"

会场上立刻响起了热烈的掌声,尤其是涉及单位的局长们使劲拍着手,但掌声很快在严肃的气氛中平息下来了。

"那两位同志你们听见没有?群众在鼓励你们啊!"成啸语重心长地慢慢说道。

接着,他又换了严肃的口吻:"如果这两件事涉及省公安厅常委,我向大家表态,从严处理!"最后他平静地说,"今天的会议决定由江宁生同志督办,会议记录上报省委政法委。"

那天下午快三点,韦放终于风尘扑扑地回到办公室了。他用毛巾擦了擦脸上的汗水,没坐上几分钟,就轻轻地走进成啸的办公室。他沉重地告诉厅长:"今天上午我的老父亲心脏病发作,很严重,我不得不送到医院去抢救,在医院待了一个上午,所以耽误了开会。"

成厅长听后很是担心,问:"现在老人家情况怎么样?"

"经过抢救已经脱险了。他不愿意住院,我中午把他送回家才赶过来上班的。"韦放感激地回答,"今天上午的会议我知道内容很重要,我会到办公室看会议记录。有关我的工作,我会落实的。"他说完就准备离开成啸的办公室,成啸叫他坐下,然后语重心长地对韦放说:"我们三个厅长,数你在公安战线最长,又最年轻,往后工作任务越来越重,你要踏踏实实,抓紧时间做好工作才是。"

"您才是最重要、最有工作魄力的，我会做好我分管的工作，当好您的助手。"韦放小声奉承道。

这时有人敲门要进来，成啸说了声"进来吧"，来者是省公安厅办公室主任肖虎。韦放站起来，向他告辞。成啸关心地说："你现在就回家吧。你父亲今天早上在医院，你也陪了一个上午，挺累的，先回家看看老人家现在身体情况怎么样吧。"

肖虎听了，内心十分诧异。等韦放出门后，肖虎告诉厅长："今天上午韦放到省委政法委郭向光书记家种树去了，中午十二点大家开完会的时候，韦放还在郭书记家的院子里指导有关人员怎么种树。郭书记家的院子里，种了两棵很漂亮的香花槐树。这一幕不仅我一个人看到了，今天参加会议的大多数人从那路过时都看到了，根本不是什么秘密了。"

成啸听了，十分恼怒，不由得说："用上班时间去拍领导马屁，在公安厅影响太坏了！"然后，他站起来，脸色阴沉地在办公室里背着手踱来踱去。毕竟，成啸是有修养的领导，一会儿他就冷静了，问肖虎还有什么事。肖虎拿出民主评议的结果给成啸看，参加评议的人员是省公安厅副科长以上的干部，共四十多人，被评议的是他们三位厅长，韦放获得优秀的票数最高，称职票数也最高，得票率为百分之九十五。成啸的优秀票数和称职票数虽然不是最高，但也超过了百分之八十。成啸的脸上掠过一丝冷笑，说："这种民主评议太好是不正常的，被评议的人和评议的人都有些问题。"

肖虎说："韦放很注意搞好群众关系，经常探望患病的领导，还为他们的儿女安排好的学校读书，为他们的家属安排工作。即使工作很忙，他也会为他们办私事，甚至叫我们办公室的同志给人家配空调，或送上好的茶具和茶叶……不过有一个好消息要告诉您，李副厅长过两个星期就可以上班了。"

成啸听了点点头，说："知道了。"

## 第十二章　不喝工夫茶

对于肖虎的话，成啸是相信的。肖虎跟他是老战友，他俩一起参加过抗美援朝，共事近三十年。当年他从部队转业到了省公安厅，肖虎去了省政府人事厅，肖虎为人正直，工作有魄力，善于接受新事物，但不会察言观色，说话直，加上学历不高，经常受人排挤。成啸叫他到省公安厅来。

这时晶晶敲门进来了，捧着两盆万年青放在成啸的办公室。她边放边告诉成厅长，这两盆万年青是韦厅长叫她送的。

成啸问她，韦放今天上午去哪里了，晶晶说："韦厅长今天上午去郭书记家种树去了。今天中午散会，好多人都看到了，我和肖虎主任也看到了。"

今天上午开会时提到的两件官僚主义的事，以及今天下午韦放撒谎的事，的确让成啸生气。

以韦放的能力和资历似乎可以顺顺当当地接自己的班，但他这种把人际关系放在第一位的工作作风，让人担忧。

想到这里，成啸长长叹一口气。其实，让他心灵震撼的是钟汉——这个对他有恩的人。

钟汉跟他是同乡，还是一个屯的。钟汉的小名叫小虎子，小虎子家与他家只相隔一堵墙，院子相邻。成啸从小就没了娘，是吃钟汉母亲的奶长大的。他们一起当兵，在一个部队。钟汉十三岁就参加革命了，是个红小鬼，不仅敢打敢拼，还足智多谋。当成啸还是班长的时候，钟汉就当上排长了。

在朝鲜战场上，钟汉是"钢铁一营"的营长，成啸是连长。当年为了守住阵地，他们奋力抵抗了七天七夜，最后全营牺牲得只剩下七八个人，但他们誓与阵地共存亡！当大家弹尽粮绝、疲惫不堪时，突然，敌人将一个手雷扔进阵地，钟汉一把抱住成啸，保护了他。钟汉严重受伤，断了两条肋骨，成啸却毫发无损地活下来了。钟汉身上的皮带也被炸断了，两条断裂的皮带渗进了鲜红的血。这场战役结束后，钟汉回国治疗了。

钟汉对自己有救命之恩啊！

成啸一直珍藏着这两截被鲜红染红的皮带。

肖虎那时候是个新兵蛋子，被补充到钢铁一营，在朝鲜战场上一起战斗两年多才回祖国。

钟汉和成啸从抗美援朝回来后，都分别转业到连海省公安厅工作。刚开始的十年，他们无话不谈，亲如兄弟，后来的十几年，彼此之间都觉得对方变了。钟汉经常开导他："不要把战场上冲锋陷阵的那一套放在工作上，现在是和平时代，要随遇而安，要会生活"，还调侃他是个"二愣子"。

成啸经常面色肃然地看着钟汉熟悉亲切的面孔，暗暗感叹不同的价值观、人生观，让他和钟汉对工作的态度和事业追求有着明显的分歧。

尤其当成啸被提拔为省公安厅厅长，而战斗英雄钟汉还是个处长时，钟汉心理不平衡了……在许多问题上钟汉支持韦放。

对于"二愣子"成啸长期像打了鸡血似的工作状态，钟汉很清楚。成啸工作干好了，对自己当上副厅长也有利。况且，成啸比自己大五岁，先退休，将来有可能是韦放当厅长。钟汉曾把希望放在韦放身上，但是，现在又来了一个朝气蓬勃的江宁生，让他产生了一个新想法：不如实实在在地过日子。

成啸明白，这些年来，自己对钟汉的迁就多少对公安工作有些影响。今后可不能再这样了。他一边看着《公安快讯》关于盗窃案上升的报道，一边沉思着。

成啸是老练的，他已经有了快速冷静的能力。

江宁生的到来和李副厅长即将上班，也让他有了从容消灭官僚主义和不作为作风的计划。

夜幕降临了，成啸一看表快七点了，他收拾好提包，走出办公室。看见宁生还没走，像钉子钉在那里一样写资料，成啸心头一热，喊了一声："宁生,怎么还不走啊?"

"噢,正在整理您今天开会的资料,快弄好了,一会儿就可以走了,您先走吧。"

成啸知道他是叫不走江宁生的。宁生才工作了三天,成啸就知道他是一个工作雷厉风行、说干就干、沉稳有理想的青年。想到这里,他心里舒坦多了。

一周后的一天中午,宁生又是一个中午没休息。大约下午两点半,他到洗手间,看到韦放在一旁的洗漱室刷牙。

宁生诧异地问:"您中午还要刷牙吗?"

韦放睁大了一双圆眼睛,认真地告诉他:"你知道牙齿有多么重要吗?必须每天刷牙三次,这样才可以防止蛀牙。我现在四十一岁,牙齿跟二十岁的一样,贵在坚持啊!"

正好晶晶也从女洗手间出来,她含笑告诉宁生,韦厅长这好习惯已经坚持十多年了,大家都学不来。

两周以后,省公安厅召开总结会议。原因是五月初,全省在北海市举办了历时十天的运动会,运动会完了以后,好几个处长都累得病倒了,所以总结会拖到六月份才开。

当成啸和宁生快走到会议室门口,就听到治安处的雷成处长说:"十天的运动会,我们加强值班和巡逻,大家每天工作十四个小时,我每天的精神都绷得紧紧的!"分管消防的张宇处长说:"你们每天十四个小时,我们是每天二十四小时精神都绷得紧紧的,随时准备出发灭火!"交警总队的刘立处长边笑边大声调侃:"我们再辛苦还不如送两棵树给郭书记,大树底下好乘凉啊!"

刑侦总队的朱光荣处长说:"他也太不像话了,自己分管的工作,就在开幕式和闭幕式露了一下脸,平时都不在现场!"

出入境管理处的钟汉处长仰起头说:"省运动会的工作算什么,有那么紧张吗?至于那么紧张吗?当年我在战场上,与敌人刺刀见红,随时都准备牺牲,你们是少见多怪!韦厅长在省厅资格最老,年轻有为,最熟悉情况,所以他工作很淡定!"

内保处的林伟处长诙谐地对钟汉说:"你说他情况熟悉呀,他的工作是蜻蜓点水,但他对我们的生活倒是挺关心的,当个后勤服务中心的领导挺合适。"

大家轰的一声都笑了。

因为只有十多个人开会,这个会议室是将大会议室用屏风间隔成小会议室,所以隔音效果很不好。宁生听了惊讶地望着成啸,成啸皱了皱眉头,在门口大声咳嗽了一声,然后毫无表情地走进了会议室,大家马上鸦雀无声。

会议开完后,办公室的晶晶拿着一个信封交给肖虎,里面装有五百块钱,信封上写着:韦放同志收。原来是郭书记捎来韦放为他家种上那棵香花槐树的钱,还婉转地告诉韦放不要在上班的时间干这种事,下不为例!肖虎微微笑了一下,叫晶晶将钱退还给韦放。

一天,宁生因为赶写一个报告忙到中午一点多了。他正想到楼下街铺随便吃点,只见晶晶手里拿着宁生的饭盒,迈着轻盈的步子过来将饭盒递给他。宁生打开饭盒,里面是热乎乎的饭菜。宁生感激地说:"谢谢!"晶晶俏皮地说:"以后我加班你也给我打饭吧。"

# 第十三章　宁愿要财富也不要美人

今天上午韦放和钟汉去省委政法委开会，会上他发现，钟汉咳嗽了好几次，还不时用手抚摸着后背。他是否旧伤又复发了呢？韦放心想，钟汉虽然是自己的下属，却是一个赫赫有名的战斗英雄，主要是救过成厅长的命。如果钟汉为自己讲几句有利的话，成厅长会听的。虽然论资历，钟汉比不上他；论年龄，钟汉也比自己大好几岁，但将来自己当第一把手还是需要钟汉支持的。

"想当第一把手并不是坏事，多为人民干点事嘛，多做贡献嘛。"韦放提着一篮新鲜水果一边往钟家走，一边在心里鼓励着自己！

钟汉没住在省公安厅家属院，而是与岳父岳母住在一起。其岳父岳母早年在南洋做生意，积累了一笔钱，在市中心买下了一栋别墅。这是一栋俄式别墅，院子特别大，将近五百平方米。院子里有一个很大的葡萄架，架上爬满了葡萄藤，猛一看就像一个绿色的小房间；钻到架下看，一串串像珍珠玛瑙似的小葡萄挂满了架。院子里还有一个鱼池、一座太湖石假山，还种了两棵大槐树，长着圆形的枝盖，像是一个天然的大帐篷。槐树枝上挂满了墨绿的叶子，开着一串串白中透黄的花朵，香气逼人。

钟汉的妻子叫陈美凤，四十多岁，身材矮矮胖胖，像个圆皮球似的，现在北海市政府里工作。两个儿子都在国外工作，移民了。岳父、岳母和陈美凤，都非常喜欢钟汉，毕竟钟汉曾在抗美援朝时是个战斗英雄，现在又是省公安厅的一名处长。

钟汉虽然是一个地道的东北农村娃，年轻的时候非常直爽，但现在非常懂得察言观色，待人接物极圆滑。尤其这十年在官场上摸爬滚打，他已经变了，喜欢喝进口咖啡，还喜欢收集古董。家里有一间房子，专门摆放他收集的各个朝代的古董，那些古董的价格恐怕比他的那栋别墅还要贵。

说起古董的由来，他可是滔滔不绝，真像个专业的古玩收藏家。每天晚饭后或周末，钟汉总和妻子一起在院子里品咖啡，吃进口的腰果和开心果，看月亮，看星星，欣赏院子里的花花草草。两口子品咖啡的器皿都是法国进口的，都喜欢有品位、时尚的生活。

陈美凤很欣赏钟汉近十年来的工作状态，她还经常劝钟汉，已经四十七岁的人了，又负过伤，工作应该进入慢节奏的状态，不要像成啸厅长那样像打了鸡血似的工作。她还劝钟汉要利用职权，多为两个在国外的儿子想想。

他们家请了一个三十多岁的梁阿姨，来自安徽，人很勤快，做一手好菜，把家里打扫得干干净净的，钟汉一家子都很满意。

到了钟处长家门口，韦放按了几下门铃，没有人来开门。这是个红砖高墙的大院，想必院子很深很大，听不见铃声。

## 第十三章　宁愿要财富也不要美人

"钟处长在吗？"韦放又大声地问。

还是没人应答。韦放轻轻地推大门，居然门没锁，他就轻手轻脚地走进去了。

快走到别墅的旁边时，他不由得停住了脚步，听到里面传来说话声。

"这个花瓶是元朝的，你看花瓶底下的题字豪放朴素，那时期有些人用南榆木作画写字。"钟汉肯定地说。

"嗯，有道理。"妻子高兴地赞赏道。

"嗯，这个别致的碟子是北宋朝出产的。它的花边是用竹子画上去的，有自然的齿边，而那个时候的竹子，都是有分岔口的。北宋时期人们喜欢用竹子作画写字。"钟汉大声说。

"啊，你都成专家了。"陈美凤大声夸赞道。

听到里面的谈话，韦放想了一下，赶紧轻手轻脚地溜出门外，好让他们不知道。他在门外站了十分钟后，用力敲门，又大声喊，装着什么也不知道。

保姆梁阿姨出来开门了，她倒是吃惊地说了一句："门怎么没锁？"大概是韦放的声音很大，钟汉的妻子听到了，穿着一条宽宽松松的大花连衣裙，像个花皮球似的移步来到院子里，轻轻地说："哦，是韦厅长，欢迎您光临！钟处长不舒服，中午吃了饭，就服了药，已经睡着了。您有什么指示吗？要不要进来坐坐，喝杯咖啡？"

韦放慢慢地走到别墅门口，把水果篮放下，十分淡定地说："今早与钟处一起开会，听到他有一些咳嗽，可能是旧伤复发了，我顺便过来看看，战斗英雄嘛，请注意身体！这两天让他好好休息吧！工作上的事有我呢，别操心了。"然后韦放面带微笑，跟陈美凤摆摆手就走了。

走出钟处长家的大门，韦放一身的轻松，但也很惊讶，钟处长居然玩古董玩得这么专业！看来他玩了不止一两年了。

韦放走了一个小时后,家里的门铃又响了,是省公安厅的谭晶晶。她给钟汉送急件,因为通讯员病了,只好由她代劳了。这回钟汉再也不装睡了,他亲自走到花园中迎接晶晶,还将她接到客厅里。晶晶边将文件交给钟汉边说这是紧急文件。在钟处阅览文件时,晶晶不由打量这偌大的客厅:大厅中央挂着一个水晶大吊灯,灯下的地上铺着厚厚的高级地毯,左边是一长两短白色奢华的皮沙发,右边摆着一张与沙发匹配的白玉石茶几。更醒目的是,墙角一座约六米长三米高的大柜子,柜里面摆满了各种各样的古董。大柜子的转角旁,放着一个小多用柜,里面有各种咖啡和茶叶及几套精致的茶具。

晶晶爽朗而戏谑地说:"钟处长,您家大厅真宽敞,富丽堂皇,豪华大气,还有这么多古董,我怎么觉得这里像旧社会大资本家的客厅。"说完,她不由得笑了起来,笑的样子是那么的天真可爱,尤其腮上两个酒窝也在笑,显得她愈发明艳动人。然后,她动作麻利地转身,要回单位,说是还有一些事要处理。

钟汉赶紧送她。他俩一起经过这个花园般的大院子,晶晶边走边夸:"这花园桃红柳绿,景色宜人!"钟汉说全靠岳父岳母打理,他平时没时间去收拾,说话时还盯着这位俊俏可爱的姑娘。晶晶走出大门,礼貌地向钟汉挥了挥手,轻快骑上单车,飞快地走了。

送走晶晶后,钟汉并没有马上回到客厅,而是站在花园的葡萄架底下沉思!晶晶是单位的第一美女,由于他枪法好,晶晶对他佩服得是五体投地。好几次在射击现场,他手把手地教晶晶打枪,晶晶她那丰满紧致的身材,满满的青春气息扑面而来,让钟汉差点不能自已。

但钟汉很明白,作为领导干部,他必须对婚姻忠诚,况且,胖老婆家境殷实,还给自己生了两个儿子,两个儿子长得高高大大的,都很优秀。钟家六兄妹,就钟汉一个是男孩。在老家的屯里,老钟家是大族,颇有名望,但

## 第十三章　宁愿要财富也不要美人

几代都是单传，到他这一代终于有两个儿子了，胖老婆是有功的。他迷上了玩古董，一来为打发时间，二来为了赚钱，他要让两个儿子在国外生活得体面、风光。他打小生活在农村，看到了乡亲们吃不饱穿不暖，住着不避风雨的房子，穷怕了，他不想儿子再重蹈覆辙。当初，他参军跟着共产党走，就是希望能吃饱饭过上好日子，可是三十多年过去了，自己也未闯出一片天地，即使两个儿子回北海市生活，也住不上别墅，买不起汽车。想到这里，他再次告诫自己："宁愿要财富，也不要美人。"

他从架子上摘下一串葡萄，那葡萄青翠欲滴，晶莹剔透，摸起来滑溜溜的，非常舒服。他很享受这种清闲的生活，蓦然，他想到刚才那份文件，好像有部分内容是关于加强出入境管理工作的。这一套估计是新来的江宁生搞的。江宁生跟二愣子成啸一样，都像打了鸡血似的，干工作太拼命。他胸中涌起一股酸楚，自己晋升副厅长的希望怕是更小了。

还有一件不是事的事，也许是很多男同志都不会在乎的事，但钟汉他在乎。他原来在省公安厅是第一美男子，但江宁生一来，他的英俊帅气、才智出众无疑把自己给比下去了。一想到这事，钟汉就很不舒服，他气愤地将手中的葡萄狠狠地捏碎了。这时候，胖老婆给他端来一碗人参汤，体贴地说："趁热喝吧，别想那么多了，多为咱们的儿子想想吧。"钟汉望着这位皮球似的老婆，突然觉得她很美。

宁生到公安厅十个月了，他跟着成啸学到不少实践经验，尤其是审案破案、维护社会治安……这些都是书本上学不到的。

今天是星期六，江宁生终于准时下班了。他到商店买了一大堆水果和母亲爱吃的红豆饼赶回家里，因为今天是妈妈的生日，妈妈五十六岁了。

当他刚走进家里的大厅，就听见李玲在厨房训斥保姆，保姆好像打烂了两个碟子。

"你不过是个乡下人，能在我们这样的高干家庭工作，是抬举你了！你摔坏了东西还敢顶嘴？这个月要扣你的工资！"李玲像个市场上骂街的妇女，十分粗俗。

保姆李姨，微微缩着身子，看起来极委屈。

江宁生感到李玲太不像话了，赶紧到厨房将李玲拉到厅里，叫她不要再训斥人了。看到丈夫今天这么早回来，李玲的脸马上多云转晴，她高兴地给宁生拿了双拖鞋，又给他泡了杯茶，递上了一条热乎乎的毛巾。看到李玲对自己很热情，宁生也不好再批评她了。他只感到，现在的李玲，好像变了。在农场时的她不大爱说话，安安静静的，生活上也很朴素，但现在飞扬跋扈的样子……

尽管江宁生从来没有爱过李玲，但不希望她变成这样。先前宁生读书六年，她尽力照顾老人和孩子，家里还算和睦。但宁生回到省厅工作后，这种暂时的和睦也被打破了。宁生每天工作十分忙，几乎没有休息日，虽然李玲不太满意，但又不敢公开埋怨。她唯一的要求是宁生将每月的工资给她，心里没有别的女人。

时间过得飞快，宁生到公安厅工作一年了，他和李玲的矛盾也出现了。

李玲在省外经贸委工作，任科长，不到一年，居然升为副处长了。她从不加班，休息的时间就是带孩子，逛商场，做美容，看电影。工作平平的李玲，掌管的是省纺织品进出口审批工作。省外经贸委的大多数人，包括领导，对她都是客客气气的，出国考察让她先去，评先进、升工资都先考虑她。她认为，自己有能力、有本事，一下子膨胀了，对同事傲慢，在家里横鼻子竖眼睛，看谁都不顺眼。当然有人觉得李玲的公公和丈夫在省上重要部门工作，就给李玲送礼，请求江恒和宁生办事。但公公江恒反复告诉李玲："所有事情要按规定程序办理，江家无权干涉。"

## 第十三章 宁愿要财富也不要美人

李玲不仅要求宁生为高中没毕业的弟弟找工作，还要求为自己的父母升职说情。所有这些，宁生当然不帮忙。

李玲认为宁生根本不是廉洁，而是极端自私，是爱惜自己的乌纱帽而已！

时间越长，李玲对宁生越失望。宁生能做到的是将每个月的工资和奖金交给李玲，江家父母也拿出自己的部分工资交给李玲。即使这样，李玲还不满意，将家里的钱拿了大部分买进口的时装、化妆品和各种首饰。

自然，宁生和李玲的价值观不同，每次放假，两个人不是争辩，就是冷战，家里已经没有和谐的气氛了。

这两个人如果是以老知青的身份相处，或许还能保持几份友谊，但偏偏志不同道不合地生活在一个屋檐下，彼此难受。

有一天，李玲收拾家里的衣服时发现宁生的衣柜里有一个白布包包。回想起宁生经常打开这个白布包包看，她便悄悄打开白布包包，发现里面是一件杏色的高领毛衣和一件白色衬衣，衬衣的胸口还绣了一朵荷花和几片荷叶，十分别致。李玲觉得这两样东西十分眼熟，哦，这是林岚在农场送给宁生的衣服。

李玲知道林岚和宁生先相爱，自己和宁生的关系是后来才发生的。过去发生这样的事不能责怪他俩，况且宁生与自己结婚以来也没有与林岚有过任何的联系，这些她相信他。

宁生当了两年秘书后，又调到省公安厅刑侦处工作了近一年。

# 第十四章　这里不是一片世外桃源

一九八五年春节后，连海省公安厅出于培养干部的需要，选拔了一批年轻有为的青年干部到基层派出所工作，宁生被派到北海市的一个老城区都府派出所任所长。都府派出所警员编制八十人，其中，老弱病残者竟达二十人，实际能正常工作的只有六十人。全所只有两名本科生、八名大专生，其余的人都是初中学历。都府派出所位于北海市的市中心，管理面积又大，这可急坏了江宁生。

宁生下社区两周，又查看了众多历史资料，大致发现有几个严重情况：

这里的居民有一部分是水上人家，房子都是三十年前用木头和铁皮建的，现在木头腐朽了，铁皮也都生锈了，整个房子破旧不堪，下雨漏水，刮风进风，被房管局列为危房。

## 第十四章 这里不是一片世外桃源

这些危房旁边有一个六千多平方米的仓库，仓库里堆满易燃品，出口只有一条小道，仅一台三轮车可以进出，不具备消防条件。

在仓库旁边，有一块六万多平方米的空地，杂草丛生，现在成了临时的停车场。

距离停车场五十米左右的位置，居然耸立着十多栋现代化的高楼，是这几年快速盖起来的。

破旧的停车场与现代化的高楼大厦，形成鲜明对比。

这里的常住居民有一万多户，流动人口有两万多。就是在这样社区，每年发生的入户盗窃案、抢劫案等，全市第一。

教导员陈开堂大约四十五岁，一张长长的脸，一双大大的眼睛却经常半眯着，性格稳重，喜欢慢悠悠地走路。碰到火烧眉毛的事，他总是一句口头禅："急什么？天塌啦？"老百姓在背后称他"老油条"。

他也不愿意动脑子想办法解决问题，还慢条斯理地对宁生说："北海市这么大的城市，有些危房和回迁地，市政府是管不过来的，我们派出所更是管不着。大城市有小事很正常。"他突然想到了一个问题，语速加快了，"这些老百姓什么事都找派出所，他们也不想一想，我们拿的是八小时的工资，凭什么二十四小时都为你们服务！"

他还告诉宁生："警员需要的设备不足，办案经费也不足，市公安局也无经费可拨，部分年轻的警员不安心在此工作。老百姓是三天一小闹，十天一大闹，拉横幅堵马路是家常便饭，都府派出所能够维持不发生大乱子就已经不错了。"

面对这些情况，宁生又是吃惊又是愤怒。

两周后正好是星期天的上午，宁生依然在都府社区转悠。

人转，脑子也转。

中午回到派出所所长办公室，宁生发现该办公室有一扇暗门，推开门是一间精致的大房子，约五十平方米。房内有一张漂亮的长沙发，旁边摆着一个大金鱼缸，各品种的鱼儿悠然自得地漫游。鱼缸后面摆了三十多盆非常雅致的盆景，搞得这里像个小花园。沙发前面有一张大茶几，大茶几上面放着一套精致的广东潮州工夫茶茶具。怎么会有这样漂亮的悠闲室？整个派出所才两百平方米的办公面积，这里就占了四分之一，是谁建的？宁生现在没有心思往下想这些问题。

望着绿茵茵的盆景，宁生不悦的心情有些好转。他用父亲给他买的茶缸，冲了一杯甘甜的绿茶，边品边观赏茶杯上的青松。青松四季常青，尤其在寒冷的冬季，万木萧萧，唯其枝叶翠绿，迎风傲雪而不改变，凌寒而愈坚。

他明白父亲送给他这个茶杯的含义！

他感到父亲也像一棵青松。"文革"十年，父亲下放八年，后来两年在边远山区劳动改造。在那样的条件下，父亲还写了两本书，是关于改革和经济发展的。平反后，父亲没有任何怨言，仍然像过去那样精神抖擞地为党工作。父亲乐观的心态和坚韧不拔的精神鼓舞着江宁生。

他还想起了成啸厅长那双渴望的眼睛……成啸厅长为什么派他来这里？在盛京大学读了六年的法学，现在怎样运用到基层工作中呢？绿茶带来的清香和宁静，让宁生的头脑逐渐冷静下来了。

当前派出所最缺的是人才，一是核心人才，二是骨干人才。

星期一一大早，天空布满了乌云，一会儿下起了倾盆大雨，初春下倾盆大雨是很少见的，多时下的是绵绵细雨。宽广的马路上没有几个人，几分钟才过一辆车。

此时还是三月份，天气仍然寒冷，但江宁生心里如装了一个火盆。他穿着雨衣骑着单车，直奔省公安厅。到了公安厅，他脱下雨衣，头发全都湿了，

## 第十四章 这里不是一片世外桃源

鞋也全湿了。他用毛巾擦擦脸和头发，戴上帽子，整理一下仪表，找到成啸厅长，先向他敬个礼，又向他汇报了这里的复杂情况和初步的解决方案。成啸认真听着，听完，他一脸震惊。他知道派出所一般都存在这样或那样的问题，但没想到，都府派出所是那么糟糕。

作为省公安厅的第一把手，成啸深深知道加强派出所工作的重要性！

成啸到办公桌上拿起两个山核桃，放在左手中，一边翻来覆去地搓着，一边在办公室里踱来踱去。江宁生很熟悉成厅长的这个习惯，知道他在思考问题，便悄悄地给成啸倒了一杯水。江宁生知道成啸不喜欢喝茶，喜欢喝白开水，只有逢年过节，才在家里喝上几口小酒。

半个小时后，"嗯……"成啸终于说话了，他用审视的眼光看着江宁生沉稳地说，"关于经费，省公安厅会向省财政局申请一批公安专项基金。省公安厅常委会讨论决定，发文给下属的各公安局，让其再拨给有需求的派出所。"

同时，他会在下周向省委政法委建议：以省委政法委的名义尽快召开党委会和公安局领导会议，要求各层各级党委大力支持基层派出所的工作，包括人才、物资等。

但是人才，他没有办法解决。省公安厅已经将一批有文化年轻的人下放至各个派出所和其他的基层机构了，现在省公安厅机关的人手也不够。

成啸建议：宁生可以在司法战线找自己的同学或通过自己的人脉寻找优秀的公安人才，调动问题最好能找当地政府按组织程序办理，如果自己实在解决不了再找他。

成啸用左手将两个核桃又翻来覆去捏了一下，神色凝重地说："派出所的工作要紧紧依靠当地的市委、市政府和公安局以及街道党工委，还要配合好他们的工作！没有当地党组织的领导和政府的协调，你干不成事。"

成啸的意见，给江宁生很大的帮助和启发！他深深佩服这位老公安的智慧和指挥能力。此时倾盆大雨已经停了，江宁生打开窗口，看到天空湛蓝湛蓝的。马路上的一排排大树，嫩绿的叶子青翠欲滴。公安厅门前的小花坛，各种花朵正在含苞待放，虽然不是万紫千红，却是春意盎然。今天的倾盆大雨来得真及时，春雨贵如油啊！

这时已经是上午十一点多了，宁生满怀信心地向成啸告辞，成啸放下手中的核桃，紧紧地握住宁生的手亲切地说："你辛苦了！有什么事来省厅找我或者来电话都行，相信你能成事！我中午一点钟还要带几个处长到各个地区走一下，就不留你吃饭了。"宁生精神抖擞地向成啸敬了个礼，大踏步地走了。

宁生刚走到公安厅的门口，晶晶不知道从什么地方闪了出来，手里提了一个大袋子，里面装着一堆水灵灵红彤彤的苹果。她热情地对宁生说："给你的，祝你一切顺利！"然后又调皮地说，"你下次回省厅记得带些都府地区的小点心啊！"宁生点了点头回答："如果我记得的话。"

"别走那么快呀。我以后可以常到派出所去看你吗？给你送些吃的。"晶晶笑嘻嘻地说。宁生奇怪地看着她说："我们派出所有吃的，送吃的干吗？能不能别淘气了！我走了。"晶晶笑着说："不淘气的话未必有真理，淘气的话未必没真理。"宁生赶紧骑上单车说："我没时间跟你闲扯，再见！"

宁生骑着单车回到派出所已经是十二点多了。他看了一下时间，发现从公安厅骑车到派出所，需要四十分钟。这时他感到肚子饿了，也渴了，他马上拿起杯子倒了一杯水，咕噜咕噜地喝下去。正当宁生准备去街上买碗面条吃的时候，派出所办公室的方哲，给他端来一碗热气腾腾的面条和两个大包子。宁生奇怪地说："你怎么知道我要吃饭？"方哲笑着说："我刚才看了你骑单车回来啦，知道你一定没吃饭，因为你来派出所两周了，从来没有在十二点准时吃饭。"宁生感激地向方哲点了点头，突然想起那袋苹果还在单车上，

## 第十四章　这里不是一片世外桃源

立刻叫方哲拿来，分给大家吃。

方哲是去年大学毕业分配到这个派出所的，今年二十四岁，浓眉方脸，高大雄壮，阳光有气质。他毕业于西南政法大学，是一个努力工作、爱读书的年轻人。

宁生吃完饭，在所长休息室的沙发上眯了一会儿就坐不住了。今天上午，成啸的教诲和建议，在他脑子像过电影似的回放。

宁生第一个想的人是周舟。周舟大学毕业后到东北政法大学读研究生，他一向为人正直，工作踏实。周舟和老婆是大学同学，他妻子现在市公安局行政处工作。听说两口子很恩爱，已经有一个女儿了。周舟现在在市委政法委法律处任主任科员，宁生赶紧拨了周舟的电话，正值中午，周舟说下午手头还有一些事儿，估计四点多就可以到派出所见宁生了。

自从一九七六年宁生到盛京读大学至今，已经六年了，宁生和周舟虽然只见过三次面，但一直有书信往来。

到了下午四点，周舟骑着单车兴冲冲地到了。看到了宁生，周舟拍拍他的肩膀说："你没怎么变呢，只是瘦了些。"宁生也拍拍他的肩膀，笑着说："你是风调雨顺，好像还胖了。"

宁生带着周舟走进了所长的办公室，再走进悠闲室，周舟看了悠闲室里面如此雅致、幽静，笑着调侃说："难怪你愿意从省厅来到派出所工作，原来是图清静。这里可是一片世外桃源啊！"

宁生苦笑着说："现在这里十分糟糕，希望将来是一片世外桃源。"

他知道周舟喜欢喝铁观音，就叫小方冲了一壶铁观音，两位老同学开始聊了。宁生介绍了所里的情况，希望老朋友调来这里和他一起工作。

两位志同道合的老朋友，是不需要多说的，况且周舟已经在北海市委政法委工作两年了，知道这个派出所的情况是最复杂的。

他低下脑袋沉思了一会儿，然后抬起头，一双细长的眼睛好像能把什么都能看透似的，"这里的工作的确不好做，牵扯的利益关系、人事关系太多，我担心帮不了你，但我愿意尽力。"

他们都明白，如果派出所的工作搞不好，高高在上的省委政法委、省公安厅犹如建在一堆沙滩上的大厦，很容易塌下来。国家的政法没有坚强的管控力度，经济还能搞上去吗？

周舟接着说："来派出所工作没问题，但要市里同意。"

"找谁解决呢？"宁生想了好一会才问。

"找林岚吧，如果你没有其他关系的话。她现在是市科技局局长，还分管财政工作，在市里说话很有分量。况且，以你和林岚的友谊她不会不帮忙的，她不是一个小心眼的人。"周舟分析完，看了宁生一眼，"林岚去年结婚了。"

宁生阴着脸，低下头，说："找林岚解决应该没问题，但近十年了，我们一直没有联系，突然找她让她为难，有点尴尬。"

周舟深知宁生讲的"尴尬"，是心中对林岚结婚虽没有任何权利去抱怨，但又有一种无法接受的感觉。这种纠结的心情，宁生不好直说。

周舟笑着说："你想占两个呀？你不打电话我打了。"周舟这么一激将，宁生瞪了周舟一眼："你越胡诌了！"说完，自己直接拨了林岚的电话。

电话里林岚听到宁生找她很意外，也很激动，但她很快平静下来了。

宁生问："你好吗？"

"还好。"林岚回答。

"听说去年结婚了？"林岚没有回答，而是停顿了好一会儿才缓缓回答："嗯。"

宁生问一句，林岚就回答一句。

宁生也就直说了："我刚从省公安厅到都府派出所工作，遇到想象不到的

## 第十四章　这里不是一片世外桃源

困难，想将周舟调过来，如果你同意帮忙的话。"宁生停顿了一下，林岚也停顿一下回答说："周舟的单位不属于我分管的范围，但我会努力。"说完林岚结束了刚开始通话的沉闷，给了宁生一些意见，"建议你在本所培训电脑操作人员，我可以派人培训，并送三台电脑给你们。都府那里好像有几个制毒点，我看到资料，那里的孩子患肺炎的很多，情况复杂，你要注意安全。"

宁生不由得说了声："谢谢你！"林岚也说："祝一切顺利！"双方愉快地放下了电话。

十天后，宁生组织全所人员召开了会议，并介绍了新来的派出所副所长周舟。

宁生在会上说："我来派出所快一个月了，基本了解了这里的情况。"宁生目光深沉地扫视一眼大家，端起茶杯喝了几口绿茶后，从座位走出来，一边在有限的空间内缓缓踱步，一边说："都府的复杂情况，我们大家都一目了然。首先在座的党员和同志们辛苦了！你们长期在工作压力大、人员少的艰苦条件下工作，省厅、市局是知道的，你们应该受到表扬。当前，面对许多困难，我们回避没有用，相信大家也想为老百姓造福，想把工作做好。我们初来乍到，想听听大家对今后的工作有什么意见。"

宁生的一番话激起千层浪，没想到同志们热情很高，提出了很多问题和建议。

在都府派出所工作了十多年的罗霄副所长第一个发言："首先要全力以赴把刑事案件一起办掉，还老百姓一个平安。"他继续说道，"要增加治安防范巡逻……还有几个大问题，开发商占用老百姓六万多平方米的土地已经十年了，没有归还；水上人家的危房改造，已上报八年之久，现仍没有动工。危房像一颗定时炸弹，随时会倒塌……"

罗霄个子不高，双眼虽然不算大，但炯炯有神。他长得十分精悍，走路快速敏捷，是省警察学校毕业的。据说他的擒拿术、散打、射击都很厉害，曾经获得省警察学校擒拿术比赛第一名和射击第二名。当地的老百姓很喜欢找他解决问题，有些老百姓称他为"罗青天"。

派出所党员骨干反映最强烈的是：开发商占用老百姓六万多平方米的土地，十年前签的合同是建成高楼大厦共四十六万平方米，建成后，其中二十三万平方米返还给有产权的老百姓，在没有建成前，给他们临迁房居住或者每年发放临迁费。

当签完合同后，不到一年时间，老百姓全部迁走了，旧房子也全部拆掉了，但原开发商仅仅安排了五百户居住临迁房，剩下两千多户既没有安排临迁房又未发放临迁费，他们就溜走了。再接手的新开发商，不按原合同兑现，致使两千多户的老百姓没有房子住，他们或回乡下或者投亲靠友，或者自己掏钱租房子住。

这两千多户的老百姓只好频频上访，但相关部门回应：原开发商跑了，他们也找不到。新开发商没有跟两千五百多户的老百姓签合同，是可以拒绝承担原来责任的。

这些年基本上两年换一个开发商，新开发商都换一个新的营业执照。为了不缴纳土地使用金，六万多平方米的土地，一直没开工。事实上，这些开发商也没有资金，就是利用市中心城区的土地倒卖来赚钱，赚得盆满钵满，又溜了。

土地倒卖了几次，地价越卖越高，带动北海市的房价也越来越高了，可怜的是两千多户老百姓居无定所。

"每当老百姓上访，市建委、规划局，态度很好，就是不解决问题。"方哲大声补充说。

陈开堂教导员也参加了会议，没有发言，还时不时地观察发言的人。

"你有什么要说的吗?"宁生诚恳地问陈开堂。

"大家发言嘛,我没有意见。"陈开堂语气冷淡地回答。

"好,今天的会开得很好,大家都踊跃发言。"宁生由衷地说,"下一步我们就要制定具体解决问题的措施……"

街道党委和派出所召集了几次与此事有关的座谈会,座谈会上有徐伯、张伯、李姨、冯姨等老党员,他们当中有的是教师,有的是医生,有的是律师,有的还参加过抗美援朝……

据这些群众反映:他们目睹市建委及规划局的领导与这些不同时期的开发商进出高档酒楼等,老百姓还提供了这些相片给派出所看。很明显是政府有关部门的个别人不作为,让这些商人有机可乘。

在改革开放初期,政府相关部门对老城区的改造,只管批地收取土地转让金,没有一整套完善的法律制度导致老百姓利益严重受损。

有的老百姓从银发等到白发,已经含恨去世了;有的老百姓长期租房子住,生活水平下降,家庭矛盾明显;有的老百姓的孩子上学路途较远,以致学习成绩下降;有的老百姓患了病,没钱治病,干挨着。

两千户家庭,没有稳定的房子住,每月要支付大笔的租金,因此,引发了各种各样的悲剧。

大家建议:由街道党委和两千五百多户的代表及派出所,联名写信给市委,反映真实情况,要求尽快解决。

宁生他们在深深思考得出:经济发展必须有相配套的法律制度和管控措施。

在座谈会上有人还反映了一个重大问题,让宁生和周舟深感震惊和愤怒。

在六千多平方米的旧仓库,居然有三个制毒点。这些制毒点都是在晚上十一点以后作业,第二天凌晨四点停工。由于生产时异味弥漫,导致这里的孩子患肺炎的很普遍，其中有八个孩子因救治不及时而失去生命。这里的老百姓反复投诉，三年过去了，依然无人问津。

宁生和周舟以及派出所的同志当即上报市公安局，联合市公安局两天内就打掉了这三个制毒点。在审讯制毒点的首犯时，首犯供出："市城管局的某处长和街道城管科的科长等五个人，每月受贿五千元。"让江宁生震惊的是，那科长居然是红旗农场的知青王中建。

宁生当即开车到拘留所审问王中建，王中建以为宁生来救他，一脸惊讶和高兴。宁生顾不得说客套话，愤怒地责问王中建："为什么要做如此害人之事？"

瞬间，王中建的脸变了颜色，他激动地说："你们都有文化，有能力上大学当官！你是高干子弟，我是什么？没能力读书，我父母下岗，弟弟和妹妹也下岗，老婆宝珠又生了一对双胞胎，家里七张嘴都等着我。一开始我也很犹豫，但面对每个月五千元的诱惑，我心动了。"他说完后又恳求宁生，"看在知青战友六年的份儿上，不要给我判刑，我以后回街道工作，坚决不干坏事了。"

宁生听了又是恼怒又是难过，严肃地说："有很多工作无须干不犯法的事，或者可以找我商量一下，我会尽力帮你。找个干净的饭碗，不一定要高学历，但现在你触犯了法律，"宁生讲到这里，眼睛冒出火花，"摧毁了这么多孩子的健康，罪不可赦！"说完，他头也不回就走了。

在除掉三个制毒点后，宁生召开了全派出所的大会，痛心疾首地说："制毒点长达三年之久，危害了孩子，实在令人气愤，这里面有没有派出所人员的孩子？如果有，会发生吗？"他目光锐利地说，"同志们，我们就没有责任吗？在我们眼皮子底下三年，实在是痛心啊！工作再难，也不能突破做人的底线啊！我要求：我们所有的公安干警今后要加强职业道德建设，以后这种

## 第十四章　这里不是一片世外桃源

事情绝对不能再发生了!"

周舟建议写成材料上报,并加以总结和反思。几天后,居住在那里的老百姓都拍手叫好,还给派出所送来一面大锦旗。

盛夏到了,都府派出所的氛围也如天气一般,热火朝天。

今天一大早,到省警校参加了两周培训的方哲兴冲冲地回来了,大伙见了他不由得笑了,因为他满脸红包。他告诉大家,在警校,晚上还要上课,那些蚊子专叮男的,不叮女的,他怀疑那些蚊子都是雌性的。他还调侃罗霄:"你枪法好,眼神好,能分出蚊子是雌性还是雄性吗?"罗霄听后差点儿笑岔了气,告诉方哲:"头上的包包,抹些万花油就好了,他们常年在派出所值夜班,被蚊叮虫咬后,一抹那东西就灵。"

这几天,天热得发了狂,一些似云非云、似雾非雾的灰气,低低地浮在空中,使人觉得憋气。这是台风将要到来的征兆。都府社区水上居民的旧房子,许多是抵挡不住台风侵袭的,每年都有几间被台风吹塌。有两百多特级危房几年前已上报市房管部门,但至今都未有下文。每到台风季节,街道党工委只好联合派出所等部门,合力将老百姓安置在附近学校的礼堂或大单位的礼堂。

那天凌晨,派出所收到街道党工委的通知要求出动警力,将住在特别危房的老百姓转移到学校等地方。宁生、周舟、罗霄、方哲带上二十名干警一起到危房,帮助三十多户居民暂时搬离。但有一对六十多岁的老夫妇带着一对不满一岁的双胞胎孙子,他们就是不肯离开。

已经下午四点多了,台风越刮越大,老夫妇的房子是没有打桩的,仅用几根木桩浅浅地打在地上,四边用铁皮围起来,铁皮已经生锈了,台风的呼啸声直刮得旧铁皮哗哗地响。

这时候,宁生他们决定不做劝说了,立刻将两位老人家和一对孩子强行抱走。刚离开房子，房子就倒塌了，成为一片废墟，好险啊！

当将他们安置在学校礼堂后，街道党工委跟进了后续工作，马上向民政部门申请安置房经费。

街道党工委认为年年如此处理，治标不治本。政府若对危房不进行根本性改造，即使不刮台风，它们也会倒塌。在其他街道，也存在类似问题。从某种意义上讲，街道和派出所就是个救火队，最可怜的是老百姓，他们根本没有一个安定的住处。

居委会人员看见街道干部和派出所的人没吃中午饭，一直忙活了八个多小时，就给他们端来当地的小吃——绿豆糕、红豆糕、千层糕、芝麻酥糖等，还冲了两壶绿茶。

这件事让宁生和周舟陷入了沉思，尽管小吃特别好吃，但他们如鲠在喉，难以品味其中的甘甜。老百姓多么朴实，只要你施予他们一点，他们却以万点回报。真是民大于天啊！他们凝望着对方，不约而同地想：这不是个案，其他派出所也出现这样或那样的问题，都迫切需要整顿。

# 第十五章　芝麻官就管芝麻大的事

　　刮完台风一周后，付晓鹰突然到派出所找宁生，他们已经五年不见了。自从一九七四年农场分别后，一九八〇年宁生暑假回来，由婉容牵头，红旗农场的知青聚过一回。当时，晓鹰是市规划局规划处的科长，那年林岚没有参加，她在上海复兴大学读研究生。

　　现在，晓鹰已是市规划局规划处的处长了。老朋友相见，正寒暄时，小方送来一份紧急报告给江宁生，宁生叫晓鹰稍等片刻。

　　晓鹰并没有马上坐下，而是打量着派出所的办公场地。派出所约有一百五十平方米，却置有会议室、办公室、审讯室、电脑室和所长办公室。

　　办公室每张桌子都紧紧相连，上面的油漆都掉了。会议室只放着一张长桌子、十几张简朴的背靠椅、几台风扇和几盆雅致的盆景。电脑室里面装修得简洁雅致，有几台进口的电脑，配了一台国产的空调。所长室也就十来平方米。天哪，江宁生居然可以在这样的环境中办公？晓鹰心里很惊讶。派出所的干警都在忙碌着，既没有人请他坐下，也没有人给他倒茶。

"派出所是公安部门最基层的单位，所长顶多是个正科级别。宁生比我低两级。"晓鹰想了想，眼中掠过一丝轻蔑，对派出所的干警也露出微微的不屑。

"让你久等了！"这时宁生忙完了，请晓鹰到会议室坐。

晓鹰穿着一身名牌，头发油亮，英俊的脸上一双眼睛仍然透出满满的自负。他的皮鞋擦得一尘不染，与他那公子哥的气质很相配。

这时他才仔细打量宁生：宁生瘦瘦的，留着短短的平头，脸黑黑的，警服里面的衬衫已经很旧了，左手腕上戴着一块上海牌手表。

他不屑的目光与宁生友好的目光相碰了，晓鹰立刻热情地伸出双手，握着宁生的手说："老战友，真佩服你，一个高才生，父亲是高级干部，居然在这样的环境中工作！"

晓鹰坐下来，从自己随身带的办公皮包里，拿出一瓶法国矿泉水，熟练地拧开盖子，跷着二郎腿，边喝边说："我今天来，主要是叫你们不要管那六万平方米的回迁地和危房改造的事儿，你一个小小的派出所所长，不过就是九品芝麻官，管这么多事儿干吗？"

他说话的语气和眉宇间露出来的仍是那种不屑。

宁生听了皱了一下眉头，然后笑了笑说："芝麻官就管芝麻大的事嘛。"接着，他收起的笑脸，认真地说，"但芝麻大的事处理不妥，就会发展成大事。派出所是政法的基础，基础不牢，地动山摇。你是学建筑的，应该明白，一座大厦基础打不好，它还能建立起来吗？"

晓鹰听了，知道无法说服宁生，但还是一脸严肃地对宁生说："这不是我

## 第十五章　芝麻官就管芝麻大的事

个人的意见，是以前市规划局党委集体决定的事。最近规划局也开过几次专题会，都没有办法解决，也没时间去管这些事。我今天告诉你，别管这么多了，一个小小的派出所，你们也管不了！何必呢？"

这时，晓鹰看见江宁生愤怒和威严的眼神，不敢再往下说了。他马上微笑着说："好，我还忙着呢，有空我们一起吃个饭，听说林岚也在市里工作，大家找个时间聚一聚，跳跳舞，放松一下嘛。"说完送给宁生一只瑞士手表和一条法国名牌皮带。宁生停顿了一下，露出一丝不屑，冷冷地看了晓鹰一眼说："我不喜欢这些东西。"然后举起手上的上海表，"这就够了，你收回去吧。"

"不过，作为老农友，我提醒你！"宁生锐利的目光盯着晓鹰说，"这块地涉及两千五百多户老百姓的住房问题，也涉及一千多户老百姓的生命财产，规划局为什么在这块地的旁边两三年内就建了一座座高楼大厦呢？中央、省委、市委已经再三要求出台配套的措施，要求尽快处理历史问题了。处长同志，你不会不知道？"

晓鹰知道宁生强悍的工作作风，马上一脸热情地说："我们也正在想办法解决问题嘛，但历史问题哪里那么容易解决呢？行吧，今后你管好派出所的事，政府的事请你们不要插手，大家各负其责，互不干涉。我告辞了。"走了两步，他停了一下，回头说，"我老婆婉容已调到了省委组织部工作，我父亲准备到省人大工作，要不要我跟他们讲一下，将你调回省公安厅？你父亲讲话可能不方便。"宁生想都没想，马上说："不用！好走，不送。"

又过了十多天，韦放给宁生来电话，关心问了几句后，就马上转入正题："派出所就干派出所分内的事儿！原来的老所长陈开堂，不管闲事，不越权，不越位，不插手规划局的事。现在我们依然要有政治眼光，万事适度，跟兄弟部门搞好团结，和睦相处。前两天，省政府新上任的某处长，也专程跟我打招呼，叫我们不要干涉政府的事。"然后他又说，"宁生啊，你在派出所待不长的，不要把派出所以前的工作方式弄乱了，尽快回省厅工作吧，我可以帮你一把。"

宁生听完电话，镇定地回答说："我知道该怎么做了，谢谢您！这会儿我刚好有急事处理，再见。"

小小的都府派出所，位于市中心的位置，六万平方米的回迁地，危房改造，制毒点，这摊水确实很深啊！然而，宁生是个不服输的人，身上那股拼劲儿，根本让他无法停手。

经过五个多月的努力，都府派出所的刑事案件明显下降了，社会治安也开始好转了，三个全市最大的制毒点被除掉，防火安全措施也得到了强化。

江宁生终于松了一口气，这才想起去处理那五十平方米的悠闲室。他问罗霄副所长这个悠闲室是怎么回事，"这是老所长陈开堂设置的，它原本是派出所的会议室和审讯室。大家都敢怒不敢言，毕竟陈开堂在这个所工作二十年了，根深叶茂，北海市政府的有些部门领导经常来这里喝茶，还一致称赞这个悠闲室好呢。

韦副厅长来过这里，轻描淡写地批评过陈开堂铺张浪费；那位战斗英雄钟汉处长也来过，取笑都府派出所的办公条件比朝鲜战场的条件好多了。

只有省公安厅的朱光荣处长今年元旦来这里，严厉批评陈开堂根本不应该设置悠闲室，占用干警的工作空间，要他一个月内腾出来给大家用。陈开堂自此也不敢在那里休息了。一个月后，您就来这里当所长了，陈开堂就转为教导员了。"罗霄一口气说了很多。

宁生听了，愤慨地对他说："马上把那个悠闲室拆掉，给我留下十二平方米的办公室就够了。其余的地方，你和周舟统一规划，还原给大家办公使用。"

## 第十五章　芝麻官就管芝麻大的事

"好的，我们这两天就操作。"罗霄高兴地回答。周舟和罗霄商量，先增加派出所的食堂，再扩大干警的临时休息室，最后扩大会议室。

这段时间林岚给北海市所有的派出所送了一批电脑、取证照相机及录音机，并派人来培训派出所四十岁以下的干警，让他们学会使用电脑。

林岚还将都府街道党工委、居民代表及派出所联名书写的《加快拆迁地处理和危房改造调查报告》，经过几次协调，呈给市委有关部门，引起市委主要负责同志的重视。

报告所涉及之事终于被市委常委会提上日程。

对于林岚的帮助，宁生深深感激。但由于两个人现在各有家庭，见面不便，一切都由周舟代为传达。

一天，谭晶晶突然到派出所来了。她穿着一身警服，英姿飒爽，大家都惊讶省公安厅有这么漂亮的姑娘。晶晶先向大家敬个礼，然后问："你们所长在吗？"方哲马上告诉她："在！"就领她到所长办公室。

晶晶见到宁生，啪地向他敬了个礼，然后从书包拿了一包东西给他，是几盒胃药和两套内衣内裤。她嫣然一笑，说："听说您在派出所工作很忙，经常不回家，经常吃饭不准时，已经有了胃病。这个胃药特别有效果。"说完，她将药递给了宁生，脸庞不由得红了起来。宁生接过药说了声："谢谢！"然后严肃地说，"我有病自己会去拿药，衣服没了自己会买，不用你送。你现在刚调进刑警队，工作要尽快熟悉环境，以后不要来了，有什么事来电话。"

宁生冷冰冰的话，让晶晶感到委屈，不由得低下头哭了。宁生给她倒了一杯水，真诚地对她说："你是一个小姑娘，我是一个有家庭的人，这样做对你对我都不好。"

晶晶这会儿倒是不哭了，用手绢擦干净眼泪认真地说："听说你常不回家，说明你对老婆没什么感情。难道你就想这样长期熬一辈子吗？难道你就不可以作出新的选择吗？"

　　她内心升起了那温润的感情，是一个女人对男人的爱。她停顿了一下，羞涩地说："我，我爱你！"宁生能感到她那热情温柔年轻女性的气息，他温和地看着这位可爱的小姑娘，微笑着说："我不回家是因为工作太忙，你想多了。"晶晶瞪着一双淡褐色的大眼睛，盯了宁生一会儿，扭头走了。

　　宁生赶紧叫方哲去送晶晶。

　　方哲看见晶晶失魂落魄，就将晶晶送回了家。晶晶向方哲道了谢。临别时，方哲有些不好意思地问："可以将您的电话给我吗？以后我可以联系您吗？""当然可以。"晶晶爽快地回答。

# 第十六章　五味杂陈

宁生已经八个月没回家了，明天是国庆节，他今天下午六点也回到家了。

省委大院的花园和草坪刚修剪过，空气中弥漫着浓郁的青草香气，这是宁生最喜欢的气息。通道两旁的树木，据说是五十年代种的，合抱粗，树冠蔽天，树叶哗哗啦啦地响，这也是宁生最爱听的声音。突然，宁生发现省委大院的花园里居然有几棵古老的连心树紧紧相互依偎，虽在不显眼的位置，树叶却是那么翠绿茂盛。宁生内心怦然一动，不由得想起了林岚，浓浓的思念涌上心头。

"爸爸！"一个清脆可爱的童音打断了宁生的思绪，是自己的儿子小毅，他已经四岁了。李玲也在一旁亲热地叫："宁生——"李玲带着儿子逛省委花园，娘俩碰巧遇到宁生了。

一面是对林岚刻骨的想念，另一面是不得不面对现实的家庭生活的痛苦，两种情感交织在一起，让宁生心里五味杂陈。

宁生马上转过身，抱着孩子同李玲回家了。李玲见到宁生回来了，高兴极了，一边满面春风地叫阿姨炒菜，一边给宁生泡了一杯茶，帮他脱下警服，体贴地拿出宁生的便衣叫他换上。宁生的父亲扶着妻子从二楼也下来了，两位老人因为见到儿子激动得手都有些发抖。

八个月了，儿子小毅又长高了。这孩子长期不在宁生身边，与父亲很是陌生，坐在父亲旁边，一言不发。宁生主动与儿子说话，给他讲童话故事，拉着他一起做游戏，小毅的脸上这才有了一点的笑容。母亲看到宁生黑黑瘦瘦的脸上那双眼睛因睡眠不足而深深地凹下去了，心痛得直淌眼泪。父亲端来一盘削好的雪梨给宁生吃，也叮嘱儿子要注意身体，健康是本钱。

宁生在派出所大刀阔斧地改革，江恒早有耳闻，他很是欣赏这个有志向又能干的儿子，忍不住用慈爱的眼光看着宁生。

宁生边吃雪梨边打量着父母，发现父母明显变老了。母亲五十八岁了，因病已经退休了。母亲从凳子上站起来，显得有些力不从心。因为患有心脏病，母亲说话时显得气弱声细。父亲今年六十一岁了，仍在工作，工作还像以前那样投入。父亲虽然身体还算硬朗，声音仍然洪亮，但头上多了许多白头发，眼角的皱纹明显变深了。

宁生心里一阵酸楚，心里暗暗叮嘱自己：以后再忙也要常回家看望父母。

吃完雪梨，他先给父亲倒了一杯热开水，再给母亲轻轻地拍了拍背，帮母亲按摩了双臂和双手，又为母亲端来一盆热腾腾的洗脚水，边给母亲洗脚边温和地问她："有没有坚持吃药？吃饭还好吗？"母亲点点头。宁生告诉父母，北海市新建了一座星海音乐厅，等他没那么忙了，就陪他们观看音乐会。

李玲倒是收拾得比以前更加漂亮了，面色红润，发型时髦，衣着华丽。

## 第十六章　五味杂陈

这时，阿姨告诉大家，菜烧好了。看着一桌丰盛的菜肴，李玲调皮地对宁生说："平时我们只是吃四菜一汤，你回来了才烧八菜一汤，你常回家，我们就有口福啦！"

一家子围着桌子高高兴兴地吃饭，李玲不停地给丈夫搛菜。看得出，宁生回来，她十分兴奋。

饭后，李玲端来一盘削好的水果后，自豪地告诉家人，小毅已经认了许多字，会看小人书了，并将小毅画的画拿给大家看，大家都很高兴。

夜晚，两个老人家睡在楼下的卧室，宁生一家住在二楼。李玲早早洗完澡，将一套睡衣递给宁生，温柔地叫宁生去洗澡。宁生洗完澡后却跑到客房独自睡了。

几年了，他都不碰李玲，他还是男人吗？以前在大学读书可以理解，可回到省公安厅和派出所，他还是不碰李玲。这天晚上，李玲等儿子睡了，绝望地哭了，哭得很伤心。她觉得自己就是个活寡妇，即使要小毅的那几天，宁生对她也是草草行事，很明显是为了完成任务。

宁生看她的眼光，从来没有过男人爱女人的那种柔情蜜意。

结婚前，李玲以为婚后爱情是可以培养的，尤其他俩有一个儿子，现在她失望了，而且是失望透了！

林岚已经结婚了，以李玲对她和宁生的了解，他们没有来往啊！

为什么宁生对自己一直如此冷淡？国庆节后，她私底下单独约了婉容，她知道婉容聪明，信息广，有手腕。

婉容听完李玲的哭诉和宁生收藏衣服的事，先不吭声，等李玲哭够了，她给李玲倒了杯水，很严肃地说："你误会宁生和林岚这两位同志了，他们都是工作狂，又各自有了家庭，两人并非轻薄之人。当年你和宁生结婚本身就存在问题，这个你心里清楚。当下你只有抓住小毅，照顾好公婆，宁生可能才会慢慢转过来。"然后她送了一瓶法国香水和一支口红给李玲，跟她拥抱说，"以后咱们常来常往。"

与李玲分手后，婉容心里很难过：多年过去了，看来宁生对林岚还有感情。

这件事绝对不是空穴来风，是什么让宁生放不下林岚呢？

婉容与晓鹰，过得更是同床异梦。

事实上，婉容比李玲更惨，付晓鹰是行动和精神都出轨，在外包小三，工作上浮夸，还贪污受贿。要不是他的父亲，那位老谋深算的保护伞保护着，晓鹰早就坐牢了。近十年来，婉容的感情世界一直很孤独，无人可诉。

她喜欢宁生的感觉依然没有变，她喜欢宁生工作的魄力和实干，认定了宁生将来更有政治前途！

宁生对李玲的冷淡，让婉容内心既暗暗欢喜，又更加恨林岚了。

婉容调看北海市都府派出所这六个月的简报，发现北海市科技局频频向市里各个派出所送电脑搞培训。都府街道党委、居民代表和都府派出所联名上报的《加快回迁地处理和危房改造》报告已经优先纳入市委常委会讨论内容。这些工作虽然不是林岚分管的，但林岚分管科技和财政税务，市委、市政府主要领导都会重视她的意见。加上周舟也调到派出所，显然起到桥梁作用。婉容懂得政府部门的操作，这一切都合法合理。

关于处理都府社区六万平方米回迁地和危房改造工程，她早就听公公和晓鹰交谈过，公公和晓鹰都埋怨宁生插手政府部门事情。在这一点上，婉容认为宁生做得对！

对晓鹰长期受贿、违法批地，跟不良开发商合作坑害老百姓的事儿，婉容从骨子里是不赞成的。婉容多次私底下劝晓鹰不要违法，晓鹰父亲也规劝过晓鹰做事要有底线，不要受贿，听老婆的话，但晓鹰早就不是以前的晓鹰

## 第十六章　五味杂陈

了。他骨头里嫌婉容秉公办事，太强硬，不温柔，心狠手辣。他口头答应婉容不受贿，不玩女人，每月将自己的工资和奖金全部交给她，还经常买高档的礼物送给她。逢年过节，夫妻俩还到同事、朋友和亲戚家坐坐，请大家吃饭。有时，晓鹰还开车到省委机关接婉容下班，以显示出他们夫妻恩爱。随着婉容的步步高升，晓鹰也十分需要婉容做他的保护伞。而在行动上，晓鹰仍然是我行我素，照样玩婚外情，照样贪污受贿。有时候晓鹰太过分了，作为妻子，婉容忍不住跟他吵架，晓鹰却说："我早就包容你了。你在农场给王美丽下毒的事，我一直保密，你也得包容包容我吧，别管我那么多啦。"

多次争吵，让婉容看透晓鹰了。为了政治前途，也碍于公公对自己家有恩，婉容在家里只好保持沉默。

婉容是学政治的，她知道政治是为经济服务的，甚至是为一切服务的。

婉容什么都可以沉默或者容忍，但是她不能容忍林岚帮忙宁生。她要用政治家的老练来处理感情问题，这是必须的。

多年来，她在公务员的队伍中锻炼，政治上已很老练。

凡是违法乱纪，找她买卖官位，婉容从来不做。在这点上她一直很自爱。

林岚在暗地里一直帮助江宁生，让婉容蓦然醒悟。

"不行，要将林岚调走。否则，宁生和林岚的精神相恋永远不会断！"婉容在省委工作，宁生若能回省公安厅工作，他们有条件也有机会在一起了。"我要创造条件跟宁生在一起，跟晓鹰的日子我过够了，以后不能再稀里糊涂地过日子！"婉容在心里暗暗发誓。

才三十三岁的婉容依然风姿绰约、风情万种，虽然她看起来咄咄逼人，威严果断，但相处后就发现她有时也有温柔和气、诚恳有加的一面。她是一个性格双重的女人！

婉容查看了关于干部轮岗的条件，便向省人事厅厅长古华建议，将林岚调到连海省沙头市当副市长。沙头市经济落后，需要林岚这种开拓型的干部，这样也能更好地培养林岚。经过讨论，省人事厅最后通过了林岚的调动意见。

沙头市位于连海省的边缘，距离北海市六百多公里，北海市是连海省的省会城市，连海省的党政机关都在北海市。

林岚刚刚生完孩子，丈夫是中国科学院连海省分院研究所所长及研究员，丈夫经常在北京和北海市的实验室两边跑，工作是不可能到沙头市的。

国庆节后的一周，林岚收到调令，很是莫名其妙。她找到省人事厅厅长古华，谈到了自己只是熟悉科技管理和当前家庭的困难，觉得调动不合适。

古华四十岁了，人虽然长得不高，但还算端正，白白净净的，工作上谨小慎微。他老婆是省人事厅干部食堂的管理员，三十八岁了，身材干瘦，长得还算清秀，对古华百依百顺。

古华对婉容的姿色早就垂涎三尺了，对她的工作能力也很佩服。两人平时关于人事调动的事，基本上是古华听婉容的。

古华听了林岚不想去的理由后，态度诚恳地告诉她："这是为你的政治前途着想，共产党员要服从分配。"林岚听完后默默地离开人事厅，十天后将才出生四十多天的孩子托付给婆婆和保姆带，自己一个人到沙头市工作了。

林岚离开几天后，宁生看到简报才知道她调走了。他知道，林岚刚生完孩子，沙头市很偏远，这事儿不对。

宁生心里很难受，马上找到婉容，希望她站在女同志和工作的角度，将林岚调回来。

婉容听了，一声叹息，马上一脸同情地说："谁说不是呢？我也觉得林岚调走不合适！"她边说边掉眼泪，"但这是古华的意见啊，他是站在全局的角度考虑问题，我也没办法啊！"

宁生听了，默默地打量着婉容，只见她着一身名贵的衣服，身上有股浓

## 第十六章　五味杂陈

浓的香水味，外表依然漂亮，气势依然咄咄逼人，只是比以前更加老练圆滑了。

林岚的工作调动没那么简单，他不相信婉容的说法。

他大脑急速运转，思考如何把林岚调回来。

婉容马上温情脉脉地看着宁生说："多年难得见你一面，喝杯茶再走吧，我这儿有上好的新绿茶。"说着，她马上亲自冲泡一杯，送到宁生手中，"听说你在派出所干得很出色，省委正准备叫你回公安厅了。据说你还是省委重点培养的人才。"

婉容还建议宁生维护好家庭关系，组织上会将家庭和谐作为一项指标考察的。

"李玲也许不合适你，你将来应该有一个贤内助帮你。"婉容说着脸红了，"这些年来我一直没有忘记你，你仍然是我心中的白马王子，但我会控制自己的情感，不影响你的仕途。希望你以后常来省委机关坐坐。"说完，她柔情地盯着宁生。宁生马上站起来，客气地与婉容道别，然后直奔单位。

对婉容的自作多情，宁生明白，他根本不可能对婉容有一丝情感的。他对婉容有几分同情，因为晓鹰的作风问题、经济问题，婉容虽然表面上风光无限，但实际上她的日子并不好过。

正当宁生为林岚的工作调动问题担忧时，省委为了充分发挥科技人才在公务员队伍中的作用，将林岚调回，并任其为省科技厅副厅长。

两周内，林岚又回北海市省科技厅工作了。

不到半个月的工夫，林岚又调回来了。她如此调回，给婉容当头一棒。

婉容不置可否，省委完善了人才管理制度，将来她对林岚不能重复使用这样的手段。

婉容心里充满了愤怒："既生瑜，何生亮！"她心里计划着……

李玲知道林岚调到了沙头市，婉容功不可没抹，对婉容更是感恩戴德。

现在林岚又回来了，李玲对公公、婆婆、宁生多了一些顾虑。还好，有小毅，今后家里有什么事儿就先告诉婉容。

林岚到省科技厅工作了，她只知道这份工作担子很重，专业也适合她，以后要加倍努力地工作。

## 第十七章　敢摸老虎的屁股

　　宁生在都府派出所工作了两年,一九八七年新年,调回省公安厅,任二处处长,管理全省交通和治安。

　　周舟也同时调回省公安厅一处任副处长,负责刑侦工作。

　　罗霄任都府派出所所长,方哲任都府派出所副所长。

　　省公安厅李副厅长退休。

　　原刑侦处的朱光荣提拔为省公安厅副厅长。

　　韦放仍是省公安厅的副厅长。

　　一九八五年至一九八七年,都府派出所的面貌焕然一新:社会治安明显好转,并且建立了长效机制;警风端正,实行二十四小时的值班制;信息化和各项规章制度逐步完善了,派出所还开设了为民服务的办事大厅;除掉了三个制毒点，六千平方米的仓库已列入整改规划并完善了防火措施；危房和六万平方米的回迁地，市政府已经出了文件，限三年内完成全部建设，在没有交新房子之前，按时发放临迁费并提供临迁房给有关的居民……

宁生和周舟离开都府派出所那天，许多老百姓自发地站在派出所门口两旁，有的拿着鲜花，有的拿着米酒和当地的各种小吃，依依不舍地为他俩送行。宁生和周舟感动得热泪盈眶，他们拉着老百姓的手说："我们只是做了应该做的事，我们会常回来的，有什么事可以到省公安厅找我们。"

有一天中午，宁生和周舟在餐厅吃饭，周舟道："你知道吗？林岚上大学后三个月没有给你写信，是因为她妈妈将她给你的信全部扣起来了。林岚后来知道了，恨透了她妈妈，六年没有回过家。我也是最近听平平说的，平平说虽然事情过去多年了，希望宁生不要误会林岚。"宁生听后苦笑了一下，身子微微颤动，慢慢地咽下了一口饭，痛苦地看着周舟，无语。

一九八七年春节刚过，连海省委为传达中央会议精神召开会议，参加人员是各个地区、各个市主要负责人及副厅级以上的干部。会议由省委政法委书记郭向光主持，省委书记顾岩传达中央会议精神。

会议在省委礼堂召开，主席台上坐着顾岩、郭向光、李良杰、雷彤等。

省委指定了省计委、发改委、省农委、公安厅这几个部门先做发言，由于成啸病了，韦放去北京公安部参加会议，朱光荣正在参加公安部的一个重大紧急的案件，省公安厅党委委托宁生代表省公安厅开会和发言。

会议庄重、严肃，郭向光先进行了一场精彩的开场白，大家都拿起笔记本认真地做笔记。

顾岩满腔热情地传达了中央指示，大家予以热烈的掌声！

被指定的部门省计委、发改委、省农委都做了发言，他们的发言结合实际很有创意，也有落实措施。大家都报以掌声鼓励！

## 第十七章 敢摸老虎的屁股

轮到宁生发言了，他目光坚定地说："首先，中央会议精神提得十分到位，省公安厅坚决贯彻执行。省公安厅这几年在省委的领导下，各方面都上了一层楼，但还是存在许多问题，主要是干部作风问题，这也包括现在在座的个别领导干部贪赃枉法，损害老百姓的利益，如不整顿，势必影响贯彻中央的精神。"

听了这句话，参会的人员都静静地看着宁生，会场一下子静得令人窒息。

只见宁生目光如炬，说："这是我下基层工作两年的事实啊！北海市都府社区一千多户的特级危房上报了八年都没有解决，每年都倒塌几所房子，严重威胁老百姓的生命安全；一块六万多平方米的回迁地，十年了都不建设房子，导致两千五百多户的老百姓无家可归。倒卖几次土地的开发商，他们赚得盆丰钵满，不仅将地价抬高了，还刺激了房价。老百姓无处可归，只得上访、拉横幅、堵马路，原因是规划局、国土局等有关部门的人员收了好处费，给各路开发商大开绿灯，允许他们炒作土地。"

此时，台下更是静得连呼吸声都能听见了。

"还有，我们除掉了市中心的三个大型制毒点。那些制毒点，开了三年多，晚上作业，毒气弥漫，五十多名的儿童患了肺炎，其中八名因救治无效死亡，老百姓之前上访了三年，仍然无果。后来除掉毒点才发现，是制毒人员长期给市城管局干部和街道的主要领导行贿，导致此事毫无进展。这些受贿的干部还有人性吗？哪点像共产党员和人民公仆？"

说到这里，江宁生的情绪变得十分激动。

"我们公安的责任是维护社会的稳定，怎么能说城管、国土局、规划局的工作与我们无关？"说到这里，宁生满腔怒火，他喝了几口水，调整了情绪，"以上问题虽然得到初步解决，但我们要吸取教训，消除祸根，不能再重犯！有三个建议要谈一下，这些建议的原则，是经省公安厅常委会讨论决定的。

首先，当前改革发展得很快，各部门要尽快出台相配套的制度，对出现的新问题，能依法处理。其次，要从错综复杂的力量中引出合力线，形成团结一致、互通情况的联席会议制度。"

这时，会场上响起了一阵阵的掌声。在会场的一处，林岚静静地看着主席台上的宁生，热泪盈眶，她尽量控制激动的情绪不让眼泪掉下来。

他和十几年前没有太大的变化，脸还是那样英俊，眼睛还是那么炯炯有神，说话依然铿锵有力……她目不转睛地注视着他。

突然林岚和宁生的目光相遇了，他发现了她，目光闪动了一下，然后凝视着她。只是一瞬间，他低下了头，似乎是克制了一下自己，接着，又抬起头，目光中充满了深挚……

宁生很快收回自己的目光，抬起头，面对会场，停顿了一下，说："我省的化工原料仓库大多数建立在稠密的居民区，这里面有许多隐患，一旦着火，后果不堪设想。当前的办法是，加大消防力度的同时，希望规划部门要考虑上述的安全隐患问题，要科学规划居民区，科学规划各类仓库……有些问题公安部门是亡羊补牢，但规划部门应该事前预防。

最后，为落实中央会议精神，建议尽快制定连海省发展远期与近期的规划，规划要有前瞻性、系统性、合作性、互补性、环保性、操作性。"

宁生的发言完了，他的话一结束，会场响起暴风雨般的掌声。

当宁生发言时，主席台上的顾岩及几位领导不停地做笔记，不时地做交流，都称赞地点点头。

然而，宁生真是太年轻了，血气方刚，他的讲话已经深刻触动了某些人的利益，他们对他恨之入骨……

事实上，在高级干部的会议上，哪怕是错误的事情，也是适度地批评，一切要适度。

## 第十七章　敢摸老虎的屁股

江宁生太不会适度了！

也许，宁生已经捅了别人的马蜂窝，某些领导听后一脸的不快，一脸的沉重，在思索着什么。

这个时候，婉容突然发言了。她仰起头，温和地说："今天，虽然没有安排我们部门发言。但我看到连海省改革开放的大好形势，心情很激动。我表个态，我们坚决跟党中央保持一致，今后更加努力工作。我还提一个建议，要为每一个干部提供机会，把最可靠、最能干、党性最强的干部放在最重要的岗位、最合适的岗位。比如，像江宁生这样的优秀党员，应该放到最重要的岗位。"

婉容说完很注意顾岩和领导们的反应，出于礼貌，大家也给予了鼓掌。

婉容的本意是帮助江宁生，事实上，这种场合当众推荐江宁生，并非是好事。

如此赤裸裸地赞扬江宁生，这就是婉容的特殊性格。她看似政治上老练，其实个人情感上很幼稚，甚至可以说很偏激。

古华为此微微震惊地看了看婉容。

听到婉容当众这样称赞自己，江宁生心里十分不高兴，被一个机关女干部在这种场合表扬和推荐太尴尬了。婉容的目的是什么，宁生不想去分析，也没有时间去分析。

第二天上午大概八点多，江宁生正想向党委汇报这次开会的内容及贯彻意见，就接到钟汉处长的电话，他急切地告诉江宁生："分管治安的雷成处长出差了，昨晚正好他值班，现在他在市中心正在执行一个紧急的任务，一个歹徒正在绑架一名孕妇，已经绑架五个多小时了，情况紧急……"

江宁生和朱光荣马上赶到现场，钟汉他们十多个警察正在想办法确保孕妇的安全。

只见歹徒左手掐着孕妇的脖子，右手拿着一把锋利的匕首，向孕妇的家人勒索十万元人民币。歹徒前两天赌钱输了十万多元，这位孕妇的丈夫是一位老板，最近生意不好，根本拿不出十万元。但为了救老婆和肚子里的孩子，他答应在六个小时内筹钱送过来，请歹徒给老婆喝水吃东西，让她坐下。歹徒非但不答应，扬言说已经等了五个小时，再过一个小时，如不送来十万元，马上捅死孕妇。

此事从今早早上三点多就发生了，此时孕妇又怕又累，脸色苍白，已经开始站不稳了。歹徒仍十分嚣张，每一位男警察尝试同他说话，他都说没商量。警察还动员了他的父母亲和妻子过来劝说，他依旧不听，还扬言说现在只剩下四十五分钟了，十万元不到就马上动手了。

这时，孕妇的脚下出现了血，情况十分紧急。

宁生、朱光荣和钟汉商量了一个办法，江宁生马上打电话给谭晶晶，对她讲了基本的情况，叫晶晶一定穿着便衣赶到现场执行任务，而且穿得要花哨一些。

不到十五分钟，晶晶到了。只见晶晶头上扎了一条马尾辫，嘴唇薄薄地涂了一层口红，上身穿了一件白针织上衣，并围上一条绚丽多彩的丝巾，丝巾上还打了一个花结，下身穿了一条白色长裤，脚上穿上一双半高跟鞋，身材窈窕，一副时髦女郎的模样，还真漂亮！

她手里拿了两瓶汽水，慢慢地走到歹徒的正面，微笑着对歹徒说："兄弟，咱们可以聊聊吗？你看我手里什么也没有，我也不会打架，我只要求你让这位孕妇坐下来而已，等一会儿她的丈夫来了给你送上钱，你就把她放了，你也可以走了。我现在给你送上两瓶汽水，你已经六个小时没喝水了。"

歹徒的确是渴了，虽然嘴里嚣张，心里却十分胆怯和谨慎，他小心翼翼地问晶晶："你身上真的没带匕首？"晶晶从容淡定地回答他："我一个小女子，刚从学校出来，从来不摸匕首。"歹徒细细地打量了这位长得跟洋娃娃一样漂亮的小女孩，终于，将自己的左手从孕妇的脖子那里挪开，右手扔抓住匕首，惶惶不安地离开孕妇朝晶晶走了两步，晶晶递了那两瓶汽水给歹徒。

当歹徒接过汽水拧开盖子微微仰起头准备喝的时候，只见晶晶迅速地从裤兜里掏出一支手枪，对准歹徒左臂和右臂各开了一枪。从掏枪到连开两枪，不到五秒钟的时间，歹徒顿时倒在地上，警察马上将他逮捕。这时两部救护车已经到了，晶晶和医生们扶起孕妇，医生马上听胎心，说还好，仅仅是出了一点血，孩子应该没问题。孕妇也深深地松了一口气，脸色开始好转。

大伙真高兴，晶晶更是高兴，她飞快地走向江宁生面前，抱着宁生，跳了起来，大喊了一声："我成功了！"

# 第十八章 备战全运会

一九八七年夏天全国运动会在连海省召开，总指挥是雷彤。

雷彤已于一九八六年从北海市调往省政府任副省长，分管科技、教育、体育等，副总指挥是江宁生。为了召开全运会，早在三年前，省政府就在北海市新区建立了新运动场，还新增加了三个公园。

刚到春天，因绿化而闻名的北海市，大街两旁的树木已迫不及待地长满了茂盛的绿叶，公园里的花儿竞相开放，灼灼、烈烈，青草们也纷纷钻出地面，探着嫩嫩的草尖。市政府还在运动场附近专门布置了鲜花和草地，主干街道见缝插绿，整个北海市如花城一般美丽。

新年伊始，雷彤副省长，就召开了各个职能部门的厅局级工作联席会，要求各个部门团结一致、相互配合，既办好全运会，同时通过办全运会，促

## 第十八章　备战全运会

使连海省北海市的城市管理、精神文明建设和经济发展都上一个新台阶。

开场白后，雷彤要求省体委贺主任先做全面的介绍，贺主任介绍完后，雷彤点名省科技厅第二个发言，林岚代表省科技厅发言了。

林岚穿着一身浅灰色的衣服，里面穿着米黄色的羊毛衣，没有化妆，但是神采奕奕，气质夺人。

她没有开场白，直接说道："首先，建立统一的语音对讲指挥中心系统，在重要位置安装摄像头，以便及时发现问题，快速解决。该设备在上海就有生产，质量达到欧美的先进水平。运动会附近的派出所都配置电脑和语音系统，要与指挥中心的指挥系统和语音对接。"这个时候她停顿了一下，"各个值班岗哨都要配备对讲机，如果发生问题，可以当下解决，就不用上报。如果重大问题就必须上报指挥中心，但要设定一个标准。语音对讲系统要全部对接，并且在正式开会前一个月要演练，有问题的可以提早纠正。"

林岚提出的建议是很超前的，也是很实在的，既能快速发现问题，又能及时解决问题。林岚的发言大多数人都认为很好。省财政局局长要求林岚提出具体的经济预算，林岚欣然点头了。

宁生默默地看着林岚，眼中充满赞赏。

其他部门相继提出了意见，平平作为省报的副总主编，也出席了会议。

平平长得不难看，就是五官平平，皮肤黄黄的，留着短得不能再短的头发，人们很难把她的长相与她那犀利的笔锋联系起来。

轮到平平说话了，她更是简练地说："拜托各位领导，请及时报道新闻，新闻内容要做到准确、及时、有亮点！"她将事先准备好的报道要求发给了与会者，全程才用了五分钟。

轮到副总指挥宁生发言了。他从专业的角度提出了各种预案和实操方案以及面对突发事件的处理方案，对所有的安保工作都做了详尽安排。

同时他提出：一是增加六家备用医务所和六台备用救护车；二是连海省目前的消防车满足不了全运会，建议到上海、北京借用或者购买几台；三是主会场和各个分会场都要摸清人数以及疏散通道口；四是各个部门要制定解决问题的措施，有责任部门和责任人。

最后，他要求在全运会正式开幕之前的一周，再召开一次沟通会议。

宁生看见林岚用手撑着脸颊和下巴，正入神地凝视着自己，他从林岚那明澈的目光中感受到了一切，这是男人的本能。十几年前，林岚听他讲话时，经常双手托着下巴，用这样闪闪发光的目光在一旁崇拜地凝视着他；如今，又一次见到她这种透彻入心的目光，一瞬间，宁生感到浑身上下涌动着一股热流……这种感觉已经多年没有了。

宁生停顿了一下，喝了一口茶，平定了一下情绪，迅速把目光移开，又继续补充了几条。

轮到婉容发言了。在发言之前，她感到大家对林岚的意见都是赞同的，尤其是雷彤，还不住地点头。

婉容嫉妒了。这位漂亮的女强人，仍然是人们熟悉的威严气势："这次全运会，省委很重视，看似运动比赛，实际上是体现了我省的政治风貌。我希望借此机会，各方面的工作更上一层楼。同时我们也不要好大喜功，科技厅的方案过于超前，有些铺张浪费，难道不搞信息化就办不成运动会了吗？中国以前没有信息化，不是一样成功举办运动会吗？我们的财政还是很紧张的，要发扬艰苦朴素的作风。"

婉容慷慨激昂的发言，不由得引起全体人员的注目：只见她全身名牌衣服，特别是前胸那个金光灿灿的胸针，一看就是个高档进口货，与她提倡的艰苦朴素，似乎不协调。

婉容还想继续讲话，却被体育局的贺局长打断了。贺局长今年五十五岁

## 第十八章 备战全运会

了,这位老领导是从国家体委下来的。

他说:"省科技厅的方案实际上是节省了资金。用信息化手段处理问题,不但节省了许多人力、财力、物力,更重要的是将人的生命安全摆在第一位。省体委的相关同志前段时间去了其他省考察,他们花的钱更多,教训就是忽视了信息化。其他先进国家办运动会都注重节约和突出人性化,全部使用信息化,所以省科技厅的方案是可行的。"

最后雷彤做了总结性发言:"首先要肯定省公安厅、科技厅等部门的工作,我们将今天的会议形成纪要再发给大家,大家有什么意见也可以补充修改,一周后上报给我们。"雷彤最后要求大家齐心协力,各尽其职,抓好落实,办好全运会。

会议结束了,婉容满脸通红,绷着面孔,扭着身子快速离开会场。实际上,这些年婉容虽然工作努力,但是学习新知识是少之又少,还是浅薄了些。回到家里,她很空虚,经常是一个人。因为,晓鹰基本上不在家里,女儿因为上小学离婆婆家很近,所以就长期住在婆婆家了,空虚、孤独、寂寞常常侵扰着她。

一九八七年夏天,连海省全运会成功地举办了。运用科技手段提高安保效率,受到了国家有关部门的好评。

全运会的召开不仅提升了城市的形象,还使省公安厅的工作得到整顿。借全运会之际,省公安厅大力打击黄赌毒,加强了对基层组织派出所的建设,也提高了派出所民警的工资待遇和加强了后勤保障工作。

借鉴全运会的经验,周舟主动与省科技厅林岚联系,成立了全省语音系统的交通指挥中心,破案、刑侦等都采用了高科技手段。他们还计划下一步成立全省视频的交通指挥中心。

在省委的领导下,省公安厅的成啸有江宁生和周舟这样有文化、又实干、又敢于创新的年轻人，还有朱光荣和肖虎等这样一批优秀的老同志，他们大刀阔斧地改革，全省的政治稳定工作出现了空前的好转。

公安厅还公开招聘了一批副处长、科长，实行人事制度的改革，并根据市场经济发展的规律，与有关部门联手制定了一系列的措施。

方哲通过公开招聘，当上了省公安厅办公室的副主任。

此时的连海省公安厅的工作是蒸蒸日上。

一九八七年的国庆节，宁生正在单位值班，接到了晶晶打来的电话，晶晶说："今晚请你吃饭，可以吗？"宁生回答："可以。"

傍晚，到了饭店门口，看见晶晶头上仍扎着大马尾辫，脸部化了淡妆，穿了一条贴身粉红色的长袖连衣裙，脚上穿了一双白色的高跟鞋，杨柳细腰，一双洋娃娃似的褐色大眼睛顾盼生辉，整个人光彩照人。见到宁生，她脸部略带羞涩，主动上去挽着他的胳膊。两人一直手挽着手，从饭店的大门口走进吃饭的房间，一路上晶晶调侃地问："你可以当我的亲人吗？比如当我的，嗯……嗯……"然后那双眼睛神秘地看着宁生，宁生有些纳闷，觉得晶晶今天有些神秘，但马上自然地回答："我可以当你的哥哥呀。"当走进房间，推开门一看，是方哲。方哲快步走到宁生面前，挽着宁生的另外一个胳膊。方哲和晶晶一左一右，喜滋滋地告诉宁生："我们准备明年春节结婚啦，今天专程谢您这位媒人！"宁生喜出望外，高兴地说："好，好，祝福你们！"

# 第十九章 安全重于泰山

一九九〇年一月,江宁生被任命为省公安厅副厅长。

肖虎五十八岁了,也任命为省公安厅副厅长。朱光荣和韦放仍然为省公安厅副厅长。成啸,依然是省公安厅厅长,再过两年他就退休了。周舟被任命为省公安厅办公室主任。

此时的江宁生,才三十九岁,犹如一颗清亮的新星,在公安战线冉冉升起。

韦放副厅长,也有四十八岁了,人到中年,但看上去像四十岁的样子,圆圆的脸,没有皱纹,仍然是红红润润的。这些年来,他工作上虽然没有特别的作为,但也无大过。省委政法委郭书记是他的老上级,似乎对他在工作上沉稳老练挺满意,但韦放始终摸不清郭书记心里的真实想法。

今天上午一上班，他就泡了一壶武夷山的大红袍，正当他细细地品茶时，就收到了组织部发给他的上一年度的民主评议票。他的票数仍然名列前茅，他内心一阵激动。他想，再过两年成啸退休了，厅长当然就是自己当了；要当一把手，最主要就是搞好团结，万事适度，不贪污，讲廉洁，生活作风正派，这些他都做到了。

他又愤愤地想："那个江宁生，不过就是多读了几年书，经常讲改革创新，得罪了不少人和不少部门，工作过于积极，在他手下干活都累得慌！他也许在省公安厅当个副厅长，过两年就调到省里去了，他的野心大着呢。他和那个谭晶晶，关系暧昧，否则晶晶为什么偏偏喜欢着他呢？他父亲当官又怎么样？好像他父亲从来没帮过他什么忙。"他又品了一口茶，"嗯，这茶叶的味道出来了。"

回想起上个星期天，他给郭书记送去两斤新出的金骏眉茶叶，郭书记微笑着说："你在省公安厅资历最长，要多向成啸学习，以后就不要送东西了，经常来坐坐，我们喝茶聊聊工作，或者聊聊摄影就可以啦。"临走前，郭书记还送了他两斤新出的西湖龙井，态度是那么亲切。

想到这里，韦放更是佩服自己的政治智慧，他的心情又平静下来了。

他又拿起那只工夫茶的茶壶，将刚泡了好一会儿的大红袍茶倒进一个玲珑小巧的杯子里，又抿了一口茶："味道更好了！"他突然惊悟："人生机会跟品茶是一样的道理，不到时候不出味道，我韦放也在等待时机！"

这时方哲急匆匆地走进来，快速地说："韦厅长，今天上午咱们要去新城区的派出所检查治安工作，治安处已经在楼下等您好一会儿了。""哦，对对对，我正准备走的。"他又不舍地喝了一大口"等待时机"的茶，赶快跟着方哲走了。

一九九〇年，春节过后，韦放到公安部开会，会议主题是"加强安全防

## 第十九章　安全重于泰山

范和防火措施，确保人民生命安全"。回来后，他向成厅长作了汇报。

班子决定在省公安厅召开会议，参会人员大约六十多人，以传达公安部的会议精神。

成厅长建议先听意见，集思广益，然后做一个具体的实施方案。

"好的，您的经验丰富。"韦放仍然小心地奉承道。

那天上午九点开会，韦放八点半就到了，站在会场门口迎接大家的到来。见到比他年龄大的，他就尊敬地向对方拱拱手，问寒问暖；见到比他年纪小的，他一边握手，一边轻轻拍拍对方肩膀，以示关心。

八点五十五分，省委政法委郭书记来了，大家都翘首张望着。郭书记先是向大家招招手，然后亲切地与成啸和韦放握了握手，主动坐在主席台的最中心位置，左边是成啸，右边是韦放。

由于主席台只准备了五张凳子，剩下的三位副厅长都主动坐在下面。

九点会议准时开始，韦放坐在郭书记旁边，他那圆圆的眼睛目视着整个会场。突然间，他觉得自己就是一把手，他的热情空前高潮，但他竭力压制自己的激动心情，以致那圆圆的眼睛有些血红。

"同——志——们！现在开始开会了，首先让我们以热烈的掌声欢迎郭书记的到来！"

韦放激动的声音和压抑自己情绪的声音交集在一起，显得变调了，伴随着热烈的掌声，台下有一些低声议论的声音。

"下面，我传达公安部的安全防范会议精神。"然后，韦放照本宣科地读公安部的文件，尽管是读文件，他读得抑扬顿挫，重点的问题反复强调。如此威严持重地传达文件，让人觉得很纳闷。

传达完了，他很有节奏地停了停，喝了几口茶。

接着，韦放慷慨激昂地说："同志们，我们召开这样一个大会的目的是为什么？就是为了加强团结，充分运用我们长期在公安战线的工作经验，更好地落实公安部的工作要求。下面我想问一个问题，请大家配合。在公安战线工作二十年以上的同志请把手举起来。"参加会议的人有百分之五十举起了手，会场依然寂静。"在公安战线工作十年以上的同志请把手举起来。"参加会议的人有百分之三十举起了手，会场异常寂静。"嗯，剩下百分之二十的同志在公安战线工作还不到十年的时间嘛。同志们，在公安战线工作时间越长，经验就越丰富。我在省公安厅工作也许是你们当中工作最长的一位，见得多了，希望大家工作时不要急急忙忙的，慌里慌张的。经验是我们的宝贵财富！我们的工作要稳稳当当。安全防范以及防火工作，看准了慢慢来，靠主观热情，靠花花哨哨的小聪明，靠一点两点书本知识纸上谈兵，改革法律法规啦，联席会议制度啦，信息化规划啦，在公安战线是行不通的！"

这话是针对谁呢？警告谁呢？

"我在公安战线工作二十八年零六个月了，有的领导调来调走的，几年换一次，我没动过，以后也不想动。"他亲切地笑了笑继续说，"在座的很多同志都和我一起工作过，我对你们很有感情！今天我要对同志们说句心里话，干公安工作头脑不要发热，要留有余地，要走一步回头看一看……让我们团结起来，全面落实公安部的会议精神，谢谢大家！"

他的讲话完了，大家并没有鼓掌。成啸没想到韦放会说出这样的话，他皱了皱眉头，饱经风霜的脸更深沉了。

政法委郭书记也用责备的眼光看着韦放，一句话也不说。

成啸面色凝重，用威严的眼光俯视着整个会场，从容地说："下面的时间，就如何更好地落实公安部安全防范工作会议精神，请大家结合本部门的工作实际，谈谈当前存在的问题，积极发言。"

朱光荣第一个站起来发言："公安防范包含了维护政治稳定……省公安厅下

## 第十九章　安全重于泰山

属单位如果单独作战，的确很难展开拳脚。因此，安全防范的各项工作不仅是公安部门的事，当地的党委也必须高度重视，应将该工作提上日程，给予当地公安部门必要的支持。公安部门责无旁贷地站在第一线。"他的话刚一说完，全场予以热烈的掌声！

北海市公安局局长马上接着发言："北海市有许多写字楼、商业街、批发市场、学校、工厂、仓库，我认为江副厅长提出的联席会议制度很好，操作性很强。要定期召开各个行业各个部门的安全防范会议，沟通信息，交流经验，共同防范，有机合作。"

各个局长也都接着畅所欲言，提出这样或那样的建议……会议的气氛变得越来越热烈了。

这时江宁生发言了："安全防范工作，关系到人民群众的生命，不可以慢慢来！"他那不容置疑的口吻，使整个会场为之震惊，"建议由两个副厅长和八个处长带头，组成十个工作小组，将全省各个区域分成十个单位，副厅长和处长分别当组长，带队到各自负责的地区完成现场指导工作，尽可能在一个月内完成！"

"各个处室的工作，请处长们自己协调一下，大家的工作会忙一些，会辛苦一些。"他边思索边亲切地看着处长们说。

"安全防范工作重于泰山，时不我待！不可以适可而止！"然后他神情严厉地说。

"各个地区的安全防范工作方案尽量做到细致周全，并且还要制定各种突发事件的应急方案。一个月后，各个小组可以将本地区有成效的工作经验和先进的管控模式进行分享。"江宁生的声音变得坚决而威严，然后他停顿了一下，很尊敬地对郭书记说，"今天郭书记的到来，说明政法委对公安工作的高度重视，也请政法委向省委请示，要求各级党委将安全防范工作提上日程。

刚才朱副厅长的发言，说明他已经对此问题做过调研了，这是一份很有分量的意见。"

整个参会人员被江宁生的讲话所吸引，会场上响起暴风雨般的掌声。郭书记也由衷地鼓掌和点头。

在震耳的掌声中，韦放很惊讶，他没想到，大家提出的建议跟他的讲话是那样的相左，那样的不同！

韦放开始冷静了。以前，是朱光荣和肖虎针对他的工作进行公开批评，甚至是指责。这两个人，和他作死对头，不就是想当副厅长吗？可是今天，江宁生利用大会广泛争取人心，这一目的，他是清楚的。他感到了扑面而来的压力，但他很镇定。

"你江宁生就那么完美吗？常言道，做得越多，错得越多。年轻人，你懂得这个规律吗？打乱这样貌似轰轰烈烈的工作，往往只需要一个环节就行了。"韦放需要的是等待时机。

不深刻了解社会的人很难理解，像韦放这样一种人四平八稳，适可而止，与任何人可以和谐相处，既沉稳又有耐心，能在谈笑之间，轻而易举地打倒任何一个才识卓越的实干家。

会后的一个多月，宁生、肖虎和周舟以及处长们带队频频去各地区调研，落实一系列安全防范工作，解决了基层工作中存在的实际困难，建立了系统化的网络，受到省委领导和人民群众的好评。

留守在省公安厅的成啸和朱光荣，也忙得不可开交。

韦放分管工作也尽心尽责。自从那次会议后，他变得沉默了。郭书记似乎对他也冷淡了。

从二月到四月，两个月了，宁生一直在办公室睡，没回家。

他的办公室，大约十六平方米。一张大办公桌，对面是两个大书柜，书

## 第十九章　安全重于泰山

柜里的书籍有一半是关于法律法规内容的,一半是哲学、历史、心理学方面的。书柜里面还放了两张过了塑的照片,一张是小毅的照片,一张是红旗农场蝴蝶湖和连心树的照片。

书柜下面是滑轮全封闭木板,里面放有被子和枕头,还有他平时的换洗衣服。书柜旁边摆着一张长沙发,沙发前,放了一张茶几,茶几上摆了一套简单的茶具,旁边摆了两盆青松盆景。

办公室还有一个小阳台,朝东,大概四平方米。阳台外面,是一片宽阔的草坪,草坪旁边是公安厅的篮球场,篮球场旁边则是一所中学的足球场,足球场旁边就是一座座山了,群峰交叠。

宁生喜欢夜晚一个人静静地站在办公室的阳台上,抬头望望星星或者眺望远处的群山,可以遗忘各种烦恼,让他放松身心。

宁生的礼拜天也在办公室度过,中午到公安厅对面的小食店买些包子、面条吃,晚上随便凑合一下,就这样度过一天。对于他常不回家的事儿,公安厅的人都知道了,也习惯了。

办公室的方哲看到他长期睡沙发,很是不忍,特意买了一张厚实的折叠床给宁生用。晶晶也经常托方哲给宁生带去家里煮好的饺子和治胃病的药,两口子对宁生又是敬佩,又是心疼。

# 第二十章　终于离婚了

一九九〇年，五一放假，阳光十分温和。

清晨，气温略有些凉，已经早早到来的阳光普照着这座美丽的城市，显得格外温暖，感觉很舒畅。早上九点钟多，平平一个人斜挎着一个灰色提包，穿着一身洁净的浅灰衣服，脚穿一双平跟的黑皮鞋，全身打扮很中性。过节了，她既不穿裙子，也不穿高跟鞋，慢悠悠地到市中心城市广场超市买东西。

进了超市，她远远地就看到了林岚，心里掠过一丝喜悦。

林岚披着长发，穿了一条天蓝色的连衣裙，脚上穿了一双白色的高跟鞋，神情轻松，悠然自身。

去年平平到林岚家里玩，林岚正给女儿扎小辫儿，女儿要求林岚留长头发扎小辫，林岚笑着答应女儿了。林岚给女儿扎完小辫后，就忙着给丈夫丹

## 第二十章　终于离婚了

林准备夏天的衣服，完了又去洗丈夫冬天的厚衣服。那一刻，平平清楚地知道，林岚一心一意地和丹林过日子。

尽管林岚在心中并没有放下江宁生。

林岚一个人推着购物车，专心挑食品。她买了一大堆肉和菜，还有补品，看来她是一大早就到超市了。

平平乐呵呵地赶紧上去拍了一下林岚的手，林岚也高兴地拍了拍平平的肩膀，问：“这几个月怎么不来电话？"说完，她又调皮地说，"怎么？还是一个人来逛商场？""丹林从北京回来了，今天我要炖鸡汤给他喝，做些菜给他吃。平时他吃饭没有定时，睡眠也严重不足，这几天来北海休假，我刚好给他炖汤补一补，督促他好好休息。再做些酱牛肉，让他带去北京吃。"林岚滔滔不绝地说。

平平调侃她说：“你真是个贤妻，又会做菜，干脆这两天我也到你家休假，饱饱你的口福，怎么样？"然后平平又摇头晃脑地说，"反正我是一个人，没人疼！"林岚由衷地笑了，说："欢迎来，我疼你，你过来也帮帮我。"

这俩人认识也快二十年了，在一起总有说不完的心里话，是一对闺蜜。

四月中旬，李玲的父亲病危，宁生几次到医院照看，端药，递水，擦身，尽心伺候了一周，老人家去世了。李玲很是感动。

但是因为弟弟工作的事，宁生拒绝帮忙，李玲又一次绝望了，气呼呼地指责宁生：“你只为自己的仕途着想，不为家里人着想，你根本不爱我。”

为了儿子小毅，宁生试着改善夫妻关系，在节假日陪李玲逛街买服装，带孩子到公园玩。一路上，李玲却抱怨单位的人看不起自己，要求宁生跟她单位的领导打个招呼，提拔自己。宁生诚恳地告诉李玲："当领导干部靠的是能力和奉献，要有本事才行。"

李玲一听，马上生气地说：“你也看不起我！很多的领导干部都提自己老婆当官，你为什么不提？你不就是为了保自己的乌纱帽嘛！"

走在街上，李玲居然埋怨宁生穿得太土："一个厅级干部怎么也要穿上一件名牌啊，带上一个名牌手表啊！搞得我这个厅长夫人还不如处级干部的夫人，人家不是泡温泉、吃大餐、看电影，就是跳舞，你从来不搞这些，我也没这个福气……"

一开始宁生还苦口婆心地与李玲沟通，后来他明白了，无论如何他俩不是一路人，各方面都没有共同语言，今后的家庭生活无法继续下去。

冰冻三尺，非一日之寒，因为宁生的长期冷淡，李玲内心积累的怨气，就像火山一样的爆发了。李玲已经不像以前那样不作声，她甚至拿着林岚过去给宁生织的毛衣和白色的衬衣大闹大哭。李玲的怨气越来越多，脾气也越来越坏了，连宁生的父母都反感李玲了。

一个星期天，宁生带着小毅在省委花园玩。刚下过雨，空气十分清新，宁生不由自主地走到连心树旁，看见连心树枝叶繁茂，葱翠欲滴。他眼前浮现出以前自己与林岚在蝴蝶湖边种连心树的情景。那时，他们信誓旦旦要成为夫妻，但最终自己辜负了林岚。这些年，自己带着罪恶感生活，内心很痛苦。

宁生回想自己悲剧的婚姻，婚前无爱，婚后无性，对李玲和他都不公平，如此下去，对孩子也不好。

宁生在工作上不仅是百折不挠、愈挫愈奋的人，在生活上还是一个有情趣的人。这些年，他虽忙于工作，无暇顾及感情，但这并不代表他是一个心中没有爱没有家的人。

当晚宁生告诉父母自己决定离婚，小毅跟谁都可以，但永远是自己的儿子。父母尊重了宁生的意见。

第二天宁生专程到省委顾岩办公室，告诉省委书记，有私事汇报。顾岩

## 第二十章　终于离婚了

看着宁生笑了笑："是不是和你妻子李玲离婚的事？"

宁生感到意外，问顾书记："您怎么知道我们夫妻的事？"

顾书记说："你们夫妻长期分居，在省公安厅早已家喻户晓了。"

宁生说："我们分居十几年了，结婚也是无奈之举。"宁生简单汇报了当时结婚的情况。

顾书记摇头叹息道："既然开始就没有感情，那就离了。"宁生满脸愁云，说李玲一直不愿意离。

顾书记说："好，这事我知道了。不行就起诉离婚吧。"

李玲现在也清楚了，江宁生是一个好人，但他不爱自己。与一个不爱自己的人长期生活下去，对双方都是一种折磨。多年活寡妇的日子，她也受够了！李玲是彻彻底底地想明白了！

一九九〇年六月下旬，双方签了离婚协议书，并按了手印，孩子归李玲抚养。宁生每月给孩子抚养费，一直到十八岁。省公安厅分给宁生一百四十多平方米的房子，归李玲和孩子所有。家里的存款也归李玲。宁生和他的父母要看孩子，随时可以。

当第二天要到民政局办离婚手续时，传来李玲母亲病危的消息。李玲的母亲虽然是个普通的打字员，但人善良正直，对宁生像儿子一样。老人家一直反对女儿女婿离婚，希望女婿能带女儿走正道。

宁生马上到医院找医生说："用最好的药，尽量治好我岳母的病，尽量减轻她的痛苦。"医生讲："李母已到癌症晚期，癌细胞已经四处扩散，一般维持一至三年，很难说具体多少时间。"宁生的父母也拿出了一笔钱，给李玲的妈妈治病。

宁生不想让老人家在最后的岁月里悲伤，打算等老人家走了后，再跟李玲到民政局办离婚手续。

李玲也认同了宁生的意见，她又一次感到他是一个善良厚道的男人。

李玲自己也在想，她给宁生的虽然只是无爱情的婚姻，但是她不会将宁生拱手相让给林岚。

一九九〇年八月，林岚的爱人在成功完成重大项目研究后的第二天，因疲劳过度，在北京中科院实验室里，突发心肌梗死去世了。听到噩耗，林岚悲痛欲绝，立即赶到北京送丈夫。雷彤、宁生、李玲、婉容、晓鹰、周舟、平平、张华，也去北京参加了追悼会。小梅才五岁，林岚一直埋怨自己，没有提醒丹林及时休息，她内心很是痛苦。为了麻痹自己，办完丈夫的后事，林岚忘我地投入工作，不让自己有一丝的空闲。

一九九一年五月，林岚的女儿快六岁了。小姑娘长得清秀可爱，聪明乖巧，小小年纪歌唱得很好，钢琴也弹得很好，让林岚父母晚年有所安慰。五月上旬，林岚带领省科技厅的人员到北海市的各个区和连海省的各个县去调研，准备制定连海省近五年科技发展规划。

小梅跟着姥姥和姥爷，住在北海大学的教授楼里。北海大学正在建新教学楼，工地没有安全的防范措施。那天下午四点半，新请的小保姆忘记到幼儿园接孩子，小梅等到五点多只好一个人回家，途经工地，不幸被高空坠下的瓦片砸中腿部，当晚九点多才被家人找到并送往医院。

林岚得信之后，连夜从外地赶到医院已经是第二天下午了。当林岚得知，小梅的双腿从此不能动弹，要坐轮椅，当场昏厥过去。雷彤马上抱起林岚，安排医院抢救，两个小时后林岚也醒过来了。

头一个晚上，雷彤与林岚的家人一起陪护小梅。由于林岚父母六十多岁了，孩子交给小保姆，家人不放心，雷彤便亲自守了小梅一个晚上，一直到林岚第二天下午回来。

平平知道小梅出事是第二天下午，她马上将此事儿告诉了宁生、周舟和

## 第二十章　终于离婚了

张华。婉容是通过省政府办公厅知道的。大家不约而同地赶到医院看望孩子和林岚，心中都十分悲痛。

特别是宁生，望着脸色苍白的小梅和眼神悲伤的林岚，心被锥刺一般痛。

宁生独自走到医院花园，流下了痛苦的眼泪。突然，他想起在盛京大学读研究生时一个同学，那人现在欧洲某医院当法律顾问，那个医院是专门治这种病的，而且成功率很高。想到这里，宁生转悲为喜，赶紧走进病房，告诉林岚小梅的病可以治愈，他来联系大夫和医院。

林岚看到宁生那双红红的眼睛，听了他的一席话，情绪顿时好了许多。

这时，雷彤也高兴地说："欧洲的这家医院治疗这种病是世界级水平，应该可以治好。"雷彤又亲切地对林岚说，"以后你就不要出差了，专心照看好孩子。"说完，他拥抱了一下林岚，还用手轻轻地拍了拍她的背，眼眶微微泛红，与她告别。

雷彤已经在医院陪小梅二十二个小时了，他迈着疲惫的脚步离开了医院。林岚很是感激这位兄长般的领导。

因为有任务，宁生也不得不与林岚告别。他紧紧地握住林岚的手，她的手冰凉冰凉的，还像当年那样柔软可爱。他多么想拥抱她，给她力量，但是碍于身份，他只是朝林岚倾了倾身。

林岚忍住悲恸，略垂了一下眼帘，百感交集地看着宁生，目光中充满了不舍和悲痛。两人的手久久不愿松手。在病房里，还有周舟、平平、婉容、张华，他们都看出宁生和林岚的感情还是那样深厚。

还是婉容反应快，说："好啦，宁生要工作了，有空再来吧。"林岚听了这话主动松开手，宁生轻轻地说："保重，小梅的事儿交给我！"说完就大步离开了。

一九九一年六月，小梅住院一个月，宁生通过平平专门约好了林岚，一个人专程探望他们母女。小梅的脸色已经红润，精神也好了，林岚的气色似乎也比一个月前好多了。见到宁生，林岚露出了久违的笑容，面颊微微红了起来。宁生也露出了久违的笑容。

他告诉林岚："已经联系了欧洲的那家医院，医院说做这种手术的最佳时间是相隔十八个月左右，因为小梅手术刚刚做完，只有等到明年才可以在那家医院做了。"然后他接着说，"小梅去欧洲做手术的一切费用我出，你不要担心。"

出院后，小梅的生活起居以及林岚父母的生活，宁生也托了都府社区的居民黎姨，找了两个有经验的阿姨，一个照顾孩子，一个照顾林岚的父母，叫林岚和家人住在一起，可以彼此照顾。

宁生还将自己办公桌上的专线电话给了林岚，告诉她有什么事，二十四小时可以随时呼叫他。他还拿出五千元，放进医院床头柜的抽屉里，林岚很感动。

林岚真挚地望着宁生："谢谢您所有的关心！比我想得还周到，但钱不能要。老韩走了，国家发了一笔钱，我又有工资，我父母还能帮些忙。"说完就要掏出那五千块还给宁生。宁生一把抓住她的手腕，不让她打开抽屉，认真地说："那我也还你织给我的毛衣。"这句话太有分量了，也太能激起林岚对宁生藏在心底的情感了。林岚一双星星般的大眼睛饱含泪水，望了一眼宁生，尽量控制泪水不掉下来，垂下了眼睑，没有再拒绝。

宁生目光中充满深情，然后轻轻地松开了她的手，给林岚和小梅各倒了一杯水，林岚也问了宁生家人的情况，最后心疼地说："你瘦多了，看起来睡眠也不足。瞧，内衣的领口也是黑黑的，别老在单位住，回家里，吃热饭菜对胃好，李玲也可以照顾一下你。有个女人在身边还是会好一些。"说到李玲可以照顾宁生生活这句话时，林岚显得有些不自然，有几分惆怅。

## 第二十章　终于离婚了

宁生正想告诉林岚些什么,这时医生来查房了,探病的时间结束了。

林岚看宁生讲半天话也没喝一口水,将自己的杯子递给他喝,宁生一咕噜将水全部喝光,起身告别。走到病房门口,宁生调皮地回头,头一歪,做了个打电话的手势,林岚和小梅开心地笑了。

# 第二十一章 有的橘子比醋还要酸

一九九一年八月初,小梅的伤口基本愈合,还有十多天就可以出院了。这天是星期天,一大早,林岚和父亲就来到医院,林岚帮小梅洗澡、喂饭……正好平平也来探访,小梅也要休息了,林岚将孩子交给父亲照看,就和平平一起出去了。

林岚提议,快到中午了,俩人到红岗信息园雅韵西餐厅吃饭,那里的咖啡很好喝。平平回答:"好。"

一路上,林岚心中十分惆怅,神色凄然。因为今天恰逢是丹林逝世一周年的日子,因她照顾不周,女儿受伤致残,真对不起丹林!

宁生介绍的欧洲医院有希望,但对小梅有没有帮助还是个问题。如果治不了,女儿就终身残疾了。想到这里,林岚不由得默然落泪。看着林岚苍白的脸，知道她内心悲伤，平平自知无法劝导，只好紧紧牵着她的手默默往前走。

当她俩走到飞翔湖边的一棵大树下，被眼前的情景惊呆了。只见一个大约十七八岁无腿的男孩正在练一对沉重的哑铃，大概已经练了一段时间了，男孩满脸通红，大口喘气，豆大的汗珠像雨水一般从他的脸上流下来。一会儿男孩子不练了，用干净的毛巾擦擦汗水，换了一件干衣服，然后打开录音机学习英语。

这时，男孩还想喝水，但他带来的水喝完了。林岚和平平马上买了两瓶矿泉水、两瓶牛奶和三块三明治，送给这个男孩。男孩开始不要，但看到两位阿姨真挚的眼光，不好意思地接受了，红着眼圈说："谢谢阿姨！"

林岚问小男孩叫什么名字，他回答："王伟。"他还告诉林岚，前年因为一场车祸，他失去了双腿，而他的父母当时就去世了，现在由叔叔抚养他。他准备出国参加残奥会，回来后再参加高考。他报考的专业是英语，他从小就喜欢运动和英语。

当讲到参加残奥会和参加英语考试时候，男孩那张年轻的脸又充满了向往，没有一点点悲观和颓废。

王伟，太让林岚和平平感动了！他失去了双腿，还失去了双亲，仍然对生活充满信心，心理太强大了！

林岚和平平向王伟告别，平平要了王伟的地址，准备将此事做一个专题报道，并通过媒体请大家帮助王伟实现梦想。林岚也将自己的单位地址和电话告诉了王伟，并亲切地告诉他，有什么事可以找她。临别前，林岚还像慈母一样拥抱了王伟。

林岚和平平一起走进咖啡厅，吃完西餐，喝咖啡时不由地说起了王伟。林岚用茶勺在咖啡杯子里不断地搅拌着，陷入了沉思。过了一会儿，她说：

"我的处境比王伟好多了。无论比赛是什么结果，在我心中他已经是冠军了。如果我们的路上有一百个障碍，就给它一千个跨过去的理由，就算不快乐也不要皱眉，只有内心坚强，想办法解决，就会有出路。"平平赞同地点了点头。

两个人慢慢地品着咖啡时，平平问："雷彤对你有那个意思，他人品不错，条件也好，你可以考虑与他在一起，走完人生路。"林岚喝了一口咖啡，沉思了许久，说："与丹林结婚，我已经感到在精神上对不起他了，虽然我曾努力地爱他，但宁生的影子已在我心中开花结果了。现在，我心里没有位置给雷彤了。也许，除了江宁生，这辈子我无法再接受任何人了。"然后林岚停顿了一下，又平静地说，"今后，我仍然会远远地看着宁生，祝福他和李玲生活幸福。这是命运的安排。"

"像刚才那个男孩，他的至亲都走了，还是个残疾人，他却像阳光一样灿烂地活着。我希望像他一样。"林岚信心十足地说。

平平听了，摇了摇头说："你真的放下宁生吗？当局者迷，旁观者清。你每次看宁生的眼神，都流露出满满的爱和牵挂。"

林岚说："我已经多次警告和批判自己了，我和宁生以后少见或者不见面就是了。"

一九九一年八月中旬，小梅出院了，住在姥姥家。两个阿姨也来到了林岚家，精心照顾林家老少。这些年女儿、外孙女发生的这一系列事情，让林岚父母格外珍惜亲情。

林岚每次下班回来，看到活泼可爱的女儿，再与父母聊聊生活和工作，渐渐接受了现实，慢慢地走出来了阴影，情绪也开始稳定了。

八月底，她又全心全意地投入工作，像从前那样与省科技厅的同志一起下乡，开会调研，还到上海、北京出差。

## 第二十一章　有的橘子比醋还要酸

十二月中旬，完成了连海省五年的科技发展规划，规划吸纳了发达国家的经验和技术，又结合连海省当下的科技水平，制定了一系列落实措施。

此规划交到专家委员会和省政府常务会讨论，也获得好评。

分管科技的雷彤，专程到省科技厅探望大家，却了解到林岚因为忙于工作，得了肺炎住进了医院。

雷彤老婆两年前因患癌症去世，唯一的儿子又去了澳洲留学，四十七岁的他对林岚本来就有好感，林岚丈夫去世后，他就明追了。星期天，一大早他就叫保姆炖好鸡汤，买了鲜花和一篮子水果，又叫司机开车送他去医院探望林岚。

林岚刚入院时，精神疲惫，经过治疗和休养，她的脸庞开始恢复红润了。雷彤跟林岚握了握手，亲切又温和地交谈了工作上的事儿。

他俩平时交谈都很自然，因为雷彤文质彬彬，对林岚如妹妹般照顾，林岚也不防备他。今天，他坐到林岚的床边，拿起桌子上的鸡汤喂她喝，林岚一下子红了脸，极力拒绝。

这一幕，恰好被看望林岚的宁生和平平撞见，雷彤十分尴尬。他满面通红，不好意思地从床边坐回凳子上。

林岚看到宁生来了，不由得喜形于色，脸上顿时红扑扑的。大家都看明白了。宁生看她的眼神也是满满的疼爱。

这时林岚看了看大家说："雷省长，大礼拜天的，您也来半天了，回去休息吧，鸡汤留下，我慢慢喝，水果和鲜花我也收下，谢谢您！我过两天就出院了，没什么事我就上班了。"林岚这样说是下了十分客气的"逐客令"，雷彤也听明白一切了，十分有风度地告辞了。

病房里剩下宁生和平平，他俩询问林岚的病情，林岚说是搞规划累病的，休息一段时间就好了。平平说自己去洗手间。

177

病房里只剩下宁生。这会儿，宁生望着鸡汤，想到小梅受伤的那个晚上雷彤守了一夜，临行前又拥抱了林岚，再联想雷彤的目前家庭情况，明白雷彤对林岚的心思了。他醋醋地说："快喝吧，别再放凉了，让别人惦记了。"

林岚白了宁生一眼说："凉了也不喝。"然后扭头望着右边的窗口，不再说话。

沉默半晌，她又转过头来说："我永远都不喝。"说完一双明亮的大眼睛，郁闷地看着宁生。

是啊，当初，两个人为婉容和晓鹰彼此吃醋，但那个时候，他们是没有家庭和身份牵绊的，闹一会儿就过去了。

现在，一个是有妻之夫，一个是丈夫才去世一年的寡妇，还都是省里的干部，是有"身份"的人，要表达什么都不是那样简单了。

两人也不可能回到从前了。

两人竟僵持在病房里。十多分钟过去了，林岚发现宁生还站着，她从床上下来，将凳子往自己的床边拉了拉，叫宁生坐下。

林岚用自己的杯子倒上水准备递给宁生，想一想不太妥，就拿了一瓶没有开盖的矿泉水给宁生。

宁生不拿那瓶没开盖的矿泉水，却拿起林岚的杯子，脸色微带喜悦慢慢地喝着。

宁生想告诉林岚自己已经跟李玲达成离婚协议的事儿，但又觉得此刻讲不太合适。

林岚顺手剥了个橘子给宁生，宁生也接过来慢慢地吃着，林岚发现宁生的内衣也是脏脏的，脸上胡子拉碴的，眼圈黑黑的，一看就是工作太忙，没时间照顾自己，生活上随便应付，林岚竟心痛得哭起来了。

林岚关心和体贴自己的眼神，宁生是十分熟悉的。

## 第二十一章 有的橘子比醋还要酸

说什么好呢？还是宁生诙谐地说："有的橘子比醋还要酸，我这个橘子很甜，一点也不酸，没酸味！说完拿起两片给林岚，"不信你尝尝。"一通话说得林岚梨花带雨，用手掩着嘴扑哧笑出声了。

宁生深情地看着林岚，她还像以前那样可爱、率性……

一会儿，护士过来通知要打针了，请探访者马上离开。

林岚叮嘱宁生："今天是星期天，快回家休息吧，好好补觉啊！"紧接着，她边沉思边坚定地对江宁生说，"谢谢你这段时间对我和小梅的关心，小梅的腿到了治疗的时间我会主动找你的，除此之外，你不要再来找我了，也不要看我了。"

"我们已经不再是过去的我们。"林岚含泪强调道，"已经发生的事情虽然很无奈，但我们要尊重当下的事实，尊重彼此的爱人。"

她又痛苦地对宁生说："你时常来看我，对你的工作、前程和家庭都不利，社会容不下这些东西。经常看到你，也会引起我感情的波动，我也无法安静地过日子。"停了片刻，她又沉重地说，"也为了所有人的安宁！"

宁生默默地听完，正想对林岚说什么，就听到走廊里护士推着小车过来了，对她说了一句"你好好休息吧"，然后转身往病房门口缓慢地走了几步，又转身看了看林岚，笑了笑，向她摆摆手走了。

又是一个多月过去了。

北海市的冬天，蓝蓝的天空总是挂着太阳。

一九九二年春节的第一天，天气寒冷，但在阳光下，一切都显得格外温暖，好像整个城市，都被种上了阳光。

今天，雷彤满面红光地提了一篮水果和两罐奶粉，走进了北海大学的教授宿舍，去看望林岚和她的家人。

林岚上身穿一件浅杏色的高领毛衣，下身穿了一条浅棕色的毛呢裤子，长长的秀发披在肩上，富有曲线的身材显得十分年轻，白白的脸庞是那样的标致。

看到笑容可掬的雷彤来了，她先是一愣，显得有点意外，但也很高兴。雷彤脱去呢子大衣，林岚接过来，用衣架将它挂起来。

林岚热情地请他坐，忙着给他削水果，她知道雷彤喜欢喝咖啡，又给他磨意大利咖啡，一边磨咖啡，一边问他放糖还是牛奶，雷彤说都不用。林岚双手递上一杯香喷喷的咖啡给他，又给父母和自己也倒了咖啡，加了些牛奶，咖啡的香味在整个客厅弥漫着，很是温馨。

林岚的父母在小梅住院的时候就认识了雷彤，他们跟雷彤谈得很愉快，也十分投缘。林岚的妈妈和雷彤都是杭州人，而且都在杭州一个知名中学读过书，虽然相差十几年，但也算是校友。看到雷彤对女儿特别上心，她什么都明白了。

快到中午了，林岚没有留雷彤吃饭，而是将雷彤的呢子大衣拿下来帮他穿上，自己也穿上浅灰色大衣，戴上白色羊毛围巾，送他出来。

寒假学生们都回家了，校园里很清静，他们俩在林荫小道上默默地走着。还是林岚打破了沉默，说她从小在校园里长大，校园里有桃花林、荷花池、桂花林、梅花林等。

当经过一片桃花林，望着那些含苞待放的桃花，林岚停下脚步，皱眉凝思，缓缓说："春天，桃花盛开，千姿百态，花美芳香。然而，桃花的美可以重来，世间的情却转瞬不在，爱是那么的无奈，总是让人无法释怀。"然后她又郑重地说，"感谢您的光临！您是我的领导，在您手下工作，可以充分发挥自我价值，也让我心里感到踏实，您在我心中如同兄长，我永远感谢这份珍贵的亲情。"

这下雷彤算是彻底明白了。他沉静了一会儿，握着林岚的手说："你在农场跟江宁生有过不寻常的友谊，我都听说过了。江宁生虽然是一个很优秀的人，但他现在是一个有家庭的人，你什么时候放下这段感情，想通了，我都等着你，而且是永远。"

林岚感动了，眼睛微微泛出泪水，说："谢谢您！"

雷彤真诚地握着林岚的手说："我希望，我能改变你对生活的态度，能给你带来新的生活和幸福。"

"这不可能，没有任何话能打动我了。"林岚想抽出手。

"是的，世界上有许多事情不是靠说话来解决的，是靠时间。"他果断地甩掉她的手，转身叫上的士，上车了。林岚愣了一下，但她很快地向雷彤扬扬手，大声说："祝您新年愉快，身体健康！"

当天晚上，父母有意夸奖雷彤，试探女儿的口气，林岚干脆地告诉父母，对雷彤是兄长一般的感觉，现在是，将来永远都是。

在今年五一节，父亲的学生方南，来探望林岚和他的父母，他现在是连海省大学中文系的副教授，四十三岁，也是单身，多年来一直喜欢林岚，并且表示可以照顾好小梅。

父母说："我们都老了，往后你一个人带着小梅过，也许是挺难的。丹林去世快两年了，方南也许是合适的人选，你可以考虑与他重新再组建一个家庭。"林岚听完，认真地告诉父母："我在八年前跟丹林结婚，以为可以忘掉宁生，事实上，没有忘掉。当下，我还有小梅陪伴，还有你们，希望你们不要跟我再提结婚的事。我也不会去打扰和影响江宁生的家庭，我会远远地祝福江宁生一切顺利！"

父母知道女儿的执着，也就不再说什么了。

# 第二十二章　我们的这种情感一生只有一次

一九九二年，中国改革开放已经十四年了，人民的生活水平已经明显提高，国家经济发展也越来越好了，国家对教育和科技越来越重视了。

北海市建立了两个大图书馆、一个音乐厅，还有科技馆、博物馆和艺术馆，以及几个大的批发市场，个体户和民营企业如雨后春笋般涌出。

各种利益关系都在冲突着、对抗着，或者统一着，下岗的人越来越多。连海省是一个港口城市，走私案和各种盗窃案也突然增多了。因此，省公安厅的工作非常忙，江宁生新分管的工作是整顿治安和打击走私案。

新年伊始，宁生又投入紧张的工作中，干脆住进了办公室。过了半年，盗窃案和走私案才得到了控制。

七月一日那天，在省委礼堂开庆祝党的生日大会，他远远地看到了林岚。

## 第二十二章　我们的这种情感一生只有一次

他想，是该找个时间跟她好好谈谈了。

他想和林岚结婚，朝夕相伴，相濡以沫，共同走完下半生。

他明白，林岚躲着他，也是出于无奈。林岚不知道，他和李玲已经签了离婚协议……

因为平平是党报的副总编，还是一个极有活动能力的记者。平平经常来公安厅取新闻报道，宁生也从她口中知道，林岚现在一切安好。

一九九二年九月，四十二岁的江宁生被任命为连海省公安厅厅长。

朱光荣被任命为常务副厅长，周舟被任命为副厅长，肖虎和韦放仍为副厅长，成啸退休了。

在任命前举行了民主测评，江宁生的票数虽然不是全票，但也接近全票。反之，韦放的票数比例约占百分之四十。韦放心里凉冰冰的，满脸掩饰不住失落，委屈地去找郭书记诉说："我这个人当领导没那么多新花样，我主要给大家调解各种矛盾，在公安厅起个稳定作用，能让同志们安安心心地去发挥各自的作用。"

郭书记为难地说："你是个好人，但未必适合当第一把手。"

在欢送老厅长退休宴会上，六十二岁的成啸高兴地说："终于可以安心地退休了，交给宁生负责，省委和大家都放心！嘿嘿，我也是宁生的伯乐啊！"那天，成啸高兴地喝了许多酒，大家都兴高采烈地祝成啸安度退休生活！

宁生和周舟已经认识二十二年了，在公安系统合作十年，彼此了解、欣赏，工作默契。周舟说宁生，二十年前还有些斯文，现在愈发成熟，当年的斯文不见了。是呀，人到中年，工作压力大，真可以改变人的面相、性格、心智等一切。

四十二岁的宁生，基本每天下班后都会在办公室举一举哑铃和做俯卧撑，练练自己的臂力。这种运动虽然每次只需二十分钟，长期的坚持，倒让宁生练出了厚厚的胸肌。空闲时，他要么和同志们打打篮球，要么听一会儿音乐或吹吹口琴。其他时间，宁生都在省公安厅夜以继日地工作。

好在这几年，在省委的培养下，省公安厅一批有党性、有血性、有素质的年轻干部已经成长起来了。公安干警为民办事的水平越来越高了，基层建设也开始越来越规范了……

宁生他们忙得有计划，有条理，一切进入正规。省委政法委和省公安厅愈来愈坚如磐石。

林岚也在忙着落实全省的科技规划，经常下乡作调研和抓落实。小梅住在外婆家，好在宁生找的阿姨认真负责，让林岚可以放心地工作。

一九九二年国庆节，恰逢红旗农场田场长七十岁大寿。老田邀请了宁生、林岚、婉容、晓鹰、周舟、平平、李玲去他们家庆祝。田夫人为此准备了好些日子，酿米酒，裹糯米团子，包饺子，捕鱼，杀鸡，宰鹅，忙得团团转。

二十年了，大家只见过一次。今儿虽人不齐全，但大家欢聚一堂，而且个个颇有声望，让老场长骄傲不已。

宁生是省公安厅厅长，婉容是省委机关干部，林岚是省科技厅副厅长，周舟是省公安厅副厅长，晓鹰是市规划局局长，平平是省党报副总编辑，李玲是省外经贸委副处长。

老田好不高兴，喜滋滋地说："红旗农场出人才啊！"

小青已经结婚了，在当地小学当老师，生了一对龙凤胎儿女。小树已经从大学毕业了，在场部农业技术部工作。

四个女知青已不是当年的小姑娘了，人到中年万事忧，虽然大家表面上高兴，但每个人都有心事。

林岚丈夫去世两年多了，虽然逐步走出了阴影，但女儿小梅的腿还没有好起来。

## 第二十二章　我们的这种情感一生只有一次

李玲已经与宁生离婚，虽然还没有办手续，但她心里很郁闷。

平平的父亲催她结婚，她烦透了。家、亲戚、朋友及社会，都觉得她不正常。

婉容与晓鹰这对夫妇表面恩爱和睦，实际同床异梦，为了政治前途，演戏而已。

父亲已从副省长的位置退下来了，晓鹰没法像以前那样风光了。

婉容明白，晓鹰的处境是如履薄冰，他自己还狂妄自大，迟早会出事的。

晓鹰见到林岚，很有风度地与她握了握手，他对漂亮女性的强烈兴趣和二十年前一样浓。林岚依然是那么美，白白嫩嫩的，没有皱纹的脸依然生动地洋溢着女人的光彩和气息，胸部还是那么丰满。晓鹰眯着眼睛，盯着林岚看，眼中充满了淫光。

晓鹰知道林岚看不上他，林岚礼貌性地与晓鹰寒暄了几句，扭头去找小青和小树兄妹了。

晓鹰这副德性，婉容早就见怪不怪了，她此行主要想与宁生进一步接触。她急急忙忙找宁生讲话，宁生却和老田谈得难舍难分。

晚饭后，林岚约上平平，俩人一起到蝴蝶湖边赏月。到了那里，却见宁生一人静静地坐在连心树旁，仰望着星星和月亮。平平见状，推说喝了酒头昏，想早点回去睡觉，先走了。

湖边只有宁生和林岚。从一九七四年秋天种上连心树到现在，已经十八年过去了，林岚三十九岁了，宁生四十二岁了。月光下，两人彼此凝视，彼此打量。林岚，还是那么美丽，仅仅多了几分成熟和从容。宁生，还是那么帅气，多了几分刚毅和沧桑。

今天算是度假，林岚穿着白色的无领连衣裙，黑黑的长发在颈后打了一个结，又缠绕着白皙的脖颈搭到胸前，因为遇见宁生脸泛起红晕，眼睛闪现着喜悦。宁生看到林岚，也感到一种愉快的冲动，连生理上也有一种微妙的反应！

两人不由得看了看旁边的那个小棚子，十八年了，它依然存在。十八年前在那个小棚子发生的事，似在昨日，那美好的幸福和甜蜜似乎又一次涌来……小棚子居然用新的竹子固定在草坪上，大概村民都喜欢来这里游泳因而才保留的。

宁生控制了激动的情绪，告诉林岚："小梅明年初可以去欧洲医院治疗了。"然后他关切地问，"老韩走了两年多了，你还好吗？有什么打算？"

林岚仰望着天空忧郁地说："没有什么打算，努力工作，照顾父母，带好孩子吧。我现在心随境迁。"说完看着宁生问，"你和李玲过得好吗？"

"不好。正准备办离婚手续。"宁生干脆地回答。

"你们离婚？"林岚十分震惊。

过了好一会儿，她又矛盾又真挚地问："不能挽回吗？为了孩子。"

"不能！我们结婚本来就是个错误！婚后，我也尽最大努力和她过日子，结果双方都很疲惫，没法过下去。李玲也想通了。"宁生回答。

宁生拉着林岚走到湖边坐下，告诉林岚："我已经找省委顾书记谈了，顾书记也支持我！我也向组织部汇报了要与李玲离婚的事，组织部提醒我，我现在是后备干部，稳定的婚姻是考察条件之一，劝我暂时不要离婚。但我对组织部讲，如果为了升官而保持婚姻，我宁可不要！不幸福的婚姻，对我和李玲都是折磨，都不公平！我和李玲已经在一九九〇年六月签离婚协议了，只因为李玲的母亲病危，才拖到了现在。"

在月光下，宁生侃侃而谈，他的眼神是那样的坚定！

宁生和李玲离婚，林岚是没有想到的。这件事对林岚来讲，来得太突然了！

## 第二十二章　我们的这种情感一生只有一次

是啊，当初宁生和她那么相爱，仅三个月就情断梦碎，让她对宁生心生怨恨！

万籁俱寂的深夜，他俩仰望明月，凝想入神。

此时，王子山下树影婆婆沙沙声，鸟儿啾啾声，像爱的心曲一样陶醉着两个人的心。

林岚看了看手表已是深夜十二点了，两人都没有要走的意思。十八年了，第一次细聊，两个人心中都渴望回归，能成为夫妻。

这两个人真有意思，总是在秋天相遇，宁生脱下外衣给林岚披上，然后轻轻地搂着林岚，说了一句："我们这种情感一辈子只有一次。"林岚顺从地斜靠在宁生的怀里，突然哭了起来，对宁生说："我已经不是以前的林岚，我结过婚生过孩子，孩子还是个残疾人，命运真会捉弄我……"

宁生真挚地说："过去、现在、将来我永远爱你，你永远是我心中完美的林岚！小梅我会当成自己的女儿，帮她治病，万一治不好，我们一起面对！过去，我们曾发生的事情，是无奈的，今后……"宁生停顿了一下，"也许面对的事情更复杂了，只要我们彼此信任，还怕什么！"

林岚感动地点了点头，想起这些年发生的事情，又悲怆又痛心，扑在宁生的怀里哭了又哭。林岚柔软的身体、羊脂般的脖子和丰满的双乳让宁生身体一下子颤动起来，他紧紧地箍着她的身子，十八年前的感觉又强烈地回来了。但宁生还是控制了汹涌澎湃的情感。

林岚温柔地望着宁生，她的眼神是感动的、幸福的。然后，她从宁生怀里不情愿地挣脱出来，望着月亮自言自语地说："这些年我都在想你，虽然跟老韩结婚了，我也下决心跟老韩一心一意地过日子，但你的影子在我脑子里怎么也抹不去。"

"如果爱一个人会这么痛苦，我真希望人类都没有感情！"林岚不由自主地说。

宁生感同身受地望着林岚说："我们这种情感一辈子只有一次。"两人又一次紧紧地相依相抱在一起，宁生深深地吻着林岚……天快亮了，经过一夜的倾谈和缠绵，两人多年郁闷的心情释放了，也更理解对方了。

看到快要升起的日出，他们感到山水有魂，草木有韵，两情相悦，历久弥新。两个人凝视着彼此愉快地笑了。

第二天听到李玲的埋怨，那一夜，宁生和林岚不在招待所住，婉容知道发生了什么。虽然婉容心里希望他们俩离婚，因为李玲和宁生这俩人压根就不合适！但离婚了，宁生必须归她。现在还得利用李玲帮自己，还得听李玲送宁生的信息给自己。

当前林岚也是单身，这才是最大的问题！

林岚是自己最大的威胁，婉容心里纠结了，甚至是愤怒了！

# 第二十三章　有理有据滴水不漏

一九九二年十月上旬，顾岩告诉宁生："有一个走私案，是一个特大的案件，涉及省里一些官员及企业家。"

连海省是国家重要的口岸，现在国家海关与连海省公安厅联合办理此重大案件，公安部也派了两名刑侦处长协助，省委书记吩咐："宁生必须亲自办理，必须抓到走私人员及有关人员，犯罪属实的，一律严惩不贷！"

在办案期间，宁生他们做了必要的保密工作，宁生本人一直住在单位，随时查记录，分析案情，开会研究。但连海省的一些涉案的大企业家却连连来宁生办公室拜访，以重金行贿宁生，都被宁生拒绝。

可是不久，宁生却收到省法院的传票，告他"受贿三百万人民币"，怎么回事？宁生微蹙着眉，脸色沉郁地到法院，法院出示的证据是其夫人李玲在家受贿人民币三百万元整,钱已放在自己家里了,有照片为证。这可气坏了宁生,虽然不是宁生直接收钱,但法律上宁生和李玲还是夫妻。

宁生这几年大力整顿公安队伍,撤掉了几个不作为的处长、几个无所事事的科长与派出所所长,得罪了不少人。加上宁生十年连升四级,嫉妒者大有人在。这时,有部分人联名上报省委,要求严惩江宁生,并且马上将其撤职查办。

公开联名上告的人,有原来的四位处长及六七位派出所的所长。

在法庭上,宁生出示了一九九〇年六月他与李玲签订的离婚协议书,并讲明因为李玲母亲病危迟迟未办离婚手续等原因。

事实上,宁生根本不可能让李玲受贿,但他俩毕竟没办离婚手续,在法律上仍然是夫妻关系。

因为情况特殊,法院暂时休庭一周。

当晚江宁生决定回家找李玲问个究竟,可他回到家,看到家里只有母亲和阿姨两个人,家里静悄悄的。

看到儿子回来,母亲很是欢喜,步履蹒跚地帮阿姨给宁生弄饭。宁生打量着母亲,她的脸色比以前更苍白了,皱纹也更多了,讲话的声音更微小了,他心中涌起一阵酸楚。母亲睁着一双略微混浊的眼睛,告诉宁生,李玲带着孩子今天上午去广南省了,她今天下午才知道。宁生的父亲到上海开会去了。宁生不忍告诉母亲,是因为三百万元的事情回来的,只是回答母亲:"想小毅了。"江宁生快速吃完饭,家里的饭的确好吃,尽管他今天没有什么心情。

吃完饭,他还是像过去那样,先是给母亲按摩了双臂和双手,又给母亲端来一盆热腾腾的洗脚水,边给母亲洗脚,边温和地告诉她:"现在北海市建设得很漂亮,特别是科学馆很有看点。等放假了,我带你和爸爸一起观赏。我现在很好,您放心。"然后给母亲端了一杯开水,拿着她要吃的药,叫她吃

## 第二十三章　有理有据滴水不漏

完药早点休息。

扶母亲回到卧室后，宁生也回到卧室。

他马上打电话到广南省，父亲那里的电话没人接。现在，李玲和儿子到广南省住哪里了？当晚，宁生失眠了，但他有种预感，李玲是不会收那三百万元的。会不会有其他的原因呢？李玲做人还是有底线的。但如果她真的收了，他只能接受法院的判决了。

这时一个人救了宁生，她就是婉容。

这真是"踏破铁鞋无觅处，得来全不费工夫"。

几天前，李玲收到现金三百万元时很慌张，急急忙忙找婉容商量。

婉容问："宁生知道吗？"

李玲回答："宁生不知道。如果宁生知道，肯定不会让我收三百万元。"

婉容又问："你准备怎么办？"

李玲讲："我和宁生就要离婚了，早在一九九〇年六月我们就签订离婚协议了，只是因为我母亲病危，才没有去民政局办手续。做了十几年的夫妻，我很了解宁生，他从不占公家便宜，连别人送的烟、酒、奶粉都退回去；我们的存款只有十万多元，宁生也将存款全部留给我和孩子；宁生的父母也准备给我们十万元。但现在物价这么贵，我也曾想拿了三百万元养老。"

李玲又很矛盾："其实，我也知道这是犯法的。但行贿者说，我如果不收这三百万元，他们会拿小毅的生命开刀，所以我不得不收啊！现在我也想尽快交回给组织。"

婉容说："你知道拿了三百万元是犯法的，要判刑的，还是退回去吧！你如果收了，在法律上你和宁生仍是夫妻，宁生的政治生命很可能被这事儿毁掉，你将来怎么面对孩子和宁生的父母？而且你直接受贿，是要坐牢的，至少判个八年十年的。至于这些歹徒要拿小毅作筹码，我们马上报警保护孩子。"

这么一讲，李玲马上要求婉容陪同她一起将三百万元交给法院。

婉容还将自己与李玲的全部对话都做了录音，并将录音磁带也一起交给了法院。面对人证物证，法院宣判江宁生无罪！宁生没有被撤职，只是虚惊一场。婉容还建议李玲马上带孩子去广南省宁生的父亲那里住一段时间。

事情发生得突然，也解决得圆满。

幸好李玲没有要那三百万元，小毅有这样的妈妈，宁生也算是放心了。

同时，宁生也很感激婉容！

一九九二年十二月初，李玲的母亲去世了。

一九九三年一月初，江宁生与李玲到民政局办理了离婚手续。

二月，婉容也与付晓鹰到民政局办理了离婚手续。他们的女儿，已经十四岁了，归付晓鹰家里抚养。

离婚后不到一个月，晓鹰因贪污受贿数额巨大、生活作风腐败等问题，被检察院依法批准逮捕。晓鹰被判处十五年有期徒刑，并没收个人全部财产。

因为忙着办理这个走私大案，宁生还请了老局长成啸出山帮忙。成啸虽然六十多岁了，但精神矍铄，因他经验丰富，熟悉有关人员的情况，终于在一九九三年二月中旬将此案破了，挽回损失六十多亿人民币，海关某副关长以及几个知名的企业家纷纷落网。

一个扎心的证据摆在面前，三名企业家一致举证，六年来，他们向省公安厅的钟汉行贿人民币两千多万元，其中一千万元汇给了钟汉在国外的儿子，铁证如山。

成啸看了，内心很不平静，种种思绪如潮水滚滚而来，在朝鲜战场上，钟汉无所畏惧，多少次与敌人搏杀，甚至奋不顾身地救他，如今……成啸的眼睛渐渐湿润了，他沉重地告诉宁生，先不要逮捕钟汉，他要去钟家走一趟。

## 第二十三章 有理有据滴水不漏

当成啸走进钟汉家的院子里,钟汉仍显露出军人气派,昂首挺胸,阴沉着脸,怒视成啸。成啸含着眼泪,恭敬地对钟汉鞠了一躬。"小虎子,不管在哪里,我都不会忘记您救了我的命,不会忘记那个正气凛然、舍生忘死的钟营长!"

钟汉愣了一下,接下来冷冷地说了一句:"如果不救你,我就不会有今天了。"

成啸听了,声泪俱下地说:"当年,您教导我们要用鲜血和生命保卫新中国,多少多少的战友走掉了啊……他们都在天上看着我们呢!"他手里拿出那两条珍藏的皮带,皮带已经褪色,鲜红的血已经变黑褐色。他全身颤抖,说不下去了。

钟汉惊愕地盯着那两条皮带,全身颤抖……他先是用眼光仰望着天空,然后才环视了茂盛墨绿的树木、绿色小房子、五彩缤纷的花朵、金鱼池、太湖石假山。他略蹙起眉,深沉地看了成啸一眼,目光中含着对他讲话的思索和理解,轻轻地说了一句:"建设中国是需要你这样的'二愣子'"。

成啸,目睹自己的救命恩人、战友被人带走,看着钟汉离去的背影,他用右手的拳头狠狠地砸向花园里那座假山的锐利山峰,顿时鲜血溅满了一片太湖石。

郭向荣随后也来到钟汉家里,满脸愤怒地盯着远去的钟汉。

从接案到破案,用了将近五个月的时间,有关公安人员废寝忘食,没日没夜地工作。宁生还特别感谢成啸,他和周舟商量利用星期天及补休陪成啸到蝴蝶湖游玩两天。

但成啸既没有喝酒也没有去游玩,而是到了吉林省东辽县白泉镇秀山——他的家乡,去看望小虎子那八十九岁的父亲和八十六岁的母亲了。

一九九三年二月,欧洲的同学通知宁生,小梅可以入院了,机票已定好了。由于林岚脱不开身，只好由林岚的表妹陪小梅去。手术定在二月底，两个月后就可以回中国，然后在专业医院康复三五个月，大概就可以康复了。

直到三月初，宁生才想起要感谢婉容。怎么感谢呢？宁生头疼了。宁生问周舟，周舟调侃地说，谁叫你是个"情圣"呢！又帅又能干，从农场到公安厅，多少女孩子仰慕你，你是"风流韵事"不断。宁生说："周舟你又胡诌了，能不能正经点？"

周舟说："婉容想与你结婚谁都能看出，但她现在没有跟你直接表白，你就装作不知道。不如单独请她吃个饭，专程感谢这件事。"宁生犹豫地说："请她吃饭，感谢她应该。但你必须和我一起去。"

"行，舍命陪君子！"周舟爽快地答应了。

一个星期天的中午，宁生、周舟、婉容，三人在北海市的五星级饭店一起吃饭。

那天中午，婉容心情很好，外面穿着一件白色的大衣，里面穿着一件紧身淡黄色的羊毛连衣裙，精心打扮后来赴约了。

婉容一张白皙的鹅蛋脸，一双引人注目亮晶晶的丹凤眼，多年在机关见机行事练出的职业微笑依然浮现在美丽的脸庞上。进了饭店见到宁生和周舟，婉容脱下大衣，淡黄色连衣裙勾勒出苗条丰满的身材。她高兴地上去主动握了握两位男士的手，热情有礼貌地说："祝贺你们啊，破了大案，国家海关都表扬你们了，我应该请你们吃饭，你们倒请起我来了。"一番幽默地调侃，大家的心情都放松了，也愉快起来了。

宁生说："今天专程请你，是由衷地感谢你妥善处理三百万元的大忙！你还原事情真相，实事求是，做得滴水不漏，连我们学法律专业的都佩服，在此谢谢你！"

婉容眉毛一挑，用亮晶晶的丹凤眼盯着宁生说："你客气了，咱们相识二

## 第二十三章　有理有据滴水不漏

十多年了，你这个人我最了解，以后有什么事找我吧，我现在是单身了，是自由人。你也是单身了，没想到咱俩的命运一样，过了二十年，都与志不同道不合的人分手了，为我们的勇气干杯！让我们一起迎接新生活。"婉容似乎开始激动起来了。

宁生和周舟两人不经意地交换了一下眼神。

宁生接着诚恳地说："你在省委机关工作多年，工作积极，廉洁自律，在工作上是个有前途的女强人。听说晓鹰在牢里揭发了一些官员受贿的问题，立了功劳，应该会减刑。他在牢里常念叨你和孩子，你是他的希望所在。"

聪明伶俐的婉容听出宁生的意思了，她对宁生说："晓鹰再改造也是个人渣，我绝对不会与他重归于好了。二十多年了，我了解他，作为孩子的父亲，我会适当地帮助他，但我和晓鹰的戏应该谢幕了……没有感情基础的婚姻是不道德的，不是吗？你不也是这样吗？婚姻的重新组合是社会的进步，有情人应终成眷属。我会找一个二十多年前在农场就认识的男人，我一直全身心地爱他，我们也都彼此了解。"说完用炽热的眼光盯着宁生，漂亮的脸庞红通通的，像抹了一道胭脂。

看到婉容越讲越激动，宁生对周舟说："下午有一个案件分析会，公安部在我们厅召开，现在已经两点多了，咱们该走了。"婉容只好客气地与宁生握手道别了。

# 第二十四章　洁白的茉莉花如圣洁的天使

在一个星期六，林岚中午赶写了一个报告后也没休息，已经超负荷地工作了一周了，身体很是疲劳。下午开大会时，林岚感觉头昏脑涨的。五点半散会后，林岚给母亲打了电话，告诉母亲自己今晚回科学院休息。回到科学院的家，她晚饭也没吃，服了几粒安眠药就一下子睡过去了。

下午开大会是省委传达中央文件，看见林岚脸色苍白，强打精神，宁生心里很不安。晚饭后，他打电话给林岚，没人接，他只好给林妈妈打电话，林妈妈说："林岚已来电，今晚不回大学，住在科学院。"

宁生告诉秘书自己有事去科学院，急忙开着车走了。到了林岚家门口，敲门无人开，打电话也无人接，宁生急了，他一下子撞开了门。看见桌面上放着安眠药瓶，林岚沉睡在床上，宁生马上开车将她送往医院。医生给林岚

## 第二十四章　洁白的茉莉花如圣洁的天使

洗了胃后，她醒了，告诉宁生这段时间她睡不好，就吃了几片安眠药，忘记盖盖子了。反正第二天是星期天……

宁生马上买了热粥和饺子，体贴地喂林岚吃。病房里只有他们两个人，宁生一口一口地喂林岚，林岚一口一口乖乖地吃下去，像个听话的小姑娘，并露出久违的笑容。

宁生看见林岚吃得很香，很高兴，忍不住对林岚说："你真像个小姑娘！"然后又打趣道，"像个三岁的小姑娘这般乖！"还特意伸出三个指头在林岚眼前晃了晃。

"你真坏，还像以前那样取笑我！"林岚娇嗔道。

林岚吃了东西，精神也好多了，半躺在床上，含情脉脉地看着宁生。

宁生充满柔情地对林岚说："咱们结婚吧！我现在就向你求婚。"

宁生脱掉外衣，身穿着林岚二十年前给他编织的毛衣，单膝下跪，郑重地说："请嫁给我吧，我们永远不要再分开了！今天是一九九三年四月十号，是个好日子。我们今年在党的生日那天就结婚吧！"林岚含羞欣然地点了点头，叫宁生站起来，坐到自己的床上来，两人一起靠在床上。

宁生说："小梅的腿做手术了，手术很成功，已经可以慢慢地走路了，估计再过一个月就可以回国了。回国后，她还要到专业医院康复几个月，一切恢复就正常了。"

林岚听后高兴地看着宁生说："谢谢！"还向宁生作了揖，俏皮地说，"谢谢救命恩人！你救了我们家两条人命了，我怎么样也要以身相许啊！"

"你当然要以身相许啦！"宁生看着林岚坏坏地笑着，一把抱住，兴奋地说，"咱俩生一个吧。"林岚娇羞又顺从地点了点头，温柔地说："都听你的。"然后倒在宁生怀里。

宁生搂住林岚接着说："你和小梅一起搬到我父母家来，我们三代同堂，一起住好吗？"

"我父母早就喜欢你了，自从我和李玲决定离婚后，我父母就催咱俩结婚了。小毅有时也过来住住。"他激动地说。

林岚躺在宁生的怀里，眼里泛着激动的泪水，她喃喃地说："这一切都是真的吗？"宁生轻轻地吻着她嘴唇，又吻着她的脸庞，在她耳旁说了一句："是真的！"然后万分感慨地说，"我们俩走到今天太不容易了，今后我要加倍地珍惜你！"

天下的事就那么巧。

那天正好是星期六的晚上，八点半以后，婉容觉得郁闷孤独，突然想约一约宁生了。她知道，宁生通常这个时候还在省公安厅，可到了省公安厅，宁生并不在办公室。

婉容温和地问值班秘书："江厅长去哪里了？我找他有工作要谈。"值班秘书以为婉容找江厅长有公务，就说："江厅长到连海省科学院去了，您有急事吗？如果有，我现在马上联系江厅长！"值班秘书很热情。婉容一听，脸色一沉，马上说："没有特别要紧的事，改天吧，谢谢您！"

婉容想，宁生到科学院一定是找林岚啦，大晚上的，他们一定是……婉容心里一阵愤怒，马上打车去林岚家想看个究竟。幸好因她曾经慰问过林岚，知道林岚家的具体地址。

到了林岚的家，发现门是轻掩着的，婉容轻轻推门进去。林岚家的陈设很简单，满屋子的书，但引人注目的是桌子上放了一瓶安眠药，盖子还没盖上。哦，大概是宁生送林岚去医院了，去哪个医院呢？婉容问了林岚的邻居，邻居告诉婉容："刚才有个男的抱着林女士去市第一人民医院了，好像林女士吃错了东西，病了。"

婉容明白了，马上赶到市第一人民医院急诊室，一个一个病房查看。当

## 第二十四章　洁白的茉莉花如圣洁的天使

时已经是晚上十一点了，婉容透过病房门上的玻璃窗，正巧看见林岚躺在宁生怀里。婉容心里特别生气，强压妒火，轻轻推门进去，说："我有件急事找江厅长汇报，值班秘书告知宁生在科学院，结果一路打听，就到这里来了。"然后又笑着说，"林岚，我们都是老战友了，互相关心是必要的。我找宁生的确是有事要谈，但听说你病了，这事儿就先放一放，我帮你们买两碗面条吧。"说着，她买了两碗热乎乎的面条，放下就告辞了。

宁生和林岚的确饿了，两个人吃完面条，都不作声了。

一会儿，林岚说："婉容来得这么巧，她是找你的吧？"说完又小有醋意地对宁生说，"我们现在三个人都是单身，婉容有可能追你。"

宁生皱着眉头说："我怎么可能爱婉容呢？"然后宁生笑着说，"今晚吃的面怎么不放点老陈醋？"林岚一听，拿着一个手帕子拍宁生，宁生一把抓住林岚的手说："好了，不闹了，咱们休息吧。"

一九九三年四月底的一个周末，宁生带着小毅到林岚家里拜见了她的父母，并告诉二老，自己准备和林岚结婚，请林岚父母同意。

林妈妈老泪纵横，说："对不起啊！宁生，当年那些信是我扣的，请你们原谅！"林爸爸激动地说："好事多磨，好事多磨。"然后，给林妈妈递上手帕，林妈妈擦干净眼泪去厨房煮了六碗家乡的汤圆，请宁生和大家一起吃汤圆。她高兴地说："吃汤圆象征着幸福团圆，甜甜蜜蜜。"林岚的父母一直欣赏宁生，如今宁生终于要娶林岚，小梅的病又治愈了，老两口很是激动和高兴。

第二天是五一节，林岚上午到宁生的家，去看望宁生的父母。宁生带上小毅和保姆李阿姨他们一大早就将院子和客厅打扫得干干净净。

林岚走进客厅，感到客厅宽敞明亮，地上摆着九盆洁白纯净的茉莉花，如一尘不染的天使，列队迎接她的到来！

这是宁生母亲特意为林岚准备的，因为茉莉花的花语是清纯、忠贞、久远，以此预示着林岚和宁生的爱情忠贞不渝。

宁生父母早就喜欢林岚了。

大家见面后，宁生父亲打趣道："林主任，我们九年前就见过面了。"林岚不好意思地笑了，她很郑重地回答江爸爸："对，在红岗信息园，您来视察和指导我们的工作！"

小毅十二岁了，很有礼貌地问林岚："林阿姨，听说您是搞信息技术的，我很喜欢，您以后可以教教我吗？"林岚愉快地回答："当然可以。"然后情不自禁地抱着小毅说，"长得真像爸爸，好可爱！"

宁生对父母说："我准备和林岚结婚，小梅也过来一起住。"然后对小毅说，"给你带个漂亮的妹妹好不好？"小毅开心地说："有个妹妹在一起玩当然好。"

宁生母亲十分歉意地对林岚说："当年逼宁生结婚也是不得已，请你谅解。欢迎你带小梅一起来住。希望你们俩要一个自己的孩子。"宁生和林岚对视一笑，都深深地点了点头。

宁生告诉父母："我们计划在今年七月一日党的生日那天举行婚礼！"宁生父母很高兴，满脸喜悦，都异口同声地说："五一过后，我们就开始在这里布置新房了，还要为小梅这位可爱的小公主布置一间美丽的小房间，以后咱们家真正热闹兴旺起来了。"

婉容在市第一人民医院意外看到宁生和林岚恩爱缠绵，才知道他们早已联系了。她在心里一直骂林岚二十年前就横刀夺爱，如今再一次搅和她与宁生，她可不是李玲！

婉容认为，李玲的情商、长相、才干都不如自己。而且她有一个非常大的优势，就是没有儿女的拖累，因为女儿已经上初中了，跟爷爷奶奶在一起生活。不像林岚，还带个拖油瓶女儿，还是个残疾人。

爱自己的孩子是人，爱别人的孩子是神，宁生不是神，宁生也会面对现实的。如果他跟林岚结婚，跟一个与自己无血缘关系的残疾人生活在一起，宁生能受得了吗？

况且她帮助过宁生，就凭那三百万受贿的事儿，宁生最终也会考虑与自己结婚的。

宁生是一个热爱政治生命的人，只有她才能真正帮他实现理想。婉容对自己仍然信心十足。

突然，婉容有了个新想法，爱宁生就必须拥有他，不管采取什么手段。得到江宁生，就是她此生最大的幸福，也是唯一的追求！

# 第二十五章　这不是三个女人的战争

一九九三年五月四日，是红旗农场建场四十周年。

宁生、婉容、周舟、林岚、平平、李玲等人受到农场的邀请，回去参加庆典活动。

已经七十岁的老田，精力充沛，鹤发童颜，出任农场的顾问，仍然在工作。他带领大家参观农场，一路上还兴致勃勃地向大家作介绍。

农场发生了翻天覆地的变化，新增加了水果的品种。

先走进水蜜桃园，快要熟的水蜜桃果实累累，丰满的桃子长得粉嘟嘟，清香四溢。再来那梨园，梨子长得白嫩嫩的，像用碧玉雕成的。又去了那樱桃果园，一颗颗如山楂般大小的樱桃，如钻石般璀璨耀眼，香气浓郁。

林岚、平平、李玲，像孩子似的，忍不住摘了几个樱桃吃起来，边吃边

## 第二十五章  这不是三个女人的战争

说真甜！

老田还欢天喜地告诉大家，立夏和立秋的时候，可以带上家人，来果园摘果子吃，再拿几筐回城里给亲戚朋友们尝尝鲜。

农场还扩大了畜牧业、养鸡场、养鸭场、养猪场等。

老田还喜盈盈地告诉宁生他们，麦子的总产量比以前增长了百分之四十；部分土地还种了水稻，现在用拖拉机等机械化设备操作；农场职工的生活也好了起来，家家户户都住上了新房子，都有电视机和冰箱啦；农场的小学和医院已经建立好了。

老田家也住上了新房子，四室两厅，客厅四十多平方米，饭厅三十平方米。老田家里的院子比以前更大了，种满了花草，一阵微风吹过，花儿清香四溢。院内还建了一座小凉亭，凉亭里放了一张木圆桌、六张精致的木凳子，圆桌上还放了一副象棋。周舟感叹地说："农场的房子比城市的房子宽敞多了。"大伙更是赞扬："农场的空气比城市里的空气好多了！"

参加完庆典后，老田夫妇热情地邀请了宁生一行六人到家里做客吃饭。小树和小青兄妹俩也特意过来陪同宁生他们。

这天，田夫人从蝴蝶湖钓了几条新鲜的珍珠鱼，这种鱼熬汤特别鲜甜，又抓了两只山鸡，还买了河虾、河鱼、野鸭子等做了荤菜，又用自己种的新鲜蔬菜做了几盘素菜，还蒸了两笼肉包子，各种菜肴在饭厅里摆了满满的一桌子。

桌子是长方形的，两边各坐五个人，又以相对而坐。

大家都坐下来了，桌子的一边依次是婉容、林岚、小树、宁生、周舟。

婉容先将盛好的五碗鱼汤，一碗一碗地放在林岚这一排的桌子上，然后又去厨房盛另外的几碗汤，分别端到对面老田夫妇、李玲、平平以及小青那里。

那十碗的鱼汤冒出热腾腾的气，鱼鲜的味道漫溢整个大厅，十分诱人。

汤和菜都上齐了，大家高高兴兴地正要饱尝美食，对面的平平却发现婉容脸色发白，浑身颤抖，虚汗淋漓。平平以为，婉容今天一直在厨房帮厨累着了。这时田夫人大声劝大家："鱼汤要趁热喝才好呢。"当大家正准备要喝的时候，只见婉容将林岚的那碗汤，猛地倒在地上，小树养了十多年的花猫，一个箭步冲上去，将地上的鱼汤舔了几口。不一会儿，花猫突然口吐白沫，浑身抽搐，不一会儿口吐鲜血，死了。

这突如其来的状况，让大家感到疑惑。这时，婉容睁大眼睛恶狠狠地盯着林岚说："林岚，如果杀人不犯法，我真想杀了你！是我在你这碗鱼汤里下了毒，但我最终下不了手，毕竟，我是个党员干部，我不能犯法，我也不想犯法。"说着她很诡异地笑了笑，"我一直以为，如果你死了，宁生一定会娶我的。除了你，没有什么女人比得上我了，更没有什么女人比我更爱江宁生！"

"婉容你胡说什么？"江宁生大声说。他从凳子站起来，马上走到婉容面前，站到林岚身边，护着林岚。

"但我就是不甘心，既生瑜何生亮？宁生为什么爱你？却不爱我？"婉容站起来愤怒地吼道。

婉容缓缓地离开凳子，走到江宁生面前，拉着宁生的手，睁大那双美丽的丹凤眼，注视着他说："这是三个女人的战争，是我和林岚、李玲的战争，你是我们战争的对象，你懂了吗？你很幸运被我们三个女人所爱；你也太不幸了，会被我们三个女人所爱！"

宁生倏然抬起头来，甩开婉容的手，愤怒地说："婉容你疯了！我和林岚深深相爱，对你，我从来没动过一次心，我们仅仅是同志。至于李玲，我们已离婚。婉容你盲目自信，过于执着，一厢情愿，性格变态！"

## 第二十五章　这不是三个女人的战争

婉容对宁生笑了，笑得有些凄凉。她说："我在农场第一次见到你，也爱上了你。虽然那时有许多女孩子爱你，但我相信我是最优秀的，也是最合适你的。"她又悲痛地说，"后来我跟晓鹰结婚，实属无奈。我父亲生意失败，母亲下岗，两个弟弟也无工作，我们全家都需要晓鹰父亲帮忙。可结婚后，由于我生的是女儿，晓鹰不喜欢，他在外面有了人，俩人还生了两个儿子。我虽然表面风光，但内心孤独，你们知道我有多么痛苦吗？那是心被撕裂的苦！"说到这里，婉容泪如泉涌。

她悲哀地哭着说："二十多年来，我过的是活寡妇的日子，每天上班还要装作是女强人，家庭幸福美满的外壳也是给别人看的。所以，今天我就要做最后一搏！在厨房里偷偷在鱼汤里放了毒药，但我又害怕了。这场战争我输了，是彻底输了。"

宁生不敢相信，一个堂堂的机关干部竟如此荒唐，如此狠毒！宁生狠狠地盯着婉容，他的眼睛是血红血红的："婉容你太可怕了，你太可恨了！"

"你就这么恨我？"婉容笑着问，泪水又一次涌出眼眶。"爱一个人不容易，忘掉一个人更难。对你，宁生，我做不到，我做不到啊！换位思考，你也可能做我做的事儿。"婉容振振有词地说。

宁生大叫："我早就告诉过你，我不爱你！我爱的永远是林岚。爱是彼此的，我会爱得光明正大，不会像你这样卑鄙！你是一个受过高等教育的人，太不可理喻了！"

婉容听完，凄然一声叹，脸上涌现出一种凄凉悲壮的美。她抬头望着客厅的天花板，苍白的鹅蛋脸仍然是那样的动人。她步履踉跄地走到客厅的一角，躺在一张沙发上，安静地说："我终于解脱了！"说完，闭上眼睛，不再说话了。

林岚震惊不已，倒在宁生怀里，浑身颤抖，泪水不住地往下流。宁生一手紧紧搂着林岚，一手轻轻地拍着她的背，说："一切都过去了，别怕，有我呢。"

此时，小树抱着那个可怜的花猫，哭得上气不接下气，小青走到弟弟旁，轻轻地安慰弟弟："还好，没出人命，我们将猫儿埋起来吧。幸好它还有一对儿女在我家，我明天将它的女儿送过来吧。"

老田夫妇不可思议地瞅了瞅婉容，然后走到花园的亭子里，大家也都跟了过去，心里无比沉重和难过。

平平痛心地说："婉容聪明能干，在个人的情感上却走死胡同。"

周舟也沉痛地说："年轻貌美能干的女强人，既可以当天使，又差点当魔鬼。"

李玲也说："我从不认为这是什么三个女人战争，爱就是爱，不爱就不爱了。宁生是个大好人，但他不爱我，我今后可以找一个爱我的男人过日子啊！"

林岚此时已经安静下来了，说："婉容内心积累二十多年的郁闷，就像火山一样爆发，才让她产生了这么极端的想法。但毕竟她良心未泯，阻止了悲剧发生。她的感情生活坎坷，只要过了这个坎，相信她会有一个美好的下半生。"

宁生说："婉容性格既复杂又偏激，希望她能改变自己。"

老田沉闷地说："大家都回去吧，每人都带上几个刚蒸出来的包子，等立夏时再回来吃果子吧。"

平平说："我和李玲一起送婉容回家吧。"李玲默默地点了点头。

田夫人说："每个人都有自己的命，善良的人总归有好报。我们全家希望宁生和林岚尽快结成夫妻，百年好合！"

# 第二十六章　信仰的力量

　　一九九三年五月中旬，平平打电话给宁生，希望与宁生、林岚、周舟见个面，最近发生的事情让她有一些迷惑，想与大家聊一下。宁生回答："好。就下周星期天上午九点吧，地点定在省公安厅会议室，我通知周舟，请你通知林岚。"

　　五月下旬的一个星期天上午，宁生和林岚先到公安厅的会议室。

　　宁生热情地拿出一包阿胶递给林岚说："这是我母亲给你的，"然后用充满爱意的眼光看着林岚，双手抚摸着她的肩膀问，"最近身体好些了吗？"

　　"嗯，好些了。"林岚眼里漾出幸福的微笑，脸庞贴在宁生的胸前小声地说，"他们马上就要到啦，我也有东西要给你。"林岚递给宁生一个旅行包，宁生打开看，包里面是新的衬衣、内裤、袜子和衣服，还有一把电动剃须刀和一个保温杯。林岚满脸柔情地对宁生说:"你该刮刮胡子了,平时要多喝水,多注意休息啊!"两人正在亲热地说话时,周舟和平平到了,两人马上收起满腔的情话。

今天是星期天,两位男士穿着便衣。林岚穿着一条米黄色的薄呢子连衣裙,脚上穿着一双米色的半高跟鞋,右肩挎着一个白色的皮包。平平的外表像换了一个人似的,头发留长了,脸上的黄气也没有了,穿着一身干净整洁浅紫色的套装,脚上穿着一双黑色的半高跟鞋,手里提着一个浅灰色的皮包,平日假小子的形象没有了,颇有知识女性的风采。

林岚看到平平这身打扮,高兴地搂着她说:"变漂亮了,是不是遇到心上人了?快向我们坦白。"平平神采飞扬地说:"现在是改革开放的新时代,所以我的衣着形象也要更新。"

大家穿得这么随意,气氛很轻松。

周舟说:"平平同志,我女儿都十岁了,你啥时结婚啊?"

宁生也接着说:"我们公安队伍好男儿多的是,要不要帮你介绍一个?"平平说:"我是个不婚主义者!今天来这里可不是说这个的啊,不要转移话题。"

然而,接下来的话题就不是那么轻松了。

平平说:"那天我和李玲送婉容回家,一路上婉容不说话,双眼发直,我们觉得不对头,带她到医院看病。医生说她患了暂时性的狂躁症,吃了药就会好的,一般情况下,不会再犯病。医生还给她开了药,要她休息两周。前两天我和李玲去看婉容,婉容倒是挺平静的,已经上班了。"

宁生给大家冲了一壶红茶、一壶绿茶和一壶铁观音,拿了几个洗得干干净净的无色大玻璃杯。林岚给周舟递了一杯铁观音,给宁生递了一杯绿茶,给平平递上一杯红茶,自己也倒了一杯红茶。会议室充满了茶香,沁人心脾,

## 第二十六章 信仰的力量

大家边品茶边思索，沉默了好一会儿。

今天是星期天，时间宽余。

周舟缓缓地说："著名音乐家贝多芬说，性格决定命运。婉容性格过于偏激，幸亏自己能及时刹车。"

宁生十分沉重地说："看来今后要培育党员，还要重视其心理、人格、情操的培养，事关重大啊！"

宁生用手在桌子上时而转动着那杯绿茶，时而又停下来，杯子里的绿茶时而碧波荡漾，时而碧绿澄澈。

他沉思片刻道："付晓鹰、钟汉、王中建都说明了不是所有的共产党员，都能做到廉洁奉公，都能经受起新的考验。改革开放是好事，但也出现了一批贪官，如果继续泛滥了，伤老百姓的心啊，反腐倡廉任重道远啊！"

他继续感慨地说："一个人做点好事并不难，难的是一辈子都做有利于人民的事。"

平平反驳道："一个人怎么可能一辈子都不做坏事呢？人不是神，神可以一辈子不做坏事。"

周舟接着说："那要看做什么坏事了，看对人民的危害程度。钟汉从一个凛然正气的战士，堕落成一个腐败分子。骄横放纵，实在不可理喻！"

宁生沉思良久，说："一九四九年以来，这种凛然正气的人变质的也有，我们党如何防微杜渐，永远得到人民的拥护和支持，党员首先应该不忘使命，不能丧失自我革命的精神。"

林岚边思索边说："一个优秀的共产党员，首先要有坚定的信仰、不屈不挠的意志和深度思考的能力……"

平平不解地问："你是说共产党员都要不忘初心，都要做苦行僧？"

"不是。"林岚坚定地说，"这不是什么苦行僧，而是不断检视自己，不掩饰缺点，不文过饰非，同危害党的肌体健康的现象做斗争，敢于和困难挑战。"

周舟赞同地说："你越逃避困难，未来会付出更大的代价。"

平平左手持杯喝茶，右手执笔，疾书而起，边记边说："你们讲得都太好了！都可以开大型研讨会了。"她的两眼闪烁着激动的亮光，"坚持人民利益至上是中国共产党永恒的法宝！"

大家不约而同地称赞平平，不愧是党报的副总编辑，总结到位，言简意赅。

已经是中午了，宁生说："我请大家吃午饭，到都府社区，那里有一个百年传统的私房菜馆，菜品老少皆宜，又很干净。"大家都高兴地赞好！

当大家走进都府社区私房菜馆门口时，宁生的肩膀被人轻轻拍了一下，他回头一看，是罗霄带着两个警察在巡逻。还没等宁生跟他说话，罗霄啪的一下，向他敬个礼！

宁生笑了，说："今天是礼拜天，我没穿警服，你别搞得像黄埔军校似的。"说完亲切地拍了拍他的肩膀，握了握手。罗霄也走到周舟面前，向他敬个礼，搞得周舟也笑了，赶紧跟他握了握手。宁生感慨地说："离开都府六年了，这里发生了翻天覆地的变化。"

他调侃罗霄，几年不见，鱼尾纹增加了不少，但更成熟和干练了。

罗霄激动地向大家介绍："那一栋栋拔地而起的高楼大厦，就是那块六万平方米的回迁地。这里还建立了五千多平方米的小树林，小树林里小鸟在那里叽叽喳喳了。两千五百多户的老百姓都住上了新房子，危房也彻底拆除，重建了稳固的楼房，一千多户的水上人家都有了安全的住处。小区的道路宽敞干净，道路两边种满了芳草和鲜花；还建立了一个小广场，那里雕刻了几座石头塑像，有旧渔船模型、历史人物，还有几个活泼可爱的儿童……这一

## 第二十六章 信仰的力量

切都记录了都府街的历史。"罗霄还像过去那样一鼓作气地说完。

宁生幽默地对周舟说:"这里现在可是世外桃源了。"周舟不由得笑道:"我来都府派出所的第一天,你不是希望这里能变成世外桃源吗?"然后他又叹道,"有社会的地方永远不可能是世外桃源。"宁生认同地点了点头。

罗霄像拉开话匣子似的说:"现在也没有老百姓上访了,要办事都去派出所的办事大厅。"周舟说:"罗所长,我们现在可是饿着肚子呢,怎么办?咱们一起去吃饭吧。"罗霄又是一个正式的敬礼:"对不起,我正在值班执行任务。"

宁生抱臂看着罗霄,微笑着说:"不和我们吃饭可以,但有空和我们去警校一起练擒拿术和散打。"罗霄仍然虎虎生威地回答:"没问题!只要你们有时间。"大家挥手亲切地告别了。

宁生目送远去的罗霄,眼睛转向了都府社区的街道,整洁的马路,两边新摆放了几坛子玫瑰色的花朵;商店的货物琳琅满目,出出进进的人个个脸上挂着微笑;井然有序的交通,构成了城市的血脉和骨架,推动着古城大踏步迈向现代化城市。

这时听到平平大声喊道:"吃饭了!"此时菜满满地摆了一桌子,红烧大麻虾、红烧河鱼、白切羊肉、啤酒鸭、话梅猪手、牛肉炒莴笋、羊肚菌炖鸡汤、醋熘土豆丝、上汤枸杞菠菜。还上了四样点心,豌豆糕、锅贴饼、红豆糕、红枣马蹄千层糕,点心做得很精致,让人舍不得吃。老板娘还拿出了自制的山楂汁,送给每人一杯。

四个人狼吞虎咽地吃起来,一会儿,林岚说:"这些菜其实是普通菜,但吃起来味道就是特别好,自家是烧不出这么好的味道。"平平说:"这叫传承百年的烹调技术!各行有各行的招数,行行出状元。"林岚不由得点了点头。她叫服务员各打包了四种点心,交给宁生,带给宁生的妈妈吃。她知道宁生的妈妈喜欢吃红豆饼及这里的小吃。平平阴阳怪气地说："人还没嫁过去，就开始孝敬了。"大家都笑了。

这时是下午三点了，宁生有个提议，去看看都府社区。大家早就想看了，先走到小广场，宁生介绍："这些旧渔船的模型三百多年前就已经有了，这几个可爱儿童的雕塑，就是八年前被制造毒品的毒气毒死的，放在这里是让大伙铭记历史，绝对不重犯！"他又指着袁中强的雕塑，说他是唐朝颜真卿的弟子。多少年过去了，袁中强的子孙仍然研习颜真卿的书法，代代发扬传承，其中有个叫袁日的就是他的后代，住在新建的高楼大厦里面。大家都颇有兴趣地说去看一看。

当大家走进袁中强后代的家里，他们的家人很高兴认出了宁生和周舟，很是感激派出所当年为他们所做的一切。袁日先生精神饱满，彬彬有礼，给大家倒了茶水，不由自主地讲到了都府街道近几年翻天覆地的变化。宁生恳切地说："您可以介绍一下颜真卿字体的特点吗？"

"当然可以。"袁日高兴地回答，"骨力遒劲、方圆兼备、锋芒外耀、雍容大方、厚重平稳。"袁日还很有见地地说，"学习颜真卿的书法，先要学习他的宁静致远、淡泊名利、大公无私、为国牺牲、远离浮躁和利欲熏心的人格。他的书法和人格的那种完美结合在一起，让自身的书法得到了升华。"

"当你学到颜真卿的精神，书写他的书法时，就形神兼备了。我办了一个书法班，有许多老师、医生、公务员，还有企业家。他们在事业上都很有成就！"

宁生感叹道："学习书法不仅修心养性，还可以培育家国情怀，今天真是长见识了！"

袁日，还送给他们每人一本颜真卿楷书碑帖，是学习书法临摹的范本。

到饭点了，袁日热情地留大家吃饭，宁生说："不用了，今天打扰多时，

## 第二十六章 信仰的力量

受益匪浅,非常感谢!"平平说:"以后,我还来拜访,推荐一下你这个书法班可以吗?"袁日爽朗地回答:"当然可以。"

当他们走出高楼大厦,夜幕开始降临了,小树林的周围站着一些居民,神情悠闲,夕阳美如画,清风醉都府,美丽的晚霞映入眼帘。

# 第二十七章　舍身救火

一九九三年六月，在过端午节的时候，老百姓放鞭炮，结果引燃北海市郊区一个最大化工原料的仓库。朱光荣去公安部开会了，宁生和周舟、肖虎第一时间与消防队员赶到了熊熊大火前最危险的地方，宁生亲自挥臂指挥，全市的消防车大部分都出动了。

韦放留在公安厅值班。

一小时后，省委书记省长们也都亲临现场，林岚也随后赶到了。六个多小时过去了，火还没扑灭，如果再烧下去很可能会引起一大片化工原料仓库爆炸。因为，化工原料仓库里还另放着五吨的硝酸铵，硝酸铵本身是强氧化剂，爆炸威力巨大。化工原料价值六个多亿，更重要的是，附近居住着三万多户居民，如果爆炸，后果不堪设想。

## 第二十七章　舍身救火

宁生、周舟、肖虎，一着火就带领消防队员在现场灭火了，他们浑身上下黑乎乎的，湿淋淋的。

省上领导和公安厅及科技厅的相关领导在现场立即召开了短会，分析可能是仓库里的化学原料具有耐水性，只能用化学反应的方式来灭火。

林岚马上电话联系了北京的几名专家，北京的专家们一致建议：用一种化工原料SM来灭火，但数量要达两吨才有效果。林岚还是不放心，又打电话到上海的有关部门，上海的专家也是这个意见。

与此同时，周舟也打电话到公安部询问用什么方法来灭火，公安部的技术专家们也是这个意见。但专家提出该操作比较危险，一定要小心！这个灭火具体的操作措施，国内没有先例，是查阅国外的资料后得知的，资料上也没有仔细的说明。公安部现在已经派人乘专机来连海省着火现场了。用化学方法来灭火，这个意见是统一的，但需要数量两吨的SM，每袋五十公斤。现在上哪儿去找呢？经过省委顾书记的亲自协调，SM很快被运到了现场。

肖虎因为年龄大了，已经昏倒在现场，被抬下去抢救了。

这时宁生沉重地看着周舟说："我们不能同时上，我先上，我不行了，你再上吧。"周舟眼中满含感激的热泪说："不！我先上，你再上！"但是，周舟马上被高大的宁生快速地推开了。

宁生和消防队员们一起将SM倒向大火，果然效果很好，大火很快被熄灭了。宁生与几个站在第一线的消防队员，被一袋SM打中了脑袋，几个消防队员有意识，宁生一下子昏死了过去。

当大伙将宁生抬出来时，林岚一下子扑到宁生身上痛哭不已，大喊："宁生你不能走啊！要挺住！"

大家都很着急，也很悲痛。

当看见一个省科技厅的女领导居然像妻子般抱着公安厅的厅长恸哭时，

大家都蒙了，还是顾书记反应快，立即下令赶紧送宁生他们去医院。

周舟也是哭成个泪人了。

经过抢救，宁生的生命体征平稳，但脑子被化学产品砸伤了，颅内出血，出血量不大，暂时不需要手术。

省委马上协调，从北京和上海请来有关专家对宁生进行诊断和治疗，并表示无论花多大代价都要治好宁生的病，让他恢复健康！专家们会诊后的一致意见，宁生颅内出血量虽不大，但出血的位置比较危险，有可能成为植物人。

宁生躺在医院的重症室，满头包着白色的纱布，仅露出五官和耳朵。平时大家看到的宁生是精神抖擞的硬汉子，现面对昏迷不醒的宁生，大家感到刺心的疼痛。

林岚日夜守护在宁生身边，给他洗脸、擦身、按摩，有时李玲也过来替换。

专家们已经用国内外最先进的方法治疗，包含物理治疗、化学治疗、系统的中医治疗等，但两个月过去了，宁生仍然昏迷不醒。肖虎经过治疗也都恢复了。

周舟难过不已，他知道，宁生最希望的是现在省公安厅的工作有序开展，不要再发生火灾。周舟强忍悲痛，努力和朱光荣带领大家工作。

宁生的父母、儿子小毅、老厅长成啸、老田夫妇及省公安厅的领导等都分别探望宁生。小梅从欧洲回来了，手术很成功，她已经可以走路了。在姥姥、姥爷的陪同下，她也赶过来看宁生。为了病人的健康，医院不允许太多人前来探望，只能在规定的时间内轮流探视。婉容也拿着一束鲜花，探望了江宁生。她泣不成声，动情地对他说："希望你早日康复，如果你醒不过来，我陪伴你一辈子！"

## 第二十七章　舍身救火

专家们讲，除了正常的治疗外，希望家属要多与宁生讲话，尽量找以前他喜欢的事或引起他美好回忆的事情刺激他的脑部神经，这样他有可能醒过来。当然，也要看宁生自身的身体素质。目前，需要家属用语言刺激病人的神经，这十分重要！

李玲说："宁生深爱林岚，就看林岚的了。"宁生的父母也同意李玲的意见。

林岚擦干净眼泪，深情地望着宁生，然后转身向大家庄重宣布："我决定与江宁生结婚，三天后在红旗农场举行婚礼。"

# 第二十八章　唯美的婚礼

三天后正是八月份，宁生和林岚回到了红旗农场，婚礼在蝴蝶湖湖边的大草坪上举行，草坪上挂起了一道鲜红色的横幅，用黄字写着"江宁生和林岚的婚礼"。

医生们将躺在担架床上的宁生轻轻放在草坪上，宁生戴了氧气罩，医生们还准备了一套紧急抢救的设备。

宁生穿上一套藏青色的新西服，里面穿着二十多年前林岚给他绣上荷花的那件白衣服，头发梳得整整齐齐的。林岚穿上白色的婚礼服，长长的黑头发，像瀑布一样披在肩后，手里拿着一把小提琴。小毅和小梅也并排站在宁生和林岚后面。北海市民政局的同志，当场为江宁生与林岚办理了结婚证。

宁生的父母、林岚的父母、顾岩、雷彤、成啸、周舟、朱光荣、肖虎、

## 第二十八章　唯美的婚礼

韦放、方哲夫妇、张华、刘丹、李玲、田场长夫妇一家、范玉芬副场长一家都庄重地参加了宁生和林岚的婚礼。

还有都府社区的老党员徐伯、黎姨、洪伯等举着鲜艳的党旗，其他的居民代表手捧着红糖糕和自酿的米酒；化工厂的居民代表也举着鲜艳的党旗，带着红鸡蛋、水果糖果；古华和婉容也悄悄来了，婉容手捧着一簇鲜花，排在队伍的最后面。两百多人，大家激动地祝贺一对有情人终成眷属，更祈愿宁生早点醒过来！

美丽的蝴蝶湖，经过多年的治理，显得更加美了。辽阔的湖面上生长着大片大片的荷花，清香扑鼻，让人心旷神怡。还有几十只白天鹅，自由自在地在湖中游览、嬉戏。没有荷花的水面像撒满了细碎的金子，闪闪发光。鸟儿在四周盘旋，连空气里都荡漾着幸福的气息。

婚礼开始了，林岚穿着白色的婚纱，先用小提琴拉了两首曲子，第一首是《田野里静悄悄》，第二首是《友谊天长地久》。林岚含着眼泪，深情地拉着这两首曲子，悠扬的琴声是那么美，动听的音韵萦绕在整个草坪上，让大家都沉浸在这凄美的爱情故事中。

拉完两首曲子，林岚手捧着十二朵百合花，缓缓地走到宁生的病床旁，将十二朵花儿放在宁生身边，轻轻地低下头，深深地吻着宁生的额头。她抬起头，一双星星般的大眼睛，饱含泪水，深情地看着宁生说："宁生，我十七岁认识你，在一九七〇年八月二十二日的那天中午，我一个人在蝴蝶湖游泳，不幸被水藤缠住了，眼看就要沉下去了，是你不顾一切跳下蝴蝶湖，救了我的命。当你把昏迷不醒的我拖上岸，救醒我后，在那一刻，我就爱上了你，爱上你那双特别干净清澈的眼睛！"

"我爱你正直有学问，当天晚上，我就通过读唐代诗人王建，《十五夜望月寄》表达我对你的爱。你还记得那首诗吗？我现在再次念给你听，"林岚含着泪水在宁生耳边吟道,"中庭地白树栖鸦,冷露无声湿桂花。今夜月明人尽望,不知秋思落谁家?我第一次见你,用这首含蓄的诗表达我爱上你了。

在红旗农场的五年,我们常到田场长家畅谈农场发展规划,抒发对王子山的热爱;又有多少个夜晚,我们俩一起坐在蝴蝶湖边看天上的星星和月亮,畅谈未来,畅谈人生,彼此感到,我们有同样的理想,有同样的家国情怀!是那么情投意合!

我们来到农场第四年的中秋节,在蝴蝶湖边一起种下了连心树,定下了爱的盟约,你说我们已经是夫妻了,月亮作证……"说到这里,林岚泣不成声了……

"宁生,你还说'前无林岚,后无林岚,此生相遇,永不分离!'你听到了吗?你听到了吗?"林岚继续痛哭着说,"过去因为种种原因,我们不得不分开,但我相信,我们彼此的情感依然深藏心底,所有的日子都是有情感的。你还说过'我们的情感一辈子只有一次'。"然后林岚用手轻轻地抚摸着宁生的脸庞和手,用炽热的嘴唇深深地吻了宁生的嘴唇,又继续拉着宁生的手,在她的脸庞轻轻摩挲,满怀深情地说,"我们一起种下的连心树都刻上了'我心永存'。十九年过去了,两棵小连心树已经长大了,它们枝干缠绕相连,仍然深深相偎相挽,宛如一对爱人,生死相随,永不分离。两棵树的树叶彼此覆盖,如同一棵树。人们常说,树木通人性,它们此刻也在祝福我们,你不醒来看看吗?"

"宁生醒过来吧,我不能没有你!我不能没有你啊!让我们永远不再分离,永远相爱,好吗?"说完,林岚悲痛得几乎半昏过去。

此时,宁生的手指竟然动了!是小毅发现的!"爸爸的手动了!"他惊奇地喊道。

接着,宁生的眼角突然流出了泪水,泪水顺着他的脸颊缓缓落了下来,

## 第二十八章　唯美的婚礼

嘴角微微地动了几下，林岚看见了。她刚想抱宁生，但用情太深耗尽体力，只能趴倒在宁生身边。北京的专家马上给宁生戴上核磁头套，进一步刺激其神经，护士们马上为宁生输液。

林岚的一段诉说，让大家感动不已！他们原来还有过那样不平常的过去！大家都流下了眼泪。特别是双方的父母，老泪纵横，感动得几乎站不稳。李玲、平平将四位老人家扶好，找了几张凳子让他们坐下。

大家都为宁生的身体有反应感到特别的高兴！

林岚和顾岩急切地问医生："宁生刚才有反应了，如果继续治疗和人为刺激宁生的神经，应该可以醒过来吧？"医生道："今天的婚礼，尤其是林岚的那番刻骨铭心、痛彻心扉的倾诉，唤起了宁生心中最美好的记忆。发生这种状况，有百分之五十醒的概率，但不排除其他原因，我们会继续努力加强治疗的。"林岚和宁生的家人及省委领导，既高兴又沉重地点了点头。

这时小树和小青带着一群孩子手捧着各种鲜花，朝宁生和林岚奔跑过来，孩子们将各种鲜艳夺目的鲜花撒在他俩周围，祝福一对有情人！

一群五彩缤纷的蝴蝶也飞过来，似一条多彩鲜艳的蝶虹，在宁生和林岚身边绕了几圈，然后又奔向百花灿烂、绿色葱葱、峰峦叠嶂的王子山了。

林岚拉着宁生的双手，又轻轻地在他的额头上吻了吻，抬起头来，声泪俱下地说："宁生，我们终于是夫妻了！从今以后，无论你在人间，还是在天上，我们都不会分离了。我们像连心树一样永远在一起，永远心连心！"

大家听了这番话，又一次地感动地流下了眼泪……

林岚又声嘶力竭地对宁生说："你看到了吗？这么多人来参加我们的婚礼，大伙都盼望你醒过来，都盼望你尽早恢复健康！大伙爱你、需要你，你的妻子和家人为你揪心！您再听听王子山悦耳的鸟叫声，听听蝴蝶湖天鹅的嬉戏声，还有那附近扑鼻而来快要熟的稻谷和油菜花的香味，大自然的生灵都希望你醒过来啊！"

林岚这时擦干净眼泪，开始冷静了。

明天又是新的一天，又是有希望的一天。

她凝视着翠绿如墨的王子山，突然明白，宁生心里装的不仅是自己和家人，还有一个更大的家，就是国家！

她的眼睛充满了希望，低下头轻轻地对宁生说："宁生，醒过来吧，在这块美丽的土地上，我们一起生活，一起建设祖国，无论如何，我一定陪伴你到永远！"

特殊的婚礼结束了，虽是盛夏的八月，但王子山和蝴蝶湖带来的自然清凉，是那么的特别。

雨露丰沛，万物萌动，这完美地融合，是自然的，是永恒的，象征着生命的力量，再一点一点地孕育着新的生命……

# 第二十九章　终于醒过来了

隆重而又凄美的婚礼举行完毕了，当江宁生被抬进救护车，要离开蝴蝶湖时，大家久久不肯离去。顾岩书记红着眼圈，说："我们一定会尽力想办法，争取让江厅长早日恢复健康！"随后，林岚和医务人员护送江宁生回到了病房。

第二天，顾岩书记和雷彤专程到医院，与上海、北京的专家们研究宁生的诊治方案。专家们分析，林岚昨天的话已经刺激了神经，说明宁生自身的体质很强，但严重损坏的神经是没有那么快恢复的，还需要时间。

雷彤提了一个建议，他说他在法国留学的时候，听说德国有一家医院治愈过许多这方面的病人，可以请这家医院的专家到中国来给江宁生会诊。这个建议得到大家的认可。雷彤还建议：这段时间林岚不要上班了，就专程照顾和配合医院治疗江宁生。大家都认为可行。林岚还希望李玲经常带上小毅来医院看看宁生，因为宁生很爱这个儿子。李玲同意了这个办法。

两周后，一名叫奥特曼的德国医生到了。他给宁生带了一种能恢复神经功能的世界上最先进的药品，并给他定做了一套脑部康复操，要求护士们每天做三次，每次二十分钟。他还特别要求宁生心爱的人，每天必须和宁生讲话两个小时，并帮他按摩身体。

按照奥特曼的治疗方案，林岚每天给宁生洗脸、擦身，按摩全身。林岚每天都给宁生讲农场的事："在红旗农场，你是怎么样救我的？在农场，我们一起讨论农场计划，一起种麦子、花生、豆子，一起上山砍柴盖房子，一起在老田家里玩耍，一起在蝴蝶湖边谈论理想，以及谈论在党的领导下怎样建设一个富强的中国，我们有许多谈不完的话，有许多做不完的事……我们还计划生两个孩子，还谈到'改'秦观的词句为'两情若是久长时，朝朝暮暮永相伴……'，宁生您还记得吗？"林岚每天都声情并茂地向宁生倾诉，常说得她泪流满面。

奥特曼是懂中文的，他在一旁听林岚对宁生的倾诉，为他俩的爱情感动不已。他还高度赞扬林岚是一个美丽、优雅且有风度的女士。两个月过去了，宁生还没有特别大的反应，林岚买了一个录音带，是口琴的录音带，放上了两首歌，一首是《友谊地久天长》，一首是《田野里静悄悄》。

当放到《友谊天长地久》时，江宁生突然流下了泪水，并且把右手缓慢地举了起来，拉着林岚的手，放到自己的脸上，用嘴巴吻林岚的手。林岚非常激动，她握住了他的手，轻轻地说："亲爱的，我等你很久了。"说完忍不住捧着宁生的脸，吻遍了他的脸。

奥特曼给宁生做了一次脑核磁共振，专家们看后发现宁生的颅内出血已经基本吸收了，外伤也好多了。宁生的爸妈和林岚的爸妈、顾岩、雷彤等人

## 第二十九章 终于醒过来了

都非常的高兴！

奥特曼吩咐："宁生的进步仅仅是开始，要求原来的治疗方案不要变，特别是林岚的方法非常有效，要继续；护士每天对宁生脑部运动和全身运动再增加三十分钟。"

中医也提出，鉴于宁生躺了这么久，身体虚弱，应该服中药，补气化瘀。奥特曼是一个崇拜中医的人，也非常同意中医的做法。服用中药四周后，宁生终于可以坐起来了，可以睁开眼睛，缓缓地说话，喝点粥了。

秋天到了。

这天一早，林岚迈着轻盈的步子打开窗口，一阵阵清新空气飘进病房。

宁生看见窗户外面的叶儿在风中飘飘，云儿在天空悠悠，湛蓝的天空是那么安宁。那是一种秋天特有的温馨画面，一种久违的亲切，他恍惚记起自己是那天救火失去知觉的，算来自己昏迷快五个月了吧？看见林岚神采飞扬地给自己擦脸、喂饭，他情不自禁地对林岚说："丝丝清风伴我思念如潮，说不尽相思苦，道不完爱你浓，心灵千里能传情，指望鹊桥可相会，爱你到永远。"林岚俏皮地说："这几句话呢，很感人，可嘉！但是诗词不够押韵，对吗？"这时奥特曼和医生查房来了，宁生急切地问他能不能出院，医生们说："你现在刚刚开始好转，还不能走路，你的神经中枢受到损伤，精密的仪器是检查不出来的，必须固本，必须治疗，还要锻炼，至少得三个月。说实话，像你现在恢复得这么快也是罕见的。"

奥特曼耸了耸肩膀，晃着脑袋，说："太不可理喻了，你恢复得这么快！是我从事这项工作的第一例。我必须好好总结一下。"三个月来，林岚和护士辅助宁生在花园中走路，并按照医生的吩咐，帮其做脑部康复操。林岚叫家人每天送鸡汤、鱼汤，给宁生增加营养。一九九四年二月，宁生已经可以走路了，医院经过各方面体检，他的各项指标已经恢复正常。

快到春节了，宁生的父母和林岚的父母、周舟、平平不约而同地来看宁生。看到他红润的脸庞，恢复了以前的朝气，大家很是高兴！

宁生又一次要求出院，医院批准了他的要求。

宁生高兴地说："我出院后就跟林岚举行婚礼，马上结婚。"大家听了都哈哈大笑。

平平说："你知道吗？你昏迷的时候，当医生宣布你可能会成为一个植物人醒不过来的时候，林岚马上向大家宣布跟你结婚，你们的婚礼是在蝴蝶湖边举行的，有两百多人参加，民政局的人当场为你们办了结婚证。你们已经是六个月的夫妻啦。医生还要求家属每天在你耳边讲你美好的记忆，以刺激你的精神。六个月来，林岚天天向你倾诉心扉，还帮你擦身洗澡，每天累得满头大汗……"

周舟还俏皮地小声笑着对宁生说："你的龙体，早已不神秘了，已经被林岚看得清清楚楚了。"

宁生听了，感动地凝视着林岚，深情地说："谢谢你救了我。"林岚笑着回答说："谢谢你让我救了你，没有你，我也活不下去，爱不是互相凝视，而是一起凝视相同的方向"。宁生接着说："那就是朝朝暮暮永相伴！"

宁生的妈妈说："新房早就给你们准备好了，宁生出院，林岚就一起回到省委这边来住吧，小梅已经在省委的家住了两个星期了，跟小毅玩得可好了。现在家里两个保姆，一个是原来的保姆李阿姨，一个是小梅带过来的蔡阿姨。"

家里的花园，让江妈妈和李阿姨已经打理得井然有序，不仅新种了三棵桂花树和合季的花草，还种上了菠菜和萝卜。

今年的冬天特别冷，特别是夜晚，家里早早就烧起了暖气。幸好，白天东南边有一些阳光，阳光照耀着宽敞的大厅，让人感到暖暖的。

## 第二十九章　终于醒过来了

林岚和宁生回到家里了。当天正好是除夕，李阿姨做了满满的一桌菜肴，林岚的父母也来了，大家一起过除夕。宁生和林岚先是给两对父母敬了红酒，还给两位阿姨敬了红酒。大家碰杯后，都高高兴兴地坐下来吃菜。李阿姨正好是浙江人，做的菜很符合林岚父母的口味。

林岚给宁生盛了一碗鸡汤，嘱咐他："你多喝汤，吃些清淡的菜，少吃肉，吃些面条，过几天彻底恢复，再多吃点其他的菜。"宁生听了笑着对林妈妈说："您看，我才回家，林岚就把我管住了。"江妈妈说："管得好。"江爸爸喜滋滋地说："咱们是真正娶了一个好媳妇。"林爸爸还是一副哲人的风度，连说："好事多磨，好事多磨。"

晚饭后，李阿姨冲了一壶淡淡的红茶，拿出一盘瓜子、两盘水果、两盘糖果，江爸爸给每人倒了一杯红茶，林岚拿了宁生的杯子，倒了一杯白开水，让他把药吃了。

林爸爸看见大厅中央悬挂着的毛主席《沁园春·雪》，赞叹不已！右边大书柜的藏书，其中有很多世界文学名著和心理学书，还有许多哲学的书，林爸爸赞不绝口。

江爸爸笑着问："你还发现了什么？"

林爸爸静观了一下，发现靠近东南边的窗口摆了十六盆梅花，这些梅花是桃红色的，形状像玫瑰，看起来像冬天开的桃花，花姿秀美，香味浓郁。林爸爸说："这种梅花是梅花种类中最美的一种，看似桃花，实则为梅，寓意是喜事连连。在这个客厅里面坐上五分钟，就会感到香气扑鼻，心旷神怡。这里真像一个养生区。"

江爸爸开怀大笑，赞扬林爸爸真不愧是一个教授，很会观察问题。江爸爸补充说："为了种这十六盆的梅花，江妈妈准备了一个月，为宁生和林岚办喜事用。"林爸爸高兴地说："有空到我们大学的房子来，我有个书房也收藏了不少的书，相信你一定会喜欢。我们家的花园也挺大的，种了不少的花，欢迎你们过来欣赏。"

夜深了，江爸爸叫出租车把亲家送回去。

晚上，两个阿姨分别将小毅和小梅安排在二楼的房子，两个阿姨也都住在二楼。二楼有五间房间，留了一个主卧给宁生和林岚住，两位老人家住在一楼。一楼有两间房。

当宁生和林岚走进二楼的主套大房时，大床换了新的被子、新的床单、新的枕头。床头柜两边放了两盏红色的灯，门口贴了两个喜字。大床对面贴了一颗红色的心，心的两边贴着两个胖娃娃。大床旁边放了一个长长的凳子，凳子上放了两套睡衣。凳子下放了两双新买的拖鞋。走进洗手间，洗澡液、洗头液、珍珠膏、香水、毛巾、电动剃须刀、厕纸什么的都有，林岚看到这一切，望了宁生一眼，吃惊地说："天哪！你妈妈怎么安排得这么细致啊？"

宁生自豪地说："我叫妈妈做的。这张大床是新买的，所有的床上用品都是新买的。"然后，宁生火辣辣地看着林岚说："我先去洗澡了。"他自己洗完了，看到林岚还在那发愣，他一把抱着她到洗手间，边帮林岚脱衣服边说："亲爱的，快洗吧，我等你等得太久了！"当林岚洗完澡吹干头发，满头的头发像瀑布一样落在羊脂玉般的肩膀上，一脸的娇羞地走出浴室，宁生准备了两杯温水，给林岚送过去一杯。他们俩离得很近，两双眼睛含情脉脉地对视着，林岚说："我怎么觉得像做梦似的，我还没准备好呢。"当她还想继续说话的时候，宁生将水杯快速地放在床头柜，热情地扑过去，用狂热的吻把她的话截在口中。

宁生说了一句："咱们还要准备吗？"她感到自己的脖子被他的双臂箍得紧紧的，啪的一声，林岚手中的杯子掉在了地板上。两人拥抱着，倒在了床上，一起深深地吻着。他俩边吻边为对方脱掉衣服。他则把她那件薄薄的睡

## 第二十九章 终于醒过来了

衣抛在地上，她则快速将他所有的衣服脱光。宁生吻着林岚那仍然高耸的乳房、性感的肩部和臀部，两个激动的人立刻融为一体，两股炽热的火立刻燃烧在一起……

"宁生……"林岚喃喃呼唤着，她雪白丰润的胳膊紧缠住他的脖子，一阵又一阵温柔的韵律变成了呼喊，一次比一次深沉……还是林岚说了句："亲爱的，你身体刚好，别一下子太猛了。"宁生如同一只睡醒的狮子，不停地抖动，他说了一句："这一刻等了太久了。"快乐、满足挂满了两人那汗水和泪水交织的脸。宁生还想继续，却被林岚坚决止住了："您的病刚好，以后我们大有机会，好吗？"看着她那双真挚的眼睛，宁生如同跑累的狮子，躺在她身边喘息。他边喘息边说："听你的。二十年了，真不敢相信我们还能在一起，我还可以这么幸福地拥有你，我们的感觉像当年一样！"说完又抱着林岚喃喃地说，"我们的情感一辈子只有一次。"两人紧紧相抱着，盖上被子，带着喜悦和满足进入梦乡。

第二天早晨，九点钟了，两个人才从睡梦中醒来，林岚不好意思地说："这么晚起床，我在你们家成了懒婆娘。"宁生说："没关系的，这段时间你很累，我爸爸妈妈都很理解我们的。"说完，他去倒了两杯水。两人喝完水后，林岚刚想穿衣服下楼，却被宁生一把抱住，坏坏地说："亲爱的，我还没完，二十年了，我就是个寡男。"林岚一听羞怯地笑了，用手轻轻地刮了一下宁生的鼻子，甜甜地说："没出息。"两人又是一番翻云覆雨。"好了"，林岚说："你先休息吧，补补觉，我要下去帮家里干些事儿了。"

宁生有些不好意思地叮嘱她说："好吧。今晚继续战斗啊！春节放假七天，咱们也算是度个小蜜月吧。嗯，医生要求我三月份才能上班，我想过完春节就去上了，好吗？亲爱的。"林岚回答："上班前还得做个体检，如果没什么事，你就忙工作吧，但不能像以前那样不要命了，要悠着点。"林岚赶紧跑到楼下拿了一杯牛奶上来递给他，柔声地说："喝完它睡个小觉吧。午饭的时候我叫你。"宁生一口气就喝完了牛奶，不到两分钟就进入了梦乡。

她走进了洗漱间，慢慢地洗漱完，然后将珍珠膏轻轻地抹在脸上，看到自己的脸变得红润有光泽，饱满的双乳高挺着，她有点不好意思。

她缓缓地走到楼下，宁生的妈妈亲切地叫她快吃早餐，她愉快地向江妈妈问好。用完了早餐，听到院子里小毅和小梅的声音，原来两人一大早就在种两棵桃树。小毅挖了两个坑，小梅将树放进坑里，小毅培土，小梅浇水，两人配合得恰到好处。两棵小桃树亭亭玉立，碧绿的叶子中间开放着朵朵小花。兄妹俩忙了两个多小时，累得满头大汗，林岚赶紧叫他们擦干汗水，以免着凉。

忙完了，小梅说："我会剪窗花，你们家喜欢吗？"小毅高兴地说："当然好啊，过年了，增加气氛。对了，我会写对联，我的毛笔字在学校获过一等奖呢。"两个孩子说完立刻动手。

小梅剪了一幅孔雀开屏的剪纸，很是优雅、生动、大气；还剪了一对鱼儿，鱼儿看上去生气勃勃，栩栩如生。小毅喜不自禁拍手叫好。小梅笑了笑，抿着小嘴说："看你的大作啦，要不要我给你研墨啊？"小毅说："那当然好。"小梅赶紧给他研墨，只见小毅双腿稳健，气定神闲，略为思索一下，提笔写道："欢天喜地度佳节，张灯结彩迎新春。"横批："家庭幸福。"小梅情不自禁地称赞小毅："你的字写得真好看。"

这时候已经到午饭饭点十二点多了，林岚叫醒了宁生下来吃饭，江爸爸江妈妈也来吃饭。大家看到小毅和小梅的佳作，既惊讶又高兴。江爸爸夸小梅心灵手巧，林岚夸小毅毛笔字写得好，颇有颜真卿的风采，而且对联对得好，建议将对联贴在大门口。江妈妈建议将小梅的剪彩贴在厅里的窗户上，家里过年的气氛更是浓厚了。

## 第二十九章 终于醒过来了

下午，小梅在自己的房间做完作业后练钢琴，小毅做完作业后也跑到小梅的房间听她弹钢琴。一会儿，小梅问："你想弹钢琴吗？我让给你弹。""不！我喜欢学电脑技术，希望你妈妈能教教我。"正好林岚到小梅的房间，她告诉小毅："你已经读初一了，是可以接触电脑了，过两天我就买一台电脑给你，但条件是你必须先完成学校布置的作业。以后，我每周星期天下午给你上一个小时的课，这个春节我给你恶补几节课。但是你不能打游戏机，可以吗？"小毅认真地点点头回答："当然可以。"

## 第三十章　美好的生活

晚饭后，两个孩子跑到院子里玩耍，宁生拉着林岚的手，神秘地告诉她："我带你去一个地方。"说完，他带她来到了省委的大花园，来到两棵连心树的面前。

"这里也有连心树？"林岚惊讶地望着宁生。"是的。"宁生点点头，"你知道吗？这些年来，每当我想你的时候，总在连心树旁回忆我们的过去……我未曾想到我们还能结成夫妻，拥有今天的幸福生活。"说到这句话，宁生的声音哽咽了。望着宁生那双炯炯有神的黑眼睛，林岚抱他的脖子深情地说："宁生，过去的都过去了。现在，跟你生活在一起，我已经很满足了，对于我来说就是奢侈的生活。没有什么理由让我们俩再分开了！"说完，两个人手拉着手，久久地望着连心树。好一会儿，两个人不约而同地说："等开春的时候我

## 第三十章 美好的生活

们一起回蝴蝶湖，给我们种下的连心树除草浇水吧。"

这时，已经是寂寥的黑夜了，冬天的寒风呼呼地吹着，还带着树叶的沙沙声，冷冷的寒意钻进他们的衣服。宁生搂着林岚回到家里，他们先是看望了江妈妈。宁生摸了摸母亲的手，还好，母亲的手暖暖的。宁生给母亲拿了药，林岚给公公婆婆倒了两杯开水。宁生正要打水给妈妈洗脚，妈妈却说："我洗过了，阿姨们已经安顿好两个孩子了，天冷了，你身体刚刚恢复，早点睡啊。"江爸爸也说："不要操我们的心了，晚安！"

宁生说肚子有些饿，林岚给他热了两个肉夹馍，煮了两个鸡蛋。宁生像秋风扫落叶似的，一会儿就吃得干干净净，惹得林岚好一阵笑。林岚又用保温杯装了两杯牛奶，与宁生走到二楼卧室去了。

坐在温馨的房间，与心爱的人在一起，宁生说："我这几个月不是吃就是睡，继往下去，我就成猪了，明天我要开始跑步。不知道公安厅的工作怎么样了，我明天打电话问问周舟。我突然感到，一个人没有工作是痛苦的，没有爱情也是痛苦的。"

林岚没有说话，而是静静地打量着宁生，发现他经过这几个月的调养，仿佛年轻了十岁，精神更抖擞了。她相信他不是等闲之辈，在今后的工作中，会更努力。看见林岚在房间里静静地看着自己微笑着，她还像十几年前那么美，特别是这两天，红润的脸蛋洋溢着幸福的光泽！宁生说："该洗澡了，我先洗。"说完风一般走了，林岚也赶紧去洗了澡。上了床，她顺手把灯关了，宁生说："别关灯就开个小灯。"说完坏坏地盯着她，林岚笑了，两个人盖着被子，又开始了暴风雨般的运动。

今年的春节特别冷，宁生夫妇带上小梅和小毅，给两家的老人和孩子都买了羽绒衣，宁生还给林岚买了一套粉红色的羊绒毛衣毛裤和一件杏色的呢子大衣。林岚说："你呢？"宁生说："我不怕冷，我不用穿羽绒衣，再说你以

233

前给我做的那些棉衣还可以穿。"林岚说:"哎呀,二十多年的东西已经不暖和啦,你已经是中年人了,又经常外出执勤,还是需要保暖的。"然后她给宁生挑了一件藏青色的羽绒衣、一件羊毛衫、一条羊毛裤,还给小毅买了一台电脑,又买了一些年货。大家又高高兴兴地看了一场电影回家了。

春节的那几天,林岚给小毅恶补电脑课,他懂得了基本操作,再往下学那就是编程了。林岚没想到小毅学得那么快,建议小毅放暑假的时候学简单的编程。她和小毅之间彼此留下了电子邮箱,以保持联系。

小毅还吵着要去看武打片,小梅说她想听音乐,林岚建议带上四个老人家到北海新的音乐厅观看音乐会,宁生连声说好。春节期间,一家人终于欢欢喜喜地在北海市星海音乐厅听了一场高雅的音乐会。

每天两个孩子总喜欢在院子里玩耍,给两棵桃花树浇水,给大厅里的梅花浇水,还帮助两位阿姨打扫卫生。愉快的日子总是过得很快,春节过完了,小毅也要去上学了。他上的中学,离李玲家很近,走路只要十分钟就到了,所以他要回去妈妈那里住。临走前,他要小梅给他剪一张剪纸,他要一张大公鸡的剪纸,因为他属鸡。小梅很认真地剪了一只大公鸡。这是一只漂亮的大公鸡,它长得非常健壮、高大,看上去威风凛凛,英姿飒爽,并贴在一张白纸上,上面写了一行字,"送给小毅哥哥,小梅于一九九四年二月"。小毅也用红纸写了六个大字送给小梅,"祝你永远快乐"。这一年,小毅十三岁,小梅九岁。

一九九四年春节过后,林岚带着丈夫去体检,各项指标正常,医生建议宁生再休半个月,近期不能太劳累。省上的领导一再吩咐,江宁生的病彻底治好后才能上班。但大年初十,宁生就回省公安厅上班去了。

一大早,李阿姨就准备好了丰富的早餐。吃完早餐,宁生里面穿上新买的毛衣毛裤,外面穿上崭新的工作服,林岚还帮宁生仔细地带上了警帽,看

## 第三十章 美好的生活

着他说："什么事儿别太急，你容易急躁，啊？"宁生点点头，向爸爸妈妈和林岚敬个礼，容光焕发地走了。

当宁生快走到省公安厅的大门时，远远看见两边站着大约六十名公安干警，他们衣冠整齐，精神抖擞，满脸微笑。他心里有点纳闷：今天有什么活动吗？当他走到公安厅大门口时，所有的公安干警，突然转角四十五度，面向江宁生敬礼，并统一高声呼叫："首长好，首长辛苦了！"看见这些干警熟悉的面孔，听着他们热情的问候，江宁生一阵热血沸腾，他回答："同志们辛苦啦，谢谢大家！"

这个时候，顾书记、郭书记以及省公安厅的领导班子，都在大门口迎接江宁生的到来！宁生先是跟顾书记紧紧握手，顾书记关注地问："好利索了？"宁生回答："好利索了。"

顾书记说："你是得过一场大病的人，以后工作不要那么拼命，特别要注意休息。你是第一把手，不要任何事情都身体力行，抓纲要性的东西。共产党员的生命，也是党的宝贵财富。"宁生听完认真地点了点头。

顾书记还高兴地说："接到公安部的嘉奖，江宁生同志立下特等功。"

郭书记也走过来，紧紧握住宁生的手，高兴地说："恭喜你啊！也恭喜你身体恢复健康！"这时朱光荣、肖虎、周舟、韦放都热情地围着江宁生，跟他握手。

宁生跟大家握手后，他转向门口，向站在那里六十多名的干警们敬礼，激动地说："同志们，今天是年初十，还没过十五，春节还没过完，借此机会，我向大家拜个晚年，祝大家身体健康！平安吉祥！去年六月份的大火，我希望我们都要做一次深刻的总结，这是一次惨痛的教训，不能够让它再发生了。大家回到各自的工作岗位吧，我会去看望大家的。"

江宁生的事迹感动了许多人，也感动了韦放。他曾认为宁生工作是为了出风头，可这次救火事件，让他看清江宁生的真心。

宁生活过来了，回来工作了，这是韦放没有想到的事。韦放虽然不希望他死，但如果宁生回不来，朱光荣很可能是厅长，他就是常务副厅长。因为肖虎年龄大了，还有两年就退休，周舟又太年轻，只有他才有资格胜任。可现在宁生回来，又回到从前，工作也许更加紧张了。不过，宁生可是个救火大英雄啊，被公安部授予特等功，很可能调到省里面去，当省级干部。我韦放还是有可能的，为人民多担当责任，这是好事嘛！韦放仍然是这样安慰自己，鼓励自己。

那天上午，宁生与生死与共的战友欢聚一堂后，就马上召开了省公安厅党委会。

会上，朱光荣把去年六月份发生火灾的教训以及以后的防范措施，都向大家作了汇报。朱厅长说："这个报告早在四个月前已经上报了省委政法委，有些防范措施已经在做了。现在大家再议一议，看看有什么更好的补充意见。"

宁生不停地转动着手中的钢笔，思考片刻，缓缓地说："总结得比较全面，但需要补充。"

他建议："要马上将化工原料仓库搬走，特别是易燃品。事不宜迟！必须在两个月内完成，时间越长麻烦越多。同时，附近的三万多户居民住宅楼连楼，如此密集，一旦发生火灾，消防车没有办法进去。所以，尽可能将这三万多户中的两万户居民疏散到另外一个区域。这两个问题必须写成报告上报省政府，尽快解决。另外，居民区现在必须组成若干个以居委会为单位的防火小组，配置灭火桶或灭火器，建立每日巡查，加强防范。"

他思索了一会儿，接着说："这两万户到一个新的区域去住，可以让省政府拨一块地，开发商来投资，群众自己也出一部分钱，当然他们可以贷款。

## 第三十章 美好的生活

余下一万户的老城区,可以将一些破旧的小楼房拆掉,加宽道路,让消防车可以进入。"

说到这里,宁生面有难色地望着大伙,又继续补充道:"我知道这个办法是有困难的,但如果再发生火灾,损害的是老百姓的利益,而老百姓就是天啊!现在还可以做到亡羊补牢。"

朱光荣和班子成员都说,他们也曾经想过宁生的意见,就是觉得动作太大,成本太高,再加上宁生的身体还没恢复,不好打扰,今天听了宁生的意见,让他们有信心了。

最后宁生建议,北海市类似的问题都要写进这个报告里面,争取有计划由重到轻地解决,最终,一揽子解决。

宁生说:"北海市是一个沿海城市,是一个高科技城市,经济基础一向发展较好,无论如何,人是第一位的,人民生命是无价的,是首要的!相信省政府会给予支持。"

韦放赞扬道:"江厅长想法高瞻远瞩,年轻人就是敢想!"

朱光荣还建议:"在化工原料仓库还没有搬走之前,省公安厅要将这个区域作为工作重点去关注,建立二十四小时值班制度,制定解决突发事件的方案。"

肖虎通报了一九九四年的治安案件,总案数量比一九九三年下降,但入户盗窃案占的比例较大,高科技作案也出现苗头。

朱光荣建议:"入户盗窃案,当地的公安局及街道党工委要一起合作,组织居民成立治安队伍自治,效果可能比较好。"

周舟发言:"关于高科技破案和防控,要马上招一批信息学院的大学生,甚至研究生。还要咨询省科技厅,寻求他们的帮助。"

韦放建议:"要提高公安队伍干警的攻和防的技能,定期训练他们的体能、射击技术、擒拿术、散打等，培养一支素质过硬的干警队伍。"

宁生仔细听了大家的建议，感到很有创意，措施上也切合实际。最后他要求方哲做好会议纪要，给每个厅长发一份，给省委政法委郭书记报一份，请郭书记审阅。各自分管的责任人，要尽快落实。最后，他站起来诚恳地向大家躬身致谢。

宁生说自己在这几天，会向省政府相关部门汇报请求支持，以解决那两万户居民迁址的问题。

会议从上午十点开到下午七点，中午由食堂送来盒饭。吃完盒饭，韦放怕大家中午瞌睡，冲了上好的工夫茶给大家，整个会议室飘着悠悠茶香，大家喝起来，味如甘霖，提神又醒脑，还真管用，精力充沛。周舟喝了几小口工夫茶，感慨地说，小口喝茶跟大口喝茶的感觉就是不一样，大家都笑了。事实上大家也不想休息，因为宁生回来了，大伙也很希望跟他一起探讨并解决问题。

会后，朱光荣又向大家通报了两件事：根据干部管理的新决定，除了公安和安全及科技部门，凡在本岗位担任原职务超过十年的，都按原待遇调到其他部门，于婉容已于去年末调到省民政厅任厅长，古华也调到省劳动厅任厅长。

夜幕降临了，二月的傍晚仍然是那样的寒冷，呼呼狂啸的北风中，小雪纷纷扬扬地飘落下来，把公安厅门口的花坛变成了一个粉妆玉砌的白花坛。当宁生走到公安大厅的传达室时，传达室的同志给他一个包包，说："这是你家阿姨下午送过来说交给你的，是你爱人交代要送来的。"宁生打开看，是那件新买的藏青色羽绒服，大伙都笑了，称赞林岚心细。

大家都知道江宁生林岚这对伉俪的情感不一般！彼此走过了风风雨雨。现在，两人神仙眷侣般的婚姻更是羡煞旁人。

## 第三十章　美好的生活

方哲开心地笑了笑大声说："以后江厅长夜晚是不会住在省公安厅的喽。"

周舟更是大声调侃："今天江厅长说话都是和声细语的。看来有爱情滋润的确不一样啊！"

宁生有些不好意思地笑了。

宁生穿上妻子送来的羽绒衣，身上暖洋洋的，心里更是甜如蜜。二十多年前在农场曾经有过这样的感觉，现在这种感觉又回来了，他感到工作更有劲头了，生活更美好了。

从省公安厅到省委宿舍，平时要走半个小时，今天二十分钟他就走到家了。回到家已经快八点了，爸爸、妈妈和小梅及阿姨已经吃完饭了，林岚在客厅的书桌上看资料，等他回来吃饭。看见丈夫回来了，林岚安然地笑了笑，帮宁生脱下羽绒衣，到外面拍打了一下雪花，挂在衣架，给他拿了双拖鞋，又给他拧了两条热毛巾，一条擦脸，一条擦手。

这时，李阿姨端了四菜一汤，是红烧狮子头、红烧大胖鱼、牛肉烧土豆、木耳炒西芹、清炖鸡汤，这些都是宁生爱吃的菜。林岚穿着宁生给她新买的羊绒毛衣，身材显得更是纤秀了。

她双手往后拢了拢瀑布般的头发，看着宁生饥饿的样子，笑着问："饿坏了吧？先喝汤吧。"宁生说："先吃狮子头吧，我最爱吃的菜，然后再喝你盛给我的汤。"说完狼吞虎咽地吃饭了。他知道妻子喜欢吃红烧大胖鱼，专门端给她。他告诉妻子，今天中午就吃了食堂的盒饭，喝了一个下午的工夫茶，四点多肚子就开始饿得咕咕叫。林岚听了抿嘴笑了："你平时就是不喝工夫茶，吃饭从来都是秋风扫落叶的。好啦，别吃那么快！"

晚饭后，外面已经没有下小雪了，两人又穿上羽绒衣，手挽着手，到花园散步。宁生说："今天省委顾书记、郭书记，以及六十多名干警都在公安厅门口欢迎我，我感到前所未有的开心啊！"林岚感动得直点头。林岚也说：

"今天上班第一天，雷彤等省里的领导同志们也在门口欢迎我。雷彤叫我以后不要出差了，好好照顾你。现在可以召开全省电话会议了，可以不下乡了。"林岚停了一下说，"省科技厅要贯彻连海省近期的科技计划，工作很多，尤其是偏远山区，困难很多，不下乡是不行的。等你的身体稳定了，我还是要下乡的。"

当他俩走到一片青松树林下，松树的枝叶仍然翠绿可爱，迎风傲雪而不改变。两人久久地站在树林旁边，感受着青松不畏艰难、生机勃发的气息。此时一阵寒风袭来，宁生拉着林岚往前走，边走边说："站久了会着凉的，我带你到前面看一片梅花林。"

"梅花林？是什么样的梅花林？我家那里也有一片非常美丽的梅花林。"林岚好奇地问。宁生说："那你就有所不知了，省委院子里的这片梅花林与众不同。"当两人走过去一瞧，林岚看了这片梅花，居然是粉红色的，在凛凛寒风中开得仍然是那么鲜艳！她马上说："我们家不是有十二盆这种梅花吗？"宁生说："这是妈妈专门给你准备的，知道你喜欢花。"接着，他侃侃而谈，"梅花科有好几种梅花，有红色的，有粉红色的，也有白色的，这里就没有白色，白色的更美。我们附近有一座凤凰山，就有一片开白色花的梅花园林，它仅在一月份开放二十天。我们明年找时间去看吧！"

不知不觉已到夜晚九点多了，宁生说："回家吧，我要洗澡了。"林岚听了扑哧一笑，说："你什么时候这么干净过？以后这种好习惯可要长期坚持啊。"宁生温和地说："只要不加班，我一定主动洗澡。如果遇到办案和特殊任务，那就不一定准时洗澡了。"回到家里，宁生马上洗澡、刷牙，并到楼下用保温杯端了两杯热水上二楼。林岚洗完澡和头发后，双手用珍珠霜均匀地抹在脸上，她温柔地看着宁生说："我们的生活以后不可能每天晚上都这么热乎乎，以后的日子变得平淡，才是正常的。"宁生听了，认真地说，"长相守，

## 第三十章 美好的生活

长相依,就是爱的一种升华,两体相交并不是唯一的。两神相交,爱到骨头里,彼此欣赏才是永久的爱!"宁生又笑哈哈地说,"我们柔情蜜意,忍顾鹊桥归路?还是让暴风骤雨来得更猛烈些吧!"说完他一把搂住林岚,两人一起钻进被窝里……

尽管今年冬天很冷,但是宁生和林岚两人热血沸腾的日子总是过得很快。

# 第三十一章　父子俩剑拔弩张

春天来到了，四月初，万木竞春，群芳争妍，春色迫不及待地点染了北海市。宁生家的院子，万绿丛中点缀着几朵美丽的花朵，引来了几只蝴蝶翩翩起舞。

一天早晨，大家像往常一样吃早餐，林岚喝了一碗粥，吃了一个煮鸡蛋，突然想呕吐，她赶紧跑到洗手间，结果吐了个干干净净。宁生赶紧跑过去，端起半碗温水，给林岚漱口，然后扶她回到厅里坐下来，问："怎么回事？是肠胃不舒服吗？"林岚低着头，红了脸不说话。江妈妈赶紧走上去，轻轻地问林岚："是不是有了？"她的脸更红了，轻轻地回答江妈妈，月经已经有二十多天没来了。江妈妈高兴地笑了，告诉宁生："你又要当爸爸啦！"江爸爸听了也是喜气洋洋的。

## 第三十一章　父子俩剑拔弩张

蔡阿姨说："我今天早上就听到喜鹊在我们家的大槐树上喳喳叫。"李阿姨情不自禁地说："这是有喜事来啦！"江宁生更是高兴得手舞足蹈，说："今天正好是星期天，我带林岚到医院去检查一下。"医生检查完，说林岚已经怀孕五十多天了，预产期是一九九四年十二月底。宁生立即打电话给林岚的父母，林岚的父母也非常高兴，赶紧过来看望女儿，并也将这个消息告诉了平平。平平听了，也喜滋滋地说："你们是苦尽甘来，终于结硕果了。我刚学会织毛衣，给你们的孩子织帽子和虎头鞋吧。"

一九九四年十二月二十八号，林岚终于生下了孩子，是龙凤胎，男孩六斤四两，是哥哥；女孩六斤二两，是妹妹。宁生夫妇喜出望外，两家子的父母也喜笑颜开。当林岚从产房出来的时候，宁生情不自禁地吻着妻子说："我们终于有自己的孩子了，而且还是两个。"林岚疲倦地点了点头。

这一年，宁生四十四岁，林岚四十一岁。

江爸爸也退休了。

在医院观察了三天，两个孩子很正常，林岚就回宁生家里坐月子。因为要带两个孩子，林岚的父母将自己家的梅阿姨打发过来，帮忙带孩子。梅阿姨带女孩，蔡阿姨带男孩，李阿姨负责做饭搞卫生。小梅已经十岁了，有时候做完功课以后帮忙逗逗小妹妹、小弟弟。梅阿姨带着女孩住一个房间，蔡姨带着男孩住另一个房间。林岚因为坐月子，晚上还要喂奶，她自己单独睡一个房间。为了不影响宁生白天的工作，让宁生有个好的睡眠，她坚持让宁生也单独睡一个房间。小梅住在自己原来的房间。这样二楼的房间全住满了，一楼还有一间空房，李阿姨收拾得干干净净的，让小毅有时候过来住。

一九九五年的元旦了，有三天的休息时间，给这两个孩子起什么名字好呢？林岚建议交给奶奶和爷爷起。爷爷给女孩起了个名字，叫江晴，寓意是孩子永远阳光灿烂；男孩的名字叫江涛，寓意是男孩子要经受住惊涛骇浪。

大家都认为这名字起得好。林岚建议女孩子的小名叫小晴，男孩子的小名叫小涛，宁生连声说："好听好听。"

一九九五年，小毅仍来爸爸家过年。这年，因为爸爸妈妈都忙着照顾小弟弟小妹妹，无暇顾及小毅，只有小梅还像过去那样热情，小毅心里有点失落。小毅原来住在二楼，现在住在一楼，心里特别不高兴。

平平来了。她现在留着一头长长的黑发，脸上白白的，穿着一件浅灰色的羽绒服。走进大厅，她脱下羽绒服，上身穿着一件白色的厚毛衣，下身穿一条浅灰色的裤子。她放下手中的东西，一边搓手，一边大喊："可冻死我了。"小梅赶紧给她递上一个暖水袋，带她上了二楼妈妈的房间，并递给她一个羊毛披肩和一杯热茶。

平平送来了二罐黑糯米甜酒，并为小晴和小涛亲手各织了一顶羊毛帽子和一双虎头鞋，手工精致，妙趣横生。林岚欢喜地说："只以为你妙笔生花、文采斐然，没想到你的毛活是这样精湛。"她拉着平平的手，又诚恳地说，"你也老大不小了，赶紧找个伴儿吧。"平平认真地回答说："我见过几个男士。可见一回，头疼一回，每次都不知道该说什么好。我感到，爱是一件很累心的事。我也观察过，像你和宁生感情这样好的夫妻是比较少的，有些夫妻凑合着过日子。我可不想凑合着过日子。反正中国也不缺我一个人生孩子，你就让我天马行空，独来独往罢了。以后就让小梅当我的干女儿，给我养老得了。你也别再劝我了。"林岚见说不动平平，只好静静地坐到那里。

平平打破了宁静，笑嘻嘻地说："哪像你呀！人见人爱。还会将水端得一样平。"林岚气恼地说："看我今天不拧掉你的嘴！"说着就站起来，走向平平。这时，江妈妈正好过来看林岚，两人只好停住了嬉闹。

一九九七年春节第一天清晨，阳光照耀着白茫茫的大地，冬日的阳光总是那么温暖，有一种妩媚而煽情的美，让人萌生无限遐想。

## 第三十一章　父子俩剑拔弩张

宁生和林岚用婴儿车各推着小晴和小涛，走进省委旁边一家新建的公园。夫妻俩推着小车走，孩子们穿上厚厚的棉袄棉裤，头上戴着平平给他们织的羊毛帽子，脚上穿着虎头鞋，身上还盖上一个小毛毯。小涛长得虎头虎脑，小晴那红嘟嘟的脸蛋闪着光亮，像九月里熟透的苹果一样。宁生和林岚脸上幸福满满，边走边逗孩子。宁生说："小涛长大了还当警察，小晴嘛像妈妈一样搞高科技吧。"林岚听了乐呵呵地说："孩子这么小，你就这么快给他们定工作，他们喜欢什么就让他们干什么吧，只要健康，对社会有贡献就行了。"

林岚生完孩子身材还是没有变，还是那样苗条，脸色更红润了。这个时候，婉容也正好来公园晨练，宁生夫妻推着两个孩子，这个温馨幸福的画面正好被她远远地看见了。

这几年，古华想跟老婆离婚娶婉容，可她又看不上古华。女儿因为从小跟婉容不在一起，跟她也不亲。婉容的感情依然是孤独的。一想到自己钟情江宁生半辈子，他却对自己无情，婉容一下愤怒了。她没有主动上去打招呼，而是转回办公室思忖。

看到办公室那两盆水仙花和两盆秋棠花开得是那样的艳丽，她突然恨起这四盆花。她拿起剪刀，一一剪碎这四盆花那灿烂的花朵，花儿七零八落，狼藉满地。

她实在不甘心。她把最美好的青春的感情毫无保留地全部给了江宁生，即使以前发生过什么，但现在她就是见不得宁生和林岚恩爱的样子。她爱不成江宁生，现在变为恨江宁生了！爱有多深，恨就有多深。她此生尝透了单相思的痛苦！她现在也没有能力再承受这种单相思的痛苦了。现在，得想一个办法，让这一大家子过得不安宁，痛不欲生。反正，她不杀人放火，不触犯法律，只是解解恨而已。她上个月去探望晓鹰，从监狱的警察那里知道，有一个贩毒走私团伙，行迹被省公安厅初步掌握了。她灵机一动，决定从李玲和小毅那里下手……

春节过后，婉容到李玲家看望她，送李玲一套进口的时装，还有一套进口的化妆品。

那天正好是三月初的一个星期天下午，李玲正在给孩子小毅洗运动鞋，小毅正在自己的房间做功课。

两年不见李玲，她苍老了许多，才四十四岁的人，已经有明显的眼袋了，脸色铁青铁青的，完全没有在农场时那种白里透红的脸色了。婉容一看就知道李玲的日子过得不太顺当。

李玲说："你来就来嘛，怎么带这么多东西啊？我都不好意思。"婉容说："谁叫咱们是老朋友呢？怎么样，你的日子过得好吗？"李玲淡淡地说："有什么好不好，有工作干，有房子住，有不多不少的工资，有孩子。"婉容继续问："你长得这么漂亮，当年在农场也是个美女，现在为什么不找一个好男人呢？"李玲又是淡淡地说："我都四十多岁了，又带个拖油瓶，哪有那么容易呀！"

婉容故作同情，流下几滴眼泪，心疼地说："不是我说你，当初你就不应该跟江宁生结婚，他根本不爱你，你却老老实实地给他生了个儿子。孩子也是他母亲用生命胁迫你们为他们江家生了个长孙。他跟你结婚将近二十年，你们在一起也没有几次。他跟你长期分居，心中却一直想着林岚，江宁生太过分了，你也太老实了，简直就是个活菩萨！我实在想不明白，江宁生不爱你，为什么你要给他生孩子？他以后会爱你的孩子吗？他现在有两个孩子了，加上小梅，他还会把小毅放在眼里吗？他把工作和乌纱帽看得比亲情还重，他陪伴小毅几次？他现在已经不在公安厅住了，搬回家里住了，天天陪着那龙凤胎。我看他就是不爱小毅，因为他从不爱你！"

李玲说："这首先不能怪林岚，当初宁生是植物人的时候，林岚有那么大

## 第三十一章　父子俩剑拔弩张

的勇气嫁给他，这也是很难得的。"

婉容说："我没有说林岚。我主要是说你嫁给他快二十年了，你白白失去了二十年的青春。"李玲不作声了，默默地流下了眼泪。

"请你别说了，我已经接受这一切了。前段时间，宁生给我介绍了一个警察学院的方副教授，人品、条件都不错，我正在考虑。"李玲认真地说。

婉容说："他是拒绝承担小毅的责任，所以将你推给那个副教授。"婉容又继续挑拨。

李玲不再说话了。

临走的时候，婉容说："小毅是你和江宁生的孩子，你要爱护好小毅，那个小梅，自己有姥姥、姥爷，有两套大房子不住，却跑到江家住，居心何在？为了保护小毅，你有机会把她赶回姥姥家去住嘛。我这是为你好。"

小毅在房间听到父亲是这样的人，跟母亲结婚二十年，居然不爱母亲，因为奶奶用生命胁迫，父母才生下了他。他是一个不受父亲欢迎的孩子。小时候他是在姥姥家长大的，跟姥姥和姥爷感情深。而父亲这些年来一直不回家住，很少陪伴自己，更是对母亲淡淡的。现在倒回家住了，下班的时间陪伴小晴和小涛。这两次放假回家，自己居然睡在楼下的房间，二楼的房子都让给弟弟妹妹住了。爸爸还给小梅买了一架钢琴，自己想买一辆越野自行车，爸爸都不给，说是等考上高中再买。

小毅今年十六岁了，读初三，正值叛逆的年龄。他们班有些同学经常数落他："你爸爸虽然是高干，可是他都不跟你住，说明他不爱你。你等于没有爸爸。"听到这些语言，江小毅非常恨他的父亲。

一九九七年四月初，省公安厅正在追捕一个贩毒走私案团伙。根据刑侦处的周密调研和部署，计划在四月十二号的晚上八时，一窝抓走走私贩毒分子。这一帮贩毒分子共十五个人，聚在江宁路八号二楼。当晚，公安干警六十多名，第一层由周舟带领干警，第二层由江宁生和晶晶带领干警，第三层由朱局长带领干警，分三层悄悄地包围江宁路八号二楼。

当周舟带领干警包围第一层，与歹徒搏斗的时候，十五个人一下就被抓住了。

第二层的干警抓捕嫌疑人时，有一个年轻人却从二楼跳下，躲开警察。

宁生赶紧带上第二层人，抓这个年轻人。这个人跳下来没站稳就往前跑，一位受伤的警察追不到他，瘫倒在地上，就开枪射击他。他的左臂被警察射伤了，他带着受伤的左臂往前跑。这位受伤的警察正准备开第二枪，这个逃跑的年轻人，马上转向那位受伤的警察，用没受伤的右臂夺下那位受伤警察的枪。当受伤的警察向他大喊"缴枪不杀"的时候，这个夺警察枪的年轻人，被宁生和晶晶几个人围住了。他大声喊道："我没有贩毒，我被骗了，你们为什么乱抓人？是那个警察拿枪先打我，我才夺他的枪。我想把这支枪还给周舟局长。"

宁生听了这个声音怎么这么熟悉，仔细一看，是自己的儿子小毅。看到被小毅打伤的警察痛苦地倒在地上，腿部流着鲜血，地上也有血迹，宁生一下子火了，拿起枪对着小毅。小毅十六岁了，已经身高一米八，也拿着枪，对着父亲。

他大声对宁生喊："我没有走私毒品，是被骗来的，你打死我啊，你本来就不喜欢我，是奶奶逼妈妈让你生下了我，你对我妈妈没有任何感情，为什么要与她结婚生下我？你太自私，你欺骗了我妈妈的感情，你是个感情的骗子！我本来就不该出生，我是个多余的人，你打死我啊！你大义灭亲啊！你又可以立功了，又可以成为战斗英雄了，你又可以升官了，反正你有两个亲生的孩子，还要我干吗？"

小毅边讲边泪流满面，江宁生听到小毅讲的话，句句扎心，气得浑身颤

## 第三十一章　父子俩剑拔弩张

抖,双眼涌出了泪水。父子俩都拿着手枪,愤恨地指向对方,不停地流着眼泪。

这个时候,晶晶猛地夺过宁生的枪,把江宁生推向一边,拿着枪跟小毅对峙起来,她说:"无论如何他是你父亲,你不能把枪对着他。你是他儿子,你如果是罪犯,他可以击毙你。你刚才说你没有贩卖毒品,你是受骗了,我信你一回,但你要把枪放下!你已经打伤一个警察,你再打伤我,就是袭警,我给你机会,我先放下枪。"

晶晶往前走了两步,把宁生的枪扔到自己的脚下,距离小毅只有两米远,小毅看见晶晶这么诚恳,也主动把枪扔到地上,只见晶晶一个箭步,上前将小毅的双手反扣,铐上手铐。

晶晶告诉小毅:"你打伤了我们的警察,无论如何要跟我们到公安局走一趟。你说你是被冤枉的,我们要看证据。"说完,她将小毅带走了。

宁生没想到小毅对他有这么大的怨恨!那样绝情的话句句让他伤心!这时围捕第三层的朱局长等人赶到了,他们都劝宁生,十六岁的孩子正在青春叛逆期,他讲的话一定是受到什么人的挑拨离间,这里面一定有原因,今天要抓的人都抓了,未必所有的人都一定是罪犯。

周舟说:"我们冲到二楼时,小毅一个人蹲在左边一个墙角,那十五个人在右边一个墙角,相差十几米远,这都有现场录像的。小毅跟那十五个人应该是不认识,否则他为什么会往下跳呢?当然还要做调查。"

当宁生执行完任务回到家,已经是凌晨了。他直奔二楼,躺在卧室里的长沙发上,一动也不动。

他阴沉着脸,眼睛红红的,一直不说话。林岚为他倒了一杯水,拧了一个湿毛巾,帮他脱下了皮鞋,坐在他身边,轻轻地说:"你累了,睡一会儿,如果发生了什么事,咱们也好商量商量啊!"宁生用湿毛巾擦擦脸,一边喝水，一边将昨晚执行任务的情况，特别是小毅说的话，全部告诉了林岚。林岚听了大吃一惊，问："就是说小毅进了看守所？"更让她吃惊的是，小毅说的那番话。她站起来在房间踱来踱去，一会儿，她肯定地说："小毅是不会去贩卖毒品的，肯定有人从中作梗，问题是怎么把这些证据找出来？"同时林岚也很自责地说："这两年我们照顾小晴和小涛，的确是忽略了小毅的感受。"宁生点了点头，不由地说："这些年我也忽视了跟他沟通，也很少陪伴他。但我也相信小毅不会做那样的事，这要看周舟审讯的记录，他还打伤了干警。"

　　两人正说着，就听到楼下李玲的哭喊声，她披头散发地哭喊着叫宁生救救孩子，说孩子是冤枉的。李玲这一喊，江爸爸和妈妈全知道了。江妈妈听到孙子进了看守所，还打伤了干警，一下子昏倒过去。宁生责备地看了李玲一眼，马上和林岚将妈妈送到医院抢救，江爸爸也随车前往。经过医院抢救，妈妈暂时脱离了生命危险，但医生告诉他们，江妈妈的心跳很微弱，已经开始出现心衰，要他们做好思想准备。江爸爸说："你们先回去办事吧，我不相信小毅是那样的孩子，我在医院陪你妈妈。"

　　毕竟江爸爸已经七十多岁了，林岚不放心，马上打了电话，叫平平也到医院，与江爸爸一同陪江妈妈。

　　在回来的路上，宁生说："我目前暂时不能看审讯小毅的记录，可能李玲知道小毅最近的一些行动轨迹，回到家里，我们要向李玲了解情况。"林岚点了点头，说："我也是这么想的。"

　　回到家里，李玲急忙询问小毅奶奶的情况，得知老人家被抢救过来了，她不好意思地说："都怪我一时心急，忘了奶奶是个病人，真对不起！"她还告诉宁生夫妇，"最近这一个月，小毅老想骑越野自行车，我考虑到要中考了，答应他中考后再买给他，如果没有钱，我相信宁生也会支持的。"宁生点了点头。

## 第三十一章　父子俩剑拔弩张

　　林岚问："他最近有没有跟什么人接触，特别是有没有新朋友？"李玲认真回忆了一下，说："没有。但古华的小女儿古玉珠，跟小毅是同班同学，这段时间倒是经常找他玩，但小毅不太喜欢跟她玩。所以古玉珠来家里，坐一会儿就走了。"

　　"哦，对了，婉容三月初来过我家。"李玲回忆起说。李玲将婉容说宁生的坏话，全部复述了一遍。她说："小毅听后对爸爸很生气，甚至产生敌意。我告诉小毅，情况根本不是婉容所说的那样。我要他不要放在心上，要相信妈妈，不要记恨爸爸，爸爸是个好人！我们大人有自己的苦衷，等他长大了就明白了。但是我怎么劝，他都不听。"李玲认真地说。

　　宁生听了，愤怒地说："这个于婉容，秉性不改，唯恐天下不乱！"

　　林岚问："小毅在家里有上网吗？"李玲回答说："有。"

　　林岚说："我要把那个电脑看一看。"宁生还问："小毅怎么会有手枪？"李玲告诉他："你帮我介绍那个公安学院的对象方教授，他带我们两个到射击场打过两次枪，小毅很喜欢打枪，学两次就打得很好了。他恳请方教授给他一把枪，但方教授不同意，小毅没有手枪啊！"李玲反复地说道。

　　林岚说："现在关键是要找出小毅有没有贩卖毒品的证据。宁生，你现在马上到李玲家，把小毅的电脑拿来这里，我好好地看一看。"

　　林岚打开小毅的电脑，发现他确实跟古玉珠在网上交流过。去年古玉珠就向小毅表达了爱意，希望跟小毅做男女朋友，但小毅拒绝了。今年三月底，小毅想向古玉珠借钱买单车，古玉珠答应了。几天后，古玉珠向小毅发了一条信息，告诉他："四月十二号晚上八点，到江宁路八号二楼，有一个人叫李天洛，是我的表叔，会借给你五百元买自行车。"古玉珠还要小毅写上借条，保证三个月后把钱还给人家。

　　看了这个信息，如果小毅去江宁路八号二楼，说明他根本不知道那里有什么。

古玉珠为什么给他下这样的指令呢？古玉珠的背后又是什么人呢？宁生说："估计给古玉珠下指令的人是婉容，但婉容是不可能跟贩毒走私团伙勾结的。"

宁生泡了一杯茶，一边将茶杯放在桌子上转来转去，一边思索。"嗯，婉容可能听到贩毒走私团伙要被省公安厅围剿的信息，她可能利用了这个信息，陷害小毅。"宁生自言自语地说。

林岚说："现在基本上可以肯定一点，小毅是不知情地踏上贼船的，他是被人骗了。"

李玲提出想明天去看看孩子，她还想跟林岚一起去看，她知道小毅对林岚很尊重。小梅也吵着要去看小毅哥哥，宁生默默地同意了。他也感到小毅十多岁以前，自己确实很少关心他。

第二天上午，李玲带了一些点心和罐头，小梅知道小毅喜欢吃橘子，她带了两斤橘子，还剪了两张漂亮的剪纸，一张是汹涌澎湃的大海，另一张是一只展翅飞翔的海鸥，还拿了几本中考的书。

小毅见到母亲、林岚、小梅，流下了眼泪。他告诉她们："我没有贩毒，我也没有打伤警察。"林岚问他："那你为什么要去那个地方啊？"小毅的回答跟电脑上的记录是一模一样的，他其实就是为了借钱买一部越野自行车。

大家安慰他："你没有贩毒，没有打伤警察，就安心地等待公安局的审查和结论。"

小梅已经十二岁了，快一米六了，一副清秀可爱的模样。她告诉小毅："我六月份就要参加小升初考试了，希望你也要参加中考。这是我给你带来的课本。"

"我一定会看的。"小毅回答，他又紧紧地拉着小梅的手说，"你也相信我

## 第三十一章　父子俩剑拔弩张

吗？""当然。我还等你回来，咱们一起给那两棵桃花树浇水呢。"小梅微笑着回答。小毅红着脸说："我会抓紧时间复习的。"然后他又看着两位妈妈说，"请你们放心，告诉爸爸、奶奶和爷爷，我没有做坏事。"

李玲又劝说小毅："婉容那天说得不对！你爸爸是爱你的。你难道不相信妈妈吗？"

林岚也说："再过几年你就会明白了。"

经过三天的审讯，那十五个人根本不认识小毅，他们倒卖毒品已经三年了，从来没见过小毅，更不知道一个叫李天洛的人。

关于公安干警，是歹徒打伤的。他们在录像上看到，这个公安干警被歹徒用枪打伤后，干警以为是小毅打的，就向小毅开了一枪，见小毅没倒下，准备朝小毅开第二枪。小毅是来借钱的，莫名其妙地被这位干警打了一枪。看见这位干警又继续向自己开枪，小毅一个箭步，快速夺下这位干警的枪，大声喊："你为什么要打伤我？我要把这支枪还给周舟局长。"这个场面正好被宁生看到，以为小毅持枪打伤了公安干警，才有了父子对决的一幕。

经过从几个角度反复回放录像、听录音及审讯打伤公安干警的歹徒，歹徒自己也供认不讳。

事情真相大白了。

小毅当场无罪释放了。幸好这位公安干警打伤的是小毅左臂的皮部，擦伤了点皮。

李玲激动地涕泗横流，林岚赶紧打电话给平平，叫他告诉宁生的父母，小毅是被人陷害的，已经回家了。

但是那个古玉珠，又是谁指使的呢？按照司法程序，应该传讯她。第二天，传讯古玉珠，古玉珠说："我喜欢江小毅，知道他想买自行车，我问爸爸借钱，爸爸不给，我只好请婉容阿姨帮我这个忙。婉容阿姨叫我转告江小毅在四月十二日晚上八点到江宁路八号二楼找李天洛借钱。"顺着这条藤，刑侦处传讯了婉容，于婉容淡定地回答："李天洛是我的表弟，他答应借钱给江小毅，那天晚上，李天洛因为加班没有去，所以借钱没有成功。"

至于与毒品一案，她说她根本不知道。婉容回答得天衣无缝。贩毒者也不认识她，贩毒案确实跟她没有连在一起的证据。

传讯完后，婉容本可以走了，但她留下来，要求单独见江宁生。婉容告诉宁生："于理我不该留，于情我不能不留。"她接着向宁生坦白，"通知小毅参加江宁路八号二楼的活动，是我策划的。我知道，小毅是你的软肋，让他揭开你的伤疤，肯定让你痛苦！知道我为什么这么做吗？"说着她激动地站起来，"我一直深爱着你，即使你成为植物人，我也愿意嫁给你，愿意照顾你一辈子！可是你一再拒绝我，我恨你和林岚，恨你们爱得如火如荼，不知道有人为感情奔赴成空；恨你们爱得不分彼此，不知道有人正为感情卑微地乞求。江宁生，除了你，这辈子我不会再爱上第二个人了！以后，我也绝对不会再打扰你们全家了。"说完，她从口袋里拿出二十多年前给宁生买的那块上海手表，深情地看着手表，反复摩挲着。过了一会儿，婉容缓缓地抬起头，泪水盈盈，目光却异常坚定，说："如果有来生，我希望，我是林岚！"

婉容将手表轻轻地放回口袋里，泪眼婆娑地对宁生说："我知道，这辈子你不可能爱上我了，我决定嫁给香港富豪余满堂先生。余先生比我大二十岁，是做服装生意的，有五十多家连锁店。我会辞去现在的工作，永远远离你和林岚，我再也不想在感情的漩涡中挣扎、悔恨、痛苦了。我的前半生，心里爱的是你，却和晓鹰结合，背叛了自己的感情，也被婚姻背叛了。我的后半生，嫁给了金钱，嫁给了不爱的人，但是他们至少对我永远忠诚。因为爱，我伤害过别人；因为爱，我被别人伤害过。现在，远离爱，对我，对别人，也许都是解脱。"

## 第三十一章　父子俩剑拔弩张

宁生沉默了好一会儿,看着婉容说:"你的后半生会比前半生生活得愉快,祝你活出自己的光彩!"

一九九七年六月中旬,江小毅考进了市重点中学二中,小梅考进了北海市音乐学校附中,两位孩子读书有成,都在学校住宿。

每当放寒、暑假或者过节,宁生夫妇总让小毅回家来住。宁生有空就与小毅下棋,或者给他讲革命英雄故事。林岚有空就辅导小毅学习电脑。有时候全家人一起外出旅游。小毅对父亲的心结总算彻底解开了。

二〇〇〇年,小毅考上了中国人民解放军东连海军学院,小梅考上了盛京音乐学院附中。

宁生真诚地对李玲说:"小毅考上军校,你一个人在家里很孤单,建议你和警察学院的方教授多联系,争取多了解,能够成为伴侣,结成百年之好。"小毅有出息了,李玲又恢复了快乐的心情。她答应了江宁生。

小晴和小涛五岁了,已经上幼儿园。宁生的父母和林岚的父母都已经年过七旬,幸好有李阿姨和蔡姨在江家照顾宁生父母,梅阿姨也回到了林家,照顾两位老人。

宁生夫妇,人到中年,上有老下有小,每天的工作都安排得满满的。即使双休日,他们也难得放假。当放长假的时候,如果宁生不值班,他俩还要带上四位老人家外出旅游。

这个时候,林岚已经是省科技厅的厅长了。为了贯彻落实连海省的科技规划,林岚将省科技厅的人员分成几个组下乡检查工作。她频频去最偏远的山区,调查研究,制定具体的工作计划和实施措施,提出先进地区与落后地区结对子,大家共同进步的工作方法。她率先带头下乡,而且一下乡经常就是十天或一个星期。

二〇〇〇年九月三十日下午,林岚风尘仆仆回家了。这次下乡二十多天,她和宁生每隔两三天通一次电话，不是讲儿女，就是讲工作感受，两人有说不完的话。

当她回到家里的大厅，一股清香扑鼻而来，她感到很熟悉。嗯，这是桂花的香味！客厅里居然放了十八盆桂花！

这时蔡阿姨帮她拿起行李，高兴地说："这些桂花是江妈妈安排种的！"然后给她递上一碗雪耳莲子羹，"这是宁生特意叫我煮上的，他告诉我，您今天回来。"

蔡阿姨还拿了一个热毛巾，拿来一双拖鞋，林岚擦了擦脸，坐在桂花旁，高兴地喝雪耳莲子羹。她边喝边问："爸爸和妈妈身体好吗？"蔡阿姨说："还好。"

李阿姨又端来一盆水果，有葡萄、橘子、苹果，李阿姨说这是江爸爸准备的。这时林岚一看表才四点半，过十分钟，该去省委幼儿园接两个宝贝了。

她想动身前先去看望公公和婆婆。当她刚站起来的时候，公公和婆婆正好从房间走出了，高兴地说："岚岚回来了！"林岚赶紧迎上去，她感到公公没有什么变化，但婆婆每走一步都在喘气，孱弱不堪。她心里很是担忧，跟公公婆婆说了两句话后，就到幼儿园接孩子了。

三个星期没见孩子了，两个孩子都长高了。见到妈妈，他们双双扑进妈妈的怀里，小晴说："妈妈，我想你想得睡不着觉。"小涛指着自己的心脏，也在说："妈妈，我这里想你。"林岚拉着两个宝贝的手高高兴兴地回家了。

这时候宁生回来了。两个人相见，在众目睽睽之下，竟然抱在一起。一会儿，两人不好意思地松开了。小晴赶紧去帮爸爸拿了双拖鞋，小涛帮爸爸拿了一个湿毛巾。

这时李阿姨已做好了一桌丰富的菜肴。这些菜肴，既合适孩子吃，又合适老人吃。林岚先给婆婆搛了两块鱼，还细心地将刺挑出来。宁生给父亲搛

## 第三十一章　父子俩剑拔弩张

了几块炖得烂烂的牛肉和萝卜，给母亲和林岚各盛了一碗红枣鸡汤。大家高高兴兴地吃起来。宁生说："收到小毅和小梅的来信，两个人在学校读书都很紧张，也很愉快。小梅明年春节可以回来，小毅每年才回一次家，春节不一定能回来。"江爸爸还补充说："小梅的情况我们已经打电话告诉亲家了，他们也很高兴。"

晚饭后，江爸爸扶着江妈妈，慢慢地在院子里走着。宁生林岚夫妇带着两个孩子，到大花园里散步。小晴告诉妈妈："我已经会背一百多首唐诗了。"小涛不甘示弱地说："我已经会下围棋了。"宁生说："好啊，那天我们比一比！"宁生告诉他们："明天我们上公园，看看秋天有哪些花朵盛开了，好吗？"两个孩子听了高兴地说："好！但爸爸如果不去是小狗，因为爸爸经常加班。"

宁生自豪而又耐心地告诉他们："爸爸是人民的警察，是要为人民随时服务的，这是警察的职业道德。"

林岚说："爸爸明天如果去不了，我带你们去吧，去完公园，我们还去吃披萨，然后给你们两个买运动鞋。"两个孩子高兴极了，马上你追我赶地玩耍去了。夜晚九点了，宁生拉着林岚的手说："回家吧，我想洗澡去。"林岚笑着说："这二十多天，我不在家，没人监督你，你肯定不是天天洗澡，大懒虫。"宁生笑着说："你回家了，不是监督的问题，是需要洗澡。"

晚上，两个小家伙由蔡姨照顾，入睡了。宁生用两个保温杯端了热牛奶到二楼，然后坏坏地说："要不然我们一起洗吧，还能节约用水。"林岚说："你越发坏了。"宁生笑呵呵地说："良辰美景奈何天！谁叫你遇上我这个'坏蛋'呢？"说完，他连刷牙带洗澡一会儿就完成了。林岚也很主动地去洗漱，然后，她在耳朵两旁悄悄地喷了一些香水，脸上轻轻抹了一些珍珠膏，穿上无领白色睡裙，四十七岁的她，仍然充满魅力。她坐在床边的凳子上，静静地打量着五十岁的宁生，他光着膀子，穿着短睡裤，胸肌和手臂的肌肉依然十分雄健。宁生喃喃地说："并不是因为你的外表有多么美丽，而是拥有了你，让我知道世界是那么美好！"林岚轻轻地说："可能你只是我生命里的一个过客，但此生我不会遇上第二个你了。"两人说着情话，慢慢靠近，相偎相依，真是小别胜新婚！突然，宁生用他熟悉的动作紧紧地抱着妻子，她温顺地伸手搂住了他，两人狂热地互吻着。两人都把自己身上唯一的那一点衣服脱去，钻到被窝里，又是一阵一阵缠绵……林岚拿着毛巾，给宁生擦着汗，自己也擦着汗，大家都喝着热牛奶，宁生一看时间，快一点了，他疲惫地说："我们战斗快两个小时了。"林岚说："我们已到中年，以后不要那么长的时间，快点休息吧。"

第二天，两人睡到上午九点多才起床，他俩走到楼下的时候，两个小家伙已经吃完早餐，在院子里面玩耍了。当两口子吃完早餐，已经快十点了，正准备带孩子们出去玩。

这时，公安厅来电，朱光荣急切地说："西桥拘留所昨晚跑了六个逃犯，这六个逃犯都是杀人犯，准备过两天执行死刑的。"宁生立刻通知相关人员，严加看守！马上通知市局和刑警大队的同志到省厅开会。宁生快速跑到了省公安厅会议室，大家也已经到了。

宁生说："时间紧迫，大家抓紧时间谈谈自己的意见。"看守所所长首先介绍："这六个歹徒，男性，都是杀人犯，家都在北海市，过两天要执行死刑了，昨天晚上将看守人员打伤了，拿着钥匙开了门就跑了。"

韦放厅长说："他们很可能藏在北海市内，一是回到自己的家里，二是旅店，三是汽车站。"韦厅长建议将警员分十八个小组，每个组三个人，每三个小组都到上述三个地方跟踪一个人。大家都认为这个办法可行。宁生提醒大家带上手机，注意安全。

## 第三十一章　父子俩剑拔弩张

当天晚上八点左右，已经抓捕四个歹徒了，只剩一个姓张的和姓高的，没有抓住。这两个人武艺高强，为了抓紧追击，公安干警吃了盒饭，在漆黑的夜晚继续追捕。终于在凌晨，这两个歹徒也被抓捕了。但是，方哲牺牲了。在半夜三点，方哲在汽车站突然发现张某，他一个箭步冲上去逮住他，另外两名干警也赶紧冲上来，但是穷凶极恶的张某，迅速将一把匕首刺进了方哲的心脏，四十二岁的方哲倒在血泊中……

凌晨五点，韦放的那个小组，在高某的家里发现了他。当干警要逮捕他的时候，高某拿起锋利的匕首飞向一位年轻的干警，韦放赶紧推开那个干警，锋利的匕首刺进了韦放的右胸。此时，高某又拿起第二把锋利的匕首，飞向另外一个年轻的警察，韦放又赶紧推开另外一个警察，第二把锋利的匕首刺向了韦放的肝脏。两位年轻的干警，满腔怒火，赶紧逮住了高某，将高某的手和脚都铐了起来。

韦放昏迷前说了两句话："你们两个太没经验了，是我这个老师没教好你们。"这两位警察都才二十岁，是韦放的学生。

凌晨，宁生一行人赶到医院看望韦放，韦放一向红润的脸变得十分苍白，整个人深度昏迷。宁生紧紧地握住韦放的手，心痛无比！他代表省公安厅，请医院不惜一切代价全力抢救。医生告诉他，他们会尽最大努力挽救。宁生问："要不要马上组织献血？"医院回答："不用，血库的血还是充足的。"

当天早上，宁生叫办公室工作人员马上上报，立即枪决这六名罪犯！

让他心中特别难过的是，方哲牺牲了。方哲的妻子晶晶才三十八岁，他们的儿子上小学二年级。韦厅长受了重伤，救了两名年轻的同志。

宁生坐在办公室，悲不自胜，潸然泪下。方哲在派出所和公安厅跟他相处的场面，像幻灯片似的，一幕一幕在他眼前掠过。方哲是那么的单纯、敬业，多么好的一个同志！可现实就是这么残酷，残酷得让宁生不能自已。

他不由自主地走进了方哲的办公室,他闻到了方哲熟悉的味道,方哲朗朗的笑声仿佛就在他耳畔。他呆呆地坐在方哲的办公椅上,方哲的音容笑貌宛若眼前,他知道他不仅失去了一位战友,也失去了一位亲若手足的兄弟。悲痛、悔恨、自责等复杂的情感像澎涌的巨浪,将他推向无边无际的痛苦中……

不知过了多久,朱光荣、肖虎、周舟,他们默默地走到宁生身边。望着三位哭红眼睛的厅长,宁生擦干净眼泪,艰难地站了起来。

四条汉子,沉重地环视着方哲的办公室,四双手不由得紧紧地握在一起!

宁生艰难地说了第一句话:"不想发生的事已经发生了。"他停顿了一下,"今天是国庆节的第二天,请肖虎和周舟同志带领有关部门的同志加强值班巡逻,确保全省人民国庆节期间的安全。我现在和朱光荣同志再叫上办公厅的三个女干警,一起到方哲的家里,看望他的家属。"

到了方哲的家,晶晶正在教孩子做作业。她看到公安厅的领导来了,而且人人都是双眼红红的,面色凝重,晶晶马上问:"方哲怎么啦?"大家一阵沉默,宁生悲痛地说:"昨天半夜方哲执行任务,不幸牺牲了。"晶晶睁大那双淡褐色的眼睛,瞪着江宁生:"是真的吗?"宁生哽咽地点了点,然后站了起来,扶着晶晶说:"真对不起!你可要挺住啊!"晶晶望着大家,浑身哆嗦着,脸色煞白,双腿突然发软,两眼一黑倒向宁生的怀里,两位女干警赶紧将晶晶扶到床上,打电话叫医生赶紧到家里。方哲的孩子知道爸爸牺牲了,哭得很伤心,另一位女干警赶紧安慰孩子。

宁生和朱光荣商量,这一个月要派两位女干警住在方哲家里,陪晶晶度过这段最艰难的日子。他们家有什么困难,要尽最大努力去解决。按照规定,追认方哲为烈士,并享受相应的待遇。追悼会定在一周后举行。

十月七号,省公安厅全体干部召开了大会。

## 第三十一章　父子俩剑拔弩张

主席台上悬挂着醒目的"金盾"两个大字。

谭晶晶穿着警服，戴着警帽，在两个女干警的搀扶下，虚弱地走到礼堂第一行的中间坐下来，参加大会。

宁生说："同志们，我受公安厅党委的委托向大家讲几句话。大家国庆节休息得好吧？从《公安快讯》看，全省绝大部分地区都是平安的。但是，国庆的第一天就发生了一起案件，西桥看守所逃跑了六名穷凶极恶的罪犯，省公安厅马上组织干警追捕，六名罪犯是追回来了，然而……"宁生停顿了好一会儿，沉重地说，"年仅四十二岁的方哲同志牺牲了。"会场下面，一片肃穆，一会儿，有的人发出低低的哭泣声。宁生没有继续讲话，而是停顿了一段时间，才艰难地说："我十分理解大家悲痛的心情，今天下午召开方哲同志的追悼大会，省委顾书记和郭书记也来参加。韦放厅长为了保护两个年轻的干警受了重伤，现在还躺在医院重症室。发生这种事，首先我要向大家检讨，如果我们平时对看守所加强监管，也许就不会发生这样的事了。这件事情我已经叫有关部门一级一级地往下查，切实堵住漏洞并追究责任。

同志们，作为公安部门，我们必须与时俱进，不断提高我们为人民保驾护航的能力。各个部门要进一步完善工作责任制，将维护社会治安与维护公民的合法权益有机地结合起来。时代不同了，时代对公安干警要求高了，我们要从防备、技术上提高能力，为人民多做工作，这是没有任何借口的！

'没有任何借口'体现的是一种负责、敬业的精神，一种服从、诚实的态度，一种完美的执行能力。我们需要的正是具备这种精神的人，想尽办法去完成任务，因为，我们的工作涉及人民的生命安全。

同志们，岁月静好，皆因公安和解放军为人民当守护神。我们从事的职业是神圣的。当然，我们今后也要注意维护自己的生命安全。关于这个问题，省公安厅很重视。已经请公安部下周讲授如何增强斗争策略及避免牺牲生命的课题。

"我不希望失去你们中任何一个人！公安干警的生命，同样是我们的宝贵财富。但是当人民需要我们的时候，我们不惜一切。我的讲话完了。谢谢大家！"说完，宁生站起来，向大家深深地鞠了一躬。

散会了，可是没有一个人离开会场。

这时，谭晶晶第一个站起来，她立正，举起右手，庄重地向金盾敬礼！主席台的四位厅长，也都站起来面向金盾；第一排的同志也都站起来了，第二排、第三排的同志乃至全礼堂的同志全部都站起来了，大家举起右手，向金盾敬礼！此时无声胜有声。大家明白，警察的责任就是为人民服务，为国家服务。此时，整个礼堂充满了激情！

半年后，韦放厅长痊愈了。他的脸色又开始恢复了红润，他还像过去那样笑嘻嘻的，还像过去那样喜欢喝工夫茶。不同的是，他将方哲和晶晶一家子的照片放在自己的书柜里，工作上一改过去的敷衍了事，每天积极主动，还经常加班加点，像换了一个人似的。

公安部来了嘉奖令，方哲同志被评为烈士，韦放同志记二等功。

二〇〇二年，江宁生任省委政法委副书记，朱光荣任省公安厅厅长，韦放任省公安厅常务副厅长，周舟任省公安厅副厅长，罗霄任省公安厅副厅长，雷成任省公安厅副厅长，肖虎退休，雷彤任连海省省长，李良杰退休。

# 第三十二章　你永远是最美丽的女人

　　二〇〇四年，盛京科学院和连海省科学院在北海市郊区的一座矿山，准备做一个提炼新材料的实验。这座矿山有一种特殊的矿石，如果提炼成功，则为某种特殊钢材，它将对我国的航空事业、国防事业是一个重大的突破。参加这次实验的有六名院士、十二名研究员、八名大学教授、二十多名的助理。这里基本云集了中国新材料的专家，专家们对理论工作和实地考察已经准备了四年，早在二〇〇三年，就在那个矿山旁边建了一栋两层楼房，作为实验基地。

　　二〇〇四年五月，雷彤专门找了林岚，研究怎样配合好专家开展试验工作。两人先拟了初步规划，再开正式会议。两人在科技线上已经合作二十多年了，彼此配合默契，还像过去那样相处，随意和轻松。

林岚已经五十一岁了，但工作的热情不减当年。她刚坐在省长办公室，雷彤就接到一个电话。她先是给雷彤倒了一杯咖啡，又给自己倒了一杯咖啡。她摸了摸咖啡杯子很烫，便走到阳台上眺望。阳台上种满了月季花、君子兰、蔷薇，她出神地看了一会儿，便缓缓地走到沙发旁坐下了。林岚将长长的秀发盘在头后，脸仍然白净细嫩且带着红润的光泽，整个人看起来容光焕发。雷彤放下电话后也坐下来了。快六十岁的雷彤，仍是那么儒雅，他的两鬓虽然有白发了，眼睛却多了一份沉稳。突然，林岚感到有点对不起他，虽然这样讲没有任何道理。两人都明白，他们的友谊超越了友情，如同亲情。两人相视一笑，开始讨论工作。

　　林岚抿了一口咖啡，说："这是新材料的科学实验。先由他们自己提出安全防范措施，然后再由省科技厅的专业人员提意见。每一个程序都要列出来。每一个有可能发生的细节都要注意到。"她还讲，要组织好餐饮供应，但更要保证科学家们的休息时间，要有专人监督他们睡觉。这时林岚的眼圈红了。雷彤知道她想起了第一任丈夫韩丹林。雷彤理解地点了点头，用手轻轻地拍了拍她的肩膀。大家又谈了一些细节后，定在第二天召开会议。临走时，林岚主动与雷彤握了握手，真挚地说了一句话："请保重！"

　　五月十号，宁生要到公安部开会，侦破一个重大案件。吃完早饭，他与爸爸妈妈和孩子告别后，就紧紧地抱着林岚说："家里交给你了，别太累了，晚上电话联系。"林岚看着他说："多喝水，晚上洗澡。"宁生调侃地说："多喝水没问题。洗澡嘛！你不在，没动力。"林岚抿嘴笑了："你就坏吧！这几天不讲卫生，回来后我不理你。"

　　宁生刚出门几步就返回来问林岚："你上个月给谭晶晶介绍的那个你爸爸的学生刘硕，晶晶满意吗？"

　　"哦，我忘了告诉你了。我妈妈前两天给我来电话，说这两个人互有好

## 第三十二章 你永远是美丽的女人

感,已经约了好几次,一起出去旅游了。刘硕对谭晶晶的孩子挺好的,现在每个周末到晶晶家里,给孩子补习功课,教孩子游泳。晶晶还给他包饺子吃。这两个人挺有缘分的。"林岚笑盈盈地回答。

"这就好。"宁生听了,乐呵呵地说。

五月中旬,该实验进行了五天五夜。头五天是进行物理挑选,物理挑选是在显微镜下进行的。第六天,是进行化学清洗及处理,处理完必须马上封闭实验室。

但在最后的一小时意外发生了。

这种特殊的矿石,经挑选后,必须先用酒精清洗,再过水,然后,再用浓硫酸进行灼烧,以除杂物。除杂物后,余下的就是某种特殊的钢材了。

浓硫酸的腐蚀性很强,加热后,产生大量的三氧化硫和水。三氧化硫是具有强刺激性臭味,由排气管排出。排气管是弯曲的,成九十度。因为那段时间,山上落下的碎石将排气管弯曲部分堵住了。检查人员检查排气管是否堵住时,看不到九十度的那部分的排气管,以为是畅通的。结果大量的三氧化硫排不出去,倒灌在室内。实验室是没有窗口的,为了保密,只有送新风系统和空调。送新风系统和空调,由于三氧化硫过大,基本无法运行。

只见科学家们一边咳嗽,一边用湿毛巾捂住嘴,弯着腰吃力地工作。实验已经做了将进六天了,根据这几天实验的良好情况,最后这一小时,基本可以成功。

尽管三氧化硫危害性很大,具有强烈的刺激性臭味,会使身体严重受损,但此时没有一个科学家要离开,都在坚持工作。因为再等多一小时,就知道实验的结果了。

如果这些废气继续排不出去,在室内膨胀到一定程度,就会发生爆炸。实验室有大量的酒精,所有的人和实验都会毁于一旦。

大家拼命坚持到最后一刻。

但就这最后一刻，却可以将人致死。

雷彤和林岚他们早在两小时前就打电话给消防队了。那时正值下班，堵车严重，消防队进不来。尽管省公安厅的所有特警车到交通现场疏散交通，但消防车仍无法赶来。

情况十分紧急！

林岚只好带上科技厅的两位小伙子，三个人戴上口罩，赶到二楼顶，登上梯子，用锤子将弯曲的排气管砸烂，浓浓的黑烟一下子猛烈地冒出。由于这些三氧化硫浓度太高了，以致仍有浓硫酸存在。砸开的那一瞬间，它们一下子喷到他们的脸和身上。雷彤他们赶紧将水浇在林岚他们身上。林岚和科技厅两个小伙子马上昏倒在地，全身黑乎乎的。林岚由于排第一位，伤势更重些。

实验室的浓烟很快排走了。实验室的科学家们的生命保住了。实验工作正常进行了。林岚他们挽救了科学实验，挽救了所有科研人员的生命。

这个时候，救护车和消防车赶到了，一向文质彬彬的雷彤省长，大发雷霆，训斥消防队员。大家把三位受伤的同志赶紧送到连海省最好的医院。全省最好的外科医生都赶到医院，马上打抗生素，做全面消毒，保证不被感染，然后用飞机送到上海和法国人合作的复兴医院治疗。这家医院治疗烧伤和整容是全国一流的，尤其是移植皮肤水平，达到世界先进水平。连海省委和科学院一再要求，不惜一切代价治好他们的病。雷彤省长也护送他们到上海去了。林岚脸上的皮肤已经被硫酸烧得很深，除了眼睛可以转动，脸上的五官基本看不清楚，严重破相了。两个小伙子由于在林岚后面，伤势要比她轻些。好在他们还戴上口罩，由于他们身上穿着实验衣服，所以身上基本上没有什么破损。

## 第三十二章 你永远是美丽的女人

科学实验成功了！特殊钢材终于提炼成功了！

科学院和省领导，听到这个消息，既为这个试验成功感到高兴，也为林岚他们受到重伤而感到难过。宁生听到妻子受伤的消息，心如刀绞。他不停地让自己心镇定下来。顾书记叫他停下手中的工作，马上到上海医院陪伴林岚。

林岚和两位小伙子，都分别躺在无菌室内。当宁生看到林岚满头包着白布，仅剩下一双大眼睛可以转动时，他强忍着巨大的悲痛轻轻地在她耳边说："我是宁生，我在你身边，我陪伴着你。同志们都在你身边。你一定会好的。"

林岚受伤的消息，江妈妈听了以后，马上昏过去，家里人送她到医院抢救，终究没抢救过来，溘然长逝，享年七十七岁。江家祸不单行，宁生央求平平，不要跟林岚的父母讲真实的情况，否则两个老人家，经不起这样的打击。

顾岩书记也专程到上海看望林岚以及那两位同志，建议医院如果需要请外国专家到中国来治疗或者送他们三位出国治疗。小梅也风尘仆仆地赶到医院看望妈妈。由于无菌室规定由一位亲属陪同，她只能远远地望一会儿妈妈，妈妈静静地躺在那儿，头部用白纱布包起来。平平阿姨和李玲阿姨在外面也神色凝重，小梅泪流满面地问她们："我妈妈严重吗？"她们告诉小梅，林岚生命没有危险，但面部需要植皮，这家医院成功率很高，应该没有大问题。她们陪同小梅到餐馆吃饭，小梅在上海住了一个晚上，就决定回学校上课去。小梅告诉李玲阿姨，小毅也知道了妈妈受伤的事，很是牵挂。因为他在部队正集训，无法请假。她会将妈妈的情况告诉他，叫他放心。李玲点了点头，安慰小梅，叫她在学校里安心地学习，她和宁生会照顾好林岚的。

林岚的脸部需要反复植皮，每次植皮都要相隔半年的时间。这一年多来，宁生在上海市和北海市两边跑。平平、李玲和宁生轮流照顾林岚。小晴和小涛也到上海看过母亲两次。

专家将林岚背部和大腿的皮肤植到她的脸上，经过治疗和植皮，她的脸部没有了从前的美丽，但五官仍有立体感。她的脸部有两道长长的疤痕，下颊不像以前那样自然，带着两条深红色的疤痕。专家们说："这两条深红色的疤痕可能会慢慢地褪去。"

一年多以后，林岚坐飞机从上海回到北海市，连海省科学院等单位的两百多人，举着鲜艳的党旗在机场等候。

当林岚走出机舱时，她那双星星般的大眼睛，仍是那样闪闪发亮，长长的秀发披在肩上，一身湖蓝色的裙子勾勒出她富有曲线的身材。她站在机舱的门口优雅微笑着，向大家轻轻地挥手。随后，宁生牵着她的手，俩人一起走下铺着红地毯的飞机阶梯。

当林岚走下阶梯，人们看清楚了她的容貌，顿时全场一片肃静。这种肃静，是难过的肃静，是敬佩的肃静，是尊敬的肃静！仅仅一会儿，雷鸣般的掌声响起来，送给了林岚！此时，雷彤快步地走到林岚面前，送上了一束鲜花。他握着她的手，握了又握，仍带着兄长般的关切，真诚地说："你在我们心中仍然是美丽的女士。"说完雷彤眼睛饱含泪水。

省委、省政府、科学院、科技厅都给她送上了鲜花。两百多人都激动地拍着手欢迎她回家。

回到家里，客厅墙上悬挂着江妈妈的遗像，林岚不由得泪如泉涌。她走到江妈妈的遗像前，向她老人家深深地鞠了三个躬。宁生怕又引起父亲伤心，赶紧拉上孩子们问候妈妈！两个孩子已经读四年级了。林岚看见多时没见的小晴和小涛是那般生龙活虎，她擦干净眼泪，心情平静下来了。两个孩子抱着妈妈，高兴地说："妈妈，我们好想你啊！听爸爸说，你脸上的这些疤痕，以后会褪掉的，你还会像以前那样漂亮。"

## 第三十二章 你永远是美丽的女人

　　李阿姨和蔡阿姨边抹泪边说："没关系的，疤痕慢慢就会褪掉的。就是瘦了些，以后多吃饭，补补身体吧！饭做好啦！我们一起吃饭吧。"宁生马上拨通了林岚家的电话，告诉岳父岳母，林岚平安归来了。他又将电话交给林岚，林岚高兴地与父母通了话，说明天下午回大学看望他们。

　　晚饭后，宁生牵着妻子的手，二人一起到花园散步。看到林岚情绪低落，宁生告诉她："小涛数学考试全年级第一名，小晴语文考试全年级第二名，两个孩子学习自觉，还喜欢看课外书，有时间还帮阿姨做家务。"林岚听了脸上露出欣慰的笑容，宁生高兴地说："一年多了，我们又可以在一起散步了。"他看了看手表又说，"九点啦，咱们回去休息吧。"

　　回到二楼，宁生迅速洗澡刷牙，然后亲热地说："亲爱的，我多想你，你快去洗澡啊！"

　　林岚却静静地坐在凳子上，冷淡地说："我已经不是以前的林岚了，我的脸部有两道长长的疤痕，嘴巴两边、背部、大腿也有深深的疤痕。我已经没有办法给你想要的东西了，我已经不是过去的林岚了。我知道你对我没有变，可是我有变化，我没有自信心了。"说完，林岚伤心地哭了，而且是越哭越伤心。宁生轻轻地抱着她，深情地说："你没有变，你的声音，你的气质，你的风度，你的优雅，你的知性，你的幽默和大度，给我带来了别样的轻松和愉快，还有什么比这些更重要呢？我们的血液里早已流淌着相契相知的爱意。三十多年前，也许你是因为美丽而可爱。三十多年后，你是因为可爱而美丽。现在，我们的爱，已经升华为亲情和爱情的合体。我们的情感一辈子只有一次，我们之间彼此欣赏的从来都是内涵，为之倾倒的也是内涵！无论是过去、现在、将来，我对你永远一样，充满了激情！"宁生声音沙哑地说，"你知道吗？我妈妈一年多前走了，我爸爸就说了一句话，他此生最大的幸福，就是娶了我妈妈。他们已过了金婚。尽管我妈妈老得不成样子，但在我爸爸眼里她是最美丽的女人。你在我的眼里，就是天底下最美丽的女人。永远是我心中最珍贵的。"

林岚感动了，喜极而泣，情不自禁抱着宁生，然后放开宁生用双拳撒娇地轻轻捶着宁生长满肌肉的双臂。宁生又珍惜地抱起她，风趣地说："这就对了，这才是好孩子！你刚才呀，只有三岁大，现在是二十三岁。"

林岚又轻轻地拍了一下宁生的胸肌，娇嗔道："你又编排我。"他抱着她去洗澡间，细心地帮她洗澡。当看到她背上和大腿上的疤痕，心痛得流下了眼泪。很快，他擦干净泪水，戏谑道："就当它是文身，也挺好看的。"洗完后，给她穿上衣服，又给她的脸上轻轻地涂上珍珠膏，喷上香水，抱她到床上去。

林岚说关灯，宁生说："不。我要开灯！"

林岚的情绪已经恢复到过去了，笑着说了一句："你还像以前那么坏。"宁生的目光在她脸上柔柔地盘旋，然后，他俯下头轻轻地吻着她的嘴唇、眼睛、脸庞。宁生的身体一下子紧紧地压在林岚的身上，有力地抖动着……他们彼此的感觉还像三十多年前一样。

为了预防感染，医院规定林岚两个月内不准外出。

林岚看见养生区的花草已经凋零了，她和蔡阿姨一起栽上了中草药。这些中药不仅具有清热解毒的作用，而且花儿散发出淡淡的清香，还陪伴着江妈妈。

刚到九月,院子里桂花飘香，林岚喜欢站在桂花树下，闻着浓郁的花香，放松自己。这天上午，她接到平平的电话，说下午带一个客人过来看她。林岚问："这位客人是谁？"平平神秘地说："来了你就知道了。"林岚知道平平是为了让自己开心，也就答应她了。

下午两点，平平和一位六十岁左右的农村老太太一起来了。看见林岚一

## 第三十二章　你永远是美丽的女人

脸疑惑，平平也不急着介绍。那位老太太，看着林岚烧伤的脸，用疼爱的眼光盯着林岚，说不出话来。林岚端详着老太太说："这位姐姐怎么这么面熟啊？"老太太眼含热泪，激动地说："岚岚，我是红旗农场老范家的王美丽。""哎呀，是美丽姐啊！我们有二十多年没见面了，你还是那么漂亮。"林岚亲切地说。王美丽哭着说："岚岚，其实你和宁生的婚礼我也参加了，只是当时你忙着照顾宁生，我也没好和你打招呼。你受伤的事儿，农场的人都知道了，大家很担心你。瞧，他们托我给你带来了农场的土特产，有野山鸡、土鸭子、鱼干、鸡蛋，还有红枣、花生和小米。"王美丽提了整整两大袋子土特产，同时还牵来一只白色的小狗。

"这小狗的名字叫'欢欢'，今年两岁，她的奶奶就是当年的'豆豆'。哎，欢欢可聪明了，如果你喜欢，我送给你。"大家一阵热情寒暄过后，平平和王美丽看见客厅墙壁上挂着江妈妈的遗像，就站在遗像前鞠了三次躬，欢欢看见也学着她俩鞠了躬，大家都含着眼泪笑了。

欢欢一身洁白的毛像刚刚擦过油水似的，闪闪发亮。当有人说话时，它竖着耳朵，一双圆溜溜的大眼睛机灵地转动着，好像能听懂似的。

美丽说："我今天专程来是给你送一样东西的。"说着她从一个布袋子拿出两个瓦罐子，"我娘家甘肃那里种有很多名贵的中药材，也有很多土药膏。以前，村里人凡是受伤擦破皮肤，都要抹一种药膏，三个月后，皮肤上的疤痕就会神奇消失，皮肤恢复如初。这药膏，我们老家人叫它'九九膏'，据说有一百多年的历史了，制作工序特别麻烦。要在当年立夏那天的凌晨在山崖上摘一种叫'九九叶'的药草，用山泉水洗净、捣碎，放在罐子里密封。再将罐子浸在山泉中发酵，一直到大暑的凌晨，揭开罐子，加入山泉水，搅拌成糊状，就是'九九膏'了。我叫娘家弟弟做了两罐，够用四个多月了，你不妨试试。记得每天早晚各抹一次，直到脸上的皮肤恢复原状。"林岚听了，激动得站起来，抱着美丽说："美丽姐，太谢谢你了！"

　　这时江爸爸从房间走出来，他热情地与美丽握手。只见欢欢也走到江爸爸脚下，向他作揖，大家又高兴地笑起来。一会儿，小晴和小涛放学回来，欢欢又主动立起身来，向他俩分别作揖，脑袋还故意前后摇晃着，惹得大家捧腹大笑。这时宁生也回来了，看到美丽，也是十分高兴。小晴和小涛一下子喜欢上了欢欢，请求林岚让欢欢留下。林岚说："爷爷在家挺寂寞的，就叫爷爷养着吧。你们学习完后，也可以一起遛欢欢呀。"欢欢似乎听懂了林岚的话，走到她的脚下，亲昵地蹭蹭。一双黑色的大眼睛，看着林岚，在她面前转了两个圈，逗得大家又一阵笑。林岚好久没这么开心过了，她叫李阿姨晚上多备几个菜，请美丽和平平在家吃饭，完了住在家里，大家好好叙叙旧。王美丽连忙摆手说："吃饭可以，住就不用了。我儿子在市里做农产品生意，可火了，已经买了房子。我现在都做奶奶了，明天还要忙着带孙子。等一会儿，叫平平送我就行了。"

　　临别，宁生拿出两千元送给王美丽，美丽不高兴地说："你是嫌弃我吗？当年你们在农场做计划，带动我们大家都富起来了。今天是滴水之恩当那个什么报？"美丽说不出了。平平补充说："当涌泉相报。""对，对，对，就是这个意思。"美丽快活地说。

　　平平还拿了一大瓶黑色的糯米酒给王美丽，她煞有介事地告诉王美丽："这可是上好的酒，用十大补品浸泡了二十多年，只要喝上两口，一天精力充沛！"并小声地说，"这瓶酒只对内部供应，价值三千元。"

　　"哟，这么好的酒啊！你太客气了！"王美丽连连咂舌称赞。平平继续说："你喝了它，更有精力带孙子了。"听到这句话，王美丽激动地说："你们太客气了！"说完小心翼翼地接过酒，憨笑着抱在怀里。林岚指着平平笑得说不出话来，她告诉美丽："美丽姐，这不是什么补酒，只是自家酿的黑糯米酒，不

## 第三十二章 你永远是美丽的女人

过很补哦,您留着慢慢喝,以后带上家人常来我这里坐坐。"这时小晴和小涛拿了一大堆玩具和书送给美丽,他们十分喜欢这位和蔼的老人。

王美丽走了,林岚感慨地说:"美貌、金钱、权力,都不如这朴实善良的心灵。人啊,不管在何地何时,都不要忘了善良的本性。"

国庆节的前两天,小毅和小梅都回来了。

小毅大学毕业后,又考上了海军学院的信息技术研究生,并加入了中国共产党。已经二十四岁的他,活脱脱的一个当年的江宁生!不同的是,他阳光灿烂、气宇轩昂,帅气中又有着独特的空灵与俊秀。

小梅已经在音乐学院毕业了。二十岁的她,美丽大方、亭亭玉立,准备到法国里昂音乐学院读研究生。

两人种下的桃树,一簇一簇的花蕾已开满枝头。在青翠绿叶映衬下,更显得水灵。

两人一起给桃树锄草、培土、浇水,小毅问小梅:"你将来还回中国吗?"

"当然回。这是我的家。"小梅含笑地回答。

"你有我读研的地址吗?"

"当然有。无论你走到哪里,我都可以问妈妈拿到你的地址。"小梅调皮地说。

小毅从衣袋里拿出两个精致的贝壳,有些腼腆地送给了小梅。小梅接过来说:"真好看!我会带着它们在身边。"说完白嫩的脸蛋有些微微红。小毅高兴地说,"我们去给养生区的植物浇水吧。"

宁生道:"一年好景君须记,最是橙黄橘绿时。"

"嗯。这首诗很应景,这是宋朝著名诗人苏轼的诗。"林岚称赞道。

宁生振奋地建议:"明天我们全家一起回红旗农场王子山蝴蝶湖看看吧!"带上三位老人家和孩子们。

十月一日林岚一早起来，她照了照镜子发现脸上的疤痕渐渐地淡了，脸上凸凹不平的地方也开始平了，她激动地叫宁生看，宁生也高兴地说，中国的中药大有可为，这个土方子有效果，说完，吻了林岚一下。

当他们到了那里，先去看望已经八十多岁的老田及其家人。老田全家高兴地说："难得你们一大家子回来，过一会儿都回来吃饭啊！"宁生说："好，一定来！"然后，又去看望范玉芬全家，林岚激动地告诉美丽她的伤疤好多了。最后宁生决定带着全家和老范一家去老田家一起吃饭，热闹热闹。

小梅扶着姥姥，小毅扶着小梅的姥爷，小晴和小涛扶着爷爷，宁生牵着林岚的手，当他们走到蝴蝶湖边，都静静地望着那座没有变化的小棚子，然后再走到他们一起种下的连心树下观望。那棵连心树，长得又高又大，树上还长出了两个果子。

林岚感叹地说："谁说树木不通情？"

宁生深情地说："让我们在天愿作比翼鸟，在地愿为连理枝。"

金色的阳光如梦幻般地洒在大地上，湖水清澈，鹅群遨游，稻花飘香，如此极致的景色。

美，在这里，都失去了意象和色彩。

小晴激动地说："我最喜欢这里奇绝的山，灵动的水。"

小涛说："我最喜欢这里金色的太阳。"

小梅说："我觉得我们国家像凤凰，气象万千，拥有生生不息的能力！"

小毅说："我认为中国是个最值得骄傲的国家，他富于活力，他富于智慧，是一条巨龙！"

宁生林岚不由得说："给连心树锄草浇水吧！"

他们一大家子是坐着两部面包车到蝴蝶湖边的。

小毅从车上拿了一个水桶，到湖里打了一桶水，递给了爸爸妈妈。宁生

## 第三十二章　你永远是美丽的女人

夫妇除去连心树周边的草，浇上了水，两人默默地看着连心树。

林岚道："不管过去多少年，它们一直紧紧缠绕，相依相连，宛如一对爱人，永不分离。它们依然是它们。"她停顿了一下，又仰望着天空说，"再过百年，我们也还是我们，任它斗转星移，管它光阴荏苒，哪怕筋骨皮肉化成灰尘，即使悠悠魂魄荡为飘风，也要把这一丝一缕的情化作玉盘甘露，润世间的菩提；把这一生一世的爱化作古树青草，晓听清露滴林梢，暮看白烟横水际。"

宁生紧紧拉着林岚的手深情地说："说得真好！岚岚，这辈子，因为我，你吃了不少苦，希望下辈子，哪怕我变成一棵树，我也要为你遮风挡雨……"

两棵树，枝与枝紧紧缠绕，叶与叶互相交叠，用勃勃生机焕发另一个春天……